# HÔTEL WALDHEIM

Du même auteur
aux Éditions Viviane Hamy

*Vacarme dans la salle de bal*
*Pirouettes dans les ténèbres*
*Madame Angeloso*
*Groom*
*Le Voyage des grands hommes*
*Ouest*
*Dérive*
*L'Incendie du Chiado*
*Les Sœurs Brelan*
*Métamorphoses*
*Fleur et sang*
*Un dangereux plaisir*
*La Ligne Vallejo/Kostolányi* (H. C.)

FRANÇOIS VALLEJO

# HÔTEL WALDHEIM

VIVIANE HAMY

D'après une conception graphique de Pierre Dusser
Illustration de couverture : © ValentinaPhotos – iStock / Getty Images
ISBN : 978-2-87858-988-7

Personne n'arriverait à croire qu'une survivance des moyens de communication les plus archaïques comme une carte postale puisse bouleverser un homme, moi, la vie d'un homme, la mienne ; une carte postale.

Inhabituelle dans mon courrier. Je tombe dessus ce matin. Tout de suite frappé par ses particularités, pour ne pas dire ses anomalies : un modèle ancien, aux couleurs défraîchies, la partie réservée à la correspondance d'un blanc jaunissant. J'ai pensé : une de ces histoires où une lettre égarée parvient à une adresse donnée, parfois en l'absence de son destinataire disparu pour cause de déménagement ou de décès, après vingt ou trente ans d'errance.

Ce n'est pas le cas, le nom de Jeff Valdera, le mien, précède mon adresse actuelle, d'ailleurs récente. Le timbre, d'un rouge vif, porte la mention de l'année en cours, le tampon, noir, net et frais, indique la date du 1er février dernier. Nous sommes le 3.

Je cherche une trace du signataire : nouvelle anomalie, il n'apparaît pas à la place usuelle, sous le message, pas plus ailleurs, introuvable. Le message, parlons-en, est-ce un message ? Réduit à une brève question, inscrite en travers, dans une langue à la fois familière et fautive : « Ça vous rappel queqchose ? »

La personne se croit-elle suffisamment reconnaissable pour se dispenser de signer ? Cette graphie ronde et soignée ne m'évoque aucun proche, ce français approximatif non plus. Le vouvoiement impose une certaine distance.

La provenance de l'envoi me fournit une première indication : le timbre porte la mention Helvetia, le tampon précise le lieu d'expédition, Zurich, Suisse. Anomalie supplémentaire, la face illustrée, divisée en quatre vues égales séparées par deux lignes blanches, l'une verticale, l'autre horizontale, ne figure pas, comme on s'y attendrait, un monument ou un paysage zurichois.

Non seulement un expéditeur anonyme m'adresse aujourd'hui une carte vieille de plusieurs années ou dizaines d'années, mais il m'envoie de Zurich des images d'une autre ville du pays, distante de cent ou deux cents kilomètres, Davos, que, je ne peux pas le nier, j'ai reconnue instantanément.

Mon trouble vient autant de l'impression de familiarité immédiate que m'ont procurée ces quatre photos que du décalage temporel et de l'écart spatial opérés sournoisement par mon interlocuteur.

« Ça vous rappel queqchose ? » Oui, cela me rappelle vraiment quelque chose. J'ai fait plusieurs séjours, dans mon adolescence, en hiver puis en été, dans la petite ville suisse de Davos, canton des Grisons. Des paysages montagneux et enneigés occupent en arrière-plan les deux vues supérieures de la carte, tandis que les deux vues inférieures montrent l'intérieur et l'extérieur de l'hôtel où je séjournais habituellement ; la salle de restaurant à gauche ; à droite, l'enfilade des chambres en façade, avec leurs balcons de bois.

Je devine, sur la ligne de fuite formée par le toit plat, la première lettre de l'enseigne, un W, les autres se perdant dans la perspective. Le nom de l'hôtel Waldheim me revient pourtant aussitôt et sans effort. J'en trouve confirmation de l'autre côté de la carte, où ce nom, je le remarque seulement maintenant, est imprimé au-dessus de la question manuscrite, comme si la réponse la précédait : « Ça vous rappel queqchose ? » Hôtel Waldheim, 7260 Davos Dorf. J'y suis de nouveau.

Je tourne et retourne le carton, une carte promotionnelle à la disposition des touristes, à la réception de l'hôtel, que j'ai dû moi-même expédier à plusieurs correspondants, à la fin des années 1970, d'où mon sentiment brutal de déjà-vu et le bouleversement qui a suivi.

L'auteur de la carte n'a donc pas pour but de me donner de ses nouvelles ni de me faire part de son passage récent dans cet hôtel, selon les conventions datées de ce type de correspondance, mais de me signaler qu'il me connaît, possède des renseignements sur moi et, en particulier, sur une période éloignée de ma vie. Du mal à imaginer que mon adolescence présente le moindre intérêt pour un étranger.

Un étranger, oui, pas seulement au sens d'une personne que je connais mal ou pas du tout, plutôt quelqu'un de nationalité étrangère, maîtrisant mal le français écrit, confondant un nom et un verbe, rappel, rappelle, ne manquant pas, pourtant, d'une pratique relativement spontanée de l'oral, comme le révèlent le « ça » du début de la phrase et le « queq-chose » relâché et presque phonétique de la fin. Je pencherais pour un représentant de la Suisse alémanique, plus à l'aise avec les parlers germaniques de la Confédération helvétique, mais apte à la conversation francophone. Quelqu'un que j'aurais croisé, dans cet hôtel des Grisons, vers quinze ou seize ans, pensant à moi des décennies plus tard ? Comme une petite amoureuse suisse ?

Sincèrement, je n'y crois pas, si je pense aux conditions de mes séjours, à l'invitation de ma tante Judith, célibataire endurcie, comme on disait alors, et qui aimait se faire accompagner de son jeune neveu qu'elle n'hésitait pas, quand l'occasion se présentait, à faire passer pour son fils, afin d'acquérir provisoirement le statut de mère de famille auquel elle regrettait de ne pas avoir eu accès.

Je fais le tour des visages de ce temps-là, à l'hôtel Waldheim, en premier le patron, Herr Meili, qui a pas mal compté pour ma tante, et aussi pour moi ; le personnel, oublié, sauf Rosa, sorte de gouvernante toujours en service, malgré son grand âge ; des clients solitaires, des couples, des familles en vacances, tous installés dans la vie, à l'aise, de nationalités diverses, quelques-uns surnagent (des marches partagées en montagne, des conversations en passant, des parties d'échecs ou de go, le soir) ; un noyau d'habitués, comme Mme Finkel, le seul nom précis qui me revienne... Les plus âgés, comme elle, sont morts depuis longtemps, les autres sont vieillissants ou carrément vieux. Le plus jeune de tous, hormis quelques petits enfants insignifiants, selon mon point de vue de l'époque, c'était moi. Aucune trace d'amoureuse dans les parages, même en élargissant le cercle aux rencontres extérieures à l'hôtel. Chercher ailleurs. Je n'y arrive pas.

Si cet expéditeur anonyme a le projet de me déstabiliser, c'est réussi. Je ne me détache plus de son unique question : « Ça vous rappel queqchose ? » « Queqchose ? » On dirait, et de plus en plus.

Essayons de mettre de côté un instant ce correspondant sans identité, laissons-nous porter par le surgissement de nouvelles images, envahissantes, moins figées que les vues de la carte, même si elles en sortent et nous y ramènent, des visions bien vivantes. La plus insistante associe des trains colorés, wagons français verts du trajet initial, wagons suisses rouges de la montée vers Davos, dont l'altitude me revient avec précision, 1 560 mètres, justifiant la réputation d'air salvateur attachée à la station et sa prétention à passer pour la plus haute ville d'Europe.

Pour l'instant, je ne suis pas à Davos, je roule dans un train de nuit, depuis Paris, gare de Lyon, en direction de Zurich. Singulier, la ville même où a été postée la carte. Encore une expérience en voie d'effacement, la lenteur de ce genre de train, les lumières des gares où il s'arrêtait fréquemment, les interruptions permanentes de notre somnolence, comme si le but était d'étirer le trajet, pour qu'il remplisse la nuit, quelle que soit la distance.

Ce qui se passe autour de minuit date de mon dernier voyage à Davos. Nous avons traîné dans le couloir, attendu que les sièges soient transformés en couchettes, pris nos places, celles du milieu, ma tante Judith à gauche, moi à droite. Les deux lits inférieurs, je ne sais plus, les deux supérieurs, je vois très bien. Deux jeunes Suissesses, comme on disait, avec ce parler dialectal et rocailleux de Suisse alémanique, auquel je m'étais habitué, avec les années, sans parvenir à y repérer beaucoup de mots allemands connus. Des parleuses sans limites, assises en tailleur l'une en face de l'autre, échanges ininterrompus, la nuit bien avancée, leurs veilleuses allumées, ma tante soupire. Elles finissent par comprendre ou elles jugent qu'il est temps de dormir.

C'est là que ça se produit. Les mouvements de la fille de gauche attirent mon attention en contre-plongée. Elle se redresse, voudrait se tenir debout, renonce en riant, parce que sa tête heurte le demi-cercle du plafond bas, s'agenouille enfin, déboutonne en quelques coups de doigts rapides une chemise en toile rêche. J'avais déjà remarqué qu'elle ne devait pas porter de soutien-gorge, confirmation, sa position légèrement penchée fait pendre vers moi des seins pas trop développés, mais pointés ferme, de vrais globes polis, denses et légers. Il ne faut pas que j'aie l'air de regarder, ni de me détourner, le cou paralysé vers la droite, les yeux tendus vers la gauche, pourvu que ma tante ne me demande pas ce qui m'arrive.

La fille défait sa ceinture aussi vite que les boutons, fait glisser son jean sur l'arrière des cuisses, multiplie les contorsions destinées à permettre le passage des genoux. La couchette grince, ma tante se tourne vers le fond en grognant. La même agitation se fait sentir au-dessus de moi. La deuxième femme, invisible, doit exécuter les mêmes mouvements de déshabillage acrobatique, trente centimètres au-dessus de ma tête. Deux jambes de pantalon, libérées, glissent devant moi et remontent instantanément, suivies de deux mollets nus, lisses et un peu gras, qui ballent quelques instants. Je pourrais les toucher rien qu'en dépliant les doigts.

Entre les mollets de l'une, j'ai le temps d'apercevoir la culotte rose de l'autre. Elle ne va quand même pas la retirer comme ça ? Elle la retire, en même temps que je vois passer la culotte blanche de ma voisine supérieure, qui fait disparaître ses jambes de ma vue et me permet de surprendre les poils noirs taillés de sa copine obligée de soulever les fesses pour se rétablir à genoux sur sa couchette.

Ma respiration est coupée, il est probable que je vais mourir congestionné, tant mon sang se concentre en un point unique de mon corps, toutes les autres veines s'étant vidées provisoirement. Cela ne dure pas assez longtemps, des stries renflées sous les poils courts ont à peine jailli de la jointure des cuisses qu'elles ont basculé en arrière et m'échappent. La fille s'est glissée sous son drap crème marqué de grosses lettres rouges. Elle éteint sa veilleuse.

J'ai seize ans, ce doit être la première fois que je vois une vraie vulve de si près, pas ouverte mais presque, grenue, plissée, déjà évaporée, mais inscrite en moi, grâce à la persistance rétinienne permise par l'extinction des feux.

Des ressortissantes d'un pays à la réputation aussi guindée que la Suisse m'ont offert le spectacle d'une décontraction physique totale et troublante, même si je n'oublie pas que cette vision remonte à des années où les corps s'affichaient partout, ouvertement, avec une certaine innocence. La singularité de ma situation, au milieu d'une nuit reliant le mois de juillet au mois d'août, c'est que, pour la première fois, l'intimité d'un corps m'était donnée dans un lieu clos et même étroit, un compartiment de wagon-couchettes. Nous aurions pu nous effleurer, malgré nous.

J'y ai pensé une partie de la nuit, le temps que ma circulation sanguine reprenne son cours et que mes poumons retrouvent l'inspiration et l'expiration. Je voulais tenir jusqu'aux premières heures du matin, où j'espérais assister à l'opération inverse, tout aussi excitante, la sortie des draps, l'apparition des seins, l'exhibition de l'entrejambes, quelques secondes rêvées accompagnant la cérémonie du rhabillage. L'annonce de notre prochaine arrivée en gare de Zurich m'a sorti d'un sommeil où je croyais n'être jamais entré. Les deux filles venaient de descendre par la petite échelle, habillées, harnachées de leur sac à dos, pressées de prendre leur place dans la file d'attente du couloir ; raté.

J'imagine une seconde que l'une de ces Zurichoises serait l'auteur de la carte postale arrivée de Zurich aujourd'hui. Hypothèse aberrante, sans doute provoquée par le trouble rétrospectif : ces deux jeunes femmes, tout en se dénudant sous mes yeux, sans manifester la moindre gêne ni esquisser de geste destiné à masquer leur nudité, ne m'avaient pas accordé un regard, aucune attention ; pas cherché à me provoquer, tout simplement pas considéré que je pouvais être un homme désirant ; plutôt vexant pour le garçon de seize ans renvoyé à son statut d'enfant.

Je doute que mon véritable correspondant anonyme ait pensé provoquer en moi ce genre de rêverie érotique, en me demandant si sa carte me rappelait quelque chose. J'ignore à quoi il pensait, moi, désolé, je n'ai pensé à rien d'autre qu'à cette fille à poil dans un train. Pour l'instant, c'est ce qui me revient de plus frappant de mon voyage, je n'y peux rien.

L'imprégnation sexuelle m'a d'ailleurs tenu tout au long de l'ascension qui a suivi, de Zurich à Landquart, tôt le matin, puis, surtout, de Landquart vers Davos Dorf, un train rouge, selon l'image qui m'en est restée, cherchant les premiers sommets des Grisons, avec des soupirs poussifs, mais une constance irréprochable, empruntant des viaducs de plus en plus vertigineux, disparaissant dans de brefs tunnels, resurgissant à la lumière avec un sifflement déchirant, survolant des précipices, des plissements de terrain dont il se rapprochait dangereusement, avant de s'en éloigner dans l'accélération d'une sortie de virage, suivie d'un ralentissement immédiat, parce qu'une nouvelle courbe se profilait, des mètres d'altitude supplémentaires, une paroi à franchir, une plongée légère dans un creux, une remontée franche.

Un tracé plus plat et l'apparition d'un village me laissaient croire que nous arrivions, ce n'était que Klosters, l'ascension reprenait, après un bref arrêt, mes oreilles me faisaient mal, les secousses des changements de voie à la sortie de la gare m'essoufflaient, les balancements du train vert de la veille, avec les jambes secouées, pliées, dépliées, décroisées de la fille, se superposaient à ceux du train rouge agrippé à la roche, à la ferraille en enfilade qui me hissait vers Davos Dorf.

Ma tante Judith me demandait pourquoi je ne parlais plus, pourquoi j'étais aussi rouge que le train, comme elle me l'a dit plusieurs fois, avec une certaine moquerie dans la voix. Je ne savais plus où me fourrer, si mon état d'excitation devenait aussi visible. Je répondais que c'était l'impatience d'arriver. Il me semble qu'elle m'a cru et qu'elle en était contente : des vacances qu'elle m'offrait, plutôt agréable de constater le plaisir que j'y prenais déjà. Question plaisir, c'était indiscutable. « Ça vous rappel queqchose ? » Vous voyez bien.

Si je me laisse transporter encore un instant, une autre image s'engouffre, celle d'un plat ovale de bonne taille couvert de viande des Grisons, des monceaux de tranches rouge sombre et fines, enroulées les unes au-dessus des autres. Cette viande, me semble-t-il, n'était pas aussi répandue qu'aujourd'hui ou je n'y prêtais attention qu'à l'occasion de mes séjours en Suisse. Une tradition, à l'hôtel Waldheim, d'accueillir les arrivants et de saluer les partants par des centaines de tranches devant lesquelles nous étions conduits de force, dans un petit salon, quelle que soit l'heure, qu'on soit une famille, un couple ou un solitaire. Obligation d'honorer la coutume tribale, je m'empiffrais, pour ne pas froisser l'hôtelier ni son cuisinier, par plaisir aussi.

Le plus grand nombre se contentait de quatre ou cinq tranches et demandait à se reposer, j'en faisais un festin matinal, encouragé par Herr Meili, le patron de l'hôtel, qui me disait que moi, au moins, je savais me tenir chez lui. Les petits estomacs en visite le décevaient toujours, mon arrivée était pour lui une fête. Dans un hôtel forcément fréquenté par pas mal de vieux, l'apparition d'un adolescent en pleine croissance et affamé devait détonner ou l'hôtelier, en bon marchand de tourisme helvétique, adaptait ses compliments à chacun. Pour moi il faisait livrer un deuxième monticule, carrément une montagne de viande des Grisons que je liquidais dans le quart d'heure, pour sa plus grande joie.

Mes visions de la nuit, pas encore apaisées, trouvaient un dérivatif dans ce carnage de fines languettes parfumées aux herbes, que je m'enfilais à pleines mains. Ensuite, c'est le vide. « Ça vous rappel queqchose ? » Pour dire la vérité, rien d'autre. Les trois ou quatre semaines suivantes, passées à l'hôtel, restent pour l'instant flottantes, recouvertes par la brume matinale de notre arrivée, enveloppant les sommets avoisinants des Grisons.

Cette incapacité à répondre autrement à cette question mal posée me suggère que ce qui me reste le plus précisément d'un voyage c'est le chemin qui m'a conduit quelque part, le temps suspendu du déplacement. La suite m'intéresse à peine ou me demanderait un effort de reconstitution dont je n'ai pas envie. Le réservoir à images est épuisé, une preuve d'insuffisance personnelle sans doute, je m'en fous. Je n'irai pas plus loin aujourd'hui. Je me contenterai des filles du train, des jambes dodues de l'une, des seins menus, de la vulve brune de l'autre et de la profusion des tranches de viande séchée délicate dont j'ai joui jusqu'à épuisement.

D'autres occupations, la somnolence d'une mauvaise nuit, je me résigne à ces embarras inattendus de la mémoire, affaire enterrée dans des décennies antérieures, sans issue, n'y pensons plus. Obligé d'y repenser, et plus vite que prévu : le même modèle fatigué de carte, le même timbre pimpant, affranchi cette fois à la date du 2 février, se mêle à mon courrier de ce matin.

À quoi joue-t-il, l'autre, le Zurichois ? Il a peur que j'aie raté ses sommets, il me renvoie un double ? Pas tout à fait, je retrouve son écriture soignée et ronde, sa langue orale et incorrecte, mais il développe : « Ne dites pas que ça te rappel pas rien. Où étiez-vous sur le photo de la gauche ? Je dis aussi : le nom du monsieur sous le titre, il est très clair, non ? Il s'est passé les drôles de choses, non ? »

En dessous, je distingue une signature, plutôt un paraphe, FS. Ce n'est plus un courrier anonyme, pas encore une parole franche. Des initiales... elles ne m'évoquent personne. Le titre, de quel titre veut-il parler ? Hôtel Waldheim ? Oui, je remarque seulement à présent, en minuscules, le nom du propriétaire, Meili Johann, alors qu'il m'était revenu spontanément.

Mon interlocuteur semble connaître cet homme aussi bien que moi et m'orienter vers lui. Ce qui m'inquiète, c'est la dernière phrase : « Il s'est passé les drôles de choses, non ? » Comme ça, je ne vois pas. Depuis hier, je suis bloqué dans le petit salon de l'hôtel Waldheim, avec mes plateaux de viande des Grisons, dévorée, c'est exact, en compagnie de Herr Johann Meili, et après ?

« Où étiez-vous sur le photo de la gauche ? » L'auteur de la carte me force à entrer dans la salle de restaurant de l'hôtel. J'examine la vignette rectangulaire qui la représente. J'y suis. Dans le coin gauche, au fond, la table accolée à la baie vitrée, c'est la nôtre. L'hôtelier nous l'avait attribuée dès notre premier séjour, nous la retrouvions à chaque fois, une marque de considération, la supposition que les clients réguliers aspiraient à retrouver des habitudes. Ce n'était pas notre exigence, je n'avais pas l'âge des routines, nous suivions l'usage.

La personne qui m'écrit semble avoir connaissance de ce détail et lui donner une importance qui m'échappe. Oui, je me glissais trois fois par jour, en pension complète, derrière une table, le long d'une boiserie à mi-hauteur, surmontée d'un voilage blanc, marquant la séparation entre la grande salle et le petit salon où était servie la viande des Grisons, destiné à d'autres usages, en particulier le soir, lecture, jeux de société, conversations. À notre droite, vue sur le parc de résineux et les sommets ; devant nous, la perspective de la salle, que nous étions les seuls à pouvoir embrasser entièrement. L'auteur du message croit-il que je bénéficiais d'un point de vue privilégié sur l'ensemble des mangeurs et que j'aurais dû remarquer de « drôles de choses » ? Était-il l'un de ces mangeurs attablés en face de moi et qui m'appellerait à me souvenir de lui ? Je fais tourner les visages possibles, je cherche un incident qui se serait produit.

Il m'en revient quelques-uns. La vieille Rosa, femme à tout faire de l'hôtel, sorte de gouvernante septuagénaire, veillait au service à table, avec des faiblesses que son âge accentuait : je l'ai vue plusieurs fois s'emmêler les pinceaux et faire voler un plat entre deux rangées, s'aplatissant elle-même sur une table, au risque de se fracturer un membre ou, à son âge, le col du fémur. Le reste du temps, elle chantonnait d'un air absent, en déposant, souvent avec maladresse, sa vue ayant baissé, les assiettes blanches devant chacun. Elle avait plutôt pour moi un potentiel comique : j'attendais sa chanson en arrière-fond et espérais son plongeon, au moins l'esquisse d'un déséquilibre, suivi du rattrapage in extremis d'une langue de bœuf à la sauce tomate, dont quelques giclures s'échapperaient. Ces gaffes répétées étaient admises de tous, elle bénéficiait de la bienveillance sans limite de Herr Meili, dont j'avais appris qu'elle avait été la nourrice.

Pour la deuxième fois, je m'aperçois que la sollicitation de mes souvenirs ne me conduit qu'à des détails particulièrement insignifiants. Quelqu'un semble me demander de réfléchir à des événements incertains ou à une affaire grave dont j'aurais été le témoin et je ne revois qu'une suite de saynètes burlesques où une vieille dame perdue, ceinte d'un petit tablier dentelé, jongle dans une salle de restaurant avec des plats en sauce, avant de les faire exploser sur les nappes blanches et les chemises bien repassées d'une clientèle généralement distinguée, si je me mets à part. Je n'ai d'ailleurs jamais été la victime d'un attentat de la vieille Rosa, mais me suis réjoui plus d'une fois de la voir éponger des taches sur le ventre des uns ou la poitrine des autres.

Ce n'est pas ce qu'attend de moi mon amateur de cartes postales ? Tant pis pour lui, il n'a qu'à signer complètement et s'exprimer clairement. Tout ce qu'il réussit à faire remonter, avec son deuxième message, c'est le malaise et les ricanements d'un débutant de la vie déposé dans un milieu qui ne lui convenait pas beaucoup, convaincu que tout ce qui n'était pas né récemment était mort depuis longtemps et ne méritait pas son attention.

Pour l'instant, je quitte la salle de restaurant, je continue à circuler dans l'hôtel Waldheim, avec l'impression d'être regardé de travers par tous ceux que je croise, des morts vivants, mes voisins de chambre ou d'étage. Je ne me sens pas un des leurs, alors que nous allons nous côtoyer pendant quelques jours, ou même deux ou trois semaines de vacances communes. Pas un hôtel de passage, station d'hiver et d'été, longs séjours, monde huppé ou semi-huppé dans lequel j'avais du mal à me reconnaître, surtout la dernière année.

Les fois précédentes, je subissais comme un enfant bien élevé, sans remarquer les singularités de cet univers clos ou sans m'y attarder. Maintenant, j'avais seize ans, je m'enorgueillissais d'avoir acquis un regard critique. Les premiers jours, cela me revient à présent qu'une carte postale m'incite à relever de « drôles de choses », je les ai vécus comme une catastrophe. L'endroit où je n'avais plus envie d'être, trois ou quatre semaines de martyre devant moi. Les seins et la chatte de la fille du train m'ont servi de détonateur. Ce que j'ai aperçu cette nuit-là en roulant vers Zurich, c'est ce qui me serait interdit dans un hôtel comme le Waldheim.

Le relâchement seventies, pas du tout le genre de la clientèle. Je me sentais projeté dans une société ringarde, avec ses usages de politesse appuyée. Je m'attardais le matin sur les femmes qui se présentaient, les fixais, l'œil implorant : toi, au moins, tu pourrais te foutre à poil, là, tout de suite, devant moi. J'avais droit à un « Guten Morgen », sourire compassé de commande, regard vide glissant le long de mon épaule. Des inclinaisons de tête se succédaient toute la journée, des sourires furtifs, des formules toutes porteuses d'amabilité. Nous sommes aimables, nous nous reconnaissons aimables, nous nous aimons aimables. Qu'est-ce que j'étais venu foutre dans le pays le plus aimable de la terre ? Qu'est-ce que je foutais, avec mes seize ans, mes cheveux longs pas souvent peignés, mes pattes d'éph à la fois flottantes et raidies par une crasse simulée, au milieu de vacanciers qui se croyaient décontractés parce qu'ils portaient des costumes clairs et des robes colorées ?

J'étais plongé dans une enclave temporelle désuète, la Belle Époque transportée et préservée à l'extrémité orientale de la Confédération helvétique. En territoire doublement étranger : le peu d'allemand que je maîtrisais ne m'était d'aucune utilité face au dialecte local et j'évoluais au milieu de groupes sociaux sensiblement plus fortunés que le mien. J'étais prêt à accentuer, pour faire semblant de ne pas en souffrir, mes différences avec un groupe que je croyais plus homogène qu'il ne devait l'être. Ajouter de la brusquerie adolescente dans mes réponses, si quelqu'un m'abordait gentiment. Faire le petit pauvre égaré chez les riches, le maladroit ignorant des usages pour se servir à table, l'inadapté social ricanant devant des gestes empreints d'une distinction début de siècle trop affichée.

Ma tante Judith ne me comprenait plus, première année que je me comportais mal en sa présence, alors que ce qu'elle aimait par-dessus tout en Suisse, depuis une quinzaine d'années, et dans l'hôtel Waldheim depuis deux ans, c'était la distinction compassée des populations rencontrées. Un de ses plaisirs était de constater que nous étions les deux seuls Français au milieu de clients de nationalités diverses, principalement Suisses, Allemands de RFA, Autrichiens, dans une moindre mesure Britanniques et Italiens. Elle se hissait, pensait-elle, plus facilement à la hauteur d'étrangers que de Français qui l'auraient identifiée à travers des codes nationaux plus familiers, se disait banquière, si une conversation l'entraînait sur le terrain professionnel, s'attribuant des responsabilités dans une grande banque dont elle n'était qu'une employée administrative. Se dire banquière en Suisse, je me disais qu'elle ne reculait devant rien. Elle avait ses rêves, que ce pays lui permettait d'accomplir, ou d'en avoir l'illusion. L'amabilité locale, renforcée par les limites linguistiques (elle ne connaissait de l'allemand que ses formules de politesse), ne l'obligeait pas à fournir le détail de ses fonctions. Elle se faisait aussi et souvent passer pour veuve, mieux que vieille fille dans son esprit, et mère (surtout pas célibataire, la honte dans ce milieu) de ce grand Jeff qui l'accompagnait. Comme nous ne portions pas le même nom, elle me recommandait, si on me le demandait, de ne fournir que mon prénom.

Mes soupirs d'adolescent néo-blasé devant les simagrées de sa tante quadragénaire et mes protestations systématiques de converti à un anarchisme vague, inspiré depuis quelques mois par le disque *Horses* de la chanteuse rock Patti Smith, la décontenançaient. Elle ne m'avait pas vu changer, puisque nous ne nous rencontrions longuement qu'à l'occasion des vacances d'été, parfois d'hiver, qu'elle m'offrait pour soulager mes parents. Notre mois d'août en Suisse commençait mal.

Le désastre n'a pas persisté, un miracle ou la nécessité, je ne sais pas. Je ne devais pas avoir un vrai fond d'adolescent râleur et renfermé, pas envie de jouer ce rôle convenu de mon âge, renforcé par l'époque, en tout cas pas plus de trois jours. Ce n'est pas parce que j'allais être coincé dans un bled de riches que je devais me morfondre trois semaines de suite. Mes idéaux de révolté ne devaient pas être bien installés ou l'influence du milieu où j'étais forcé de vivre était plus forte.

Je ne tenais pas non plus à décevoir ma tante Judith ni à lui faire regretter les dépenses qu'elle me consacrait, tout en méprisant secrètement sa petitesse d'employée obligée de souffrir toute l'année pour faire des économies et s'offrir des vacances dans un sanctuaire de la richesse mondiale. Elle a elle-même fait des efforts pour comprendre l'état d'esprit d'un garçon de mon âge dans une époque frénétique, même si elle avait du mal à la suivre.

Il me semble que la tension des trois premiers

jours a été levée par la puissance du lieu lui-même et l'importance prise par quelques personnes. Ce serait les « drôles de choses » de la carte ? Va savoir, je m'en éloigne peut-être en croyant m'en rapprocher. Je ne le saurai que si le Zurichois accepte de se montrer. Je l'attends.

Alors la puissance d'un lieu, drôle de chose, oui. Hôtel Waldheim, le nom signifiait, comme Herr Meili me l'avait expliqué la première année, « Maison de la forêt » et ce n'était pas qu'une métaphore hôtelière. De la maison, l'hôtel tenait son humanité protectrice et son caractère familial, son image de monde propre, bien tenu, tout ce que je détestais.

Mais la forêt, c'était autre chose, elle commençait juste derrière l'hôtel, grimpait dans son dos. Elle envahissait le parc peu aéré qui l'entourait ou le parc avait été gagné sur elle, en lui conservant son caractère brut. J'étais sensible à cette contradiction immédiate : le monde compassé de l'hôtel intégré à la sauvagerie des bois. Si je me sentais mal au milieu de riches sûrs d'eux, de leurs conventions et de leurs pensées aimables, je franchissais la porte, je courais dans la montée déjà boisée, atteignais la Hohe Promenade encore civilisée pour m'en échapper par des chemins plus étroits qui me menaient en quelques heures aux premiers sommets de Schatzalp ou de Strela, et j'étais changé.

Ces courses dans l'épaisseur des résineux puis le dégagement de la roche excitaient mes sens et mon imagination. Je m'attendais à voir sortir des femmes de derrière chaque arbre. C'est arrivé une fois : une sorte d'athlète prenait le soleil au bord d'une crevasse et avait libéré ses seins, les bras écartés pour mieux les dégager, les aérer, les colorer, en pleine nature. Je ne sais pas si c'était un signe du naturisme germanique ou si l'esprit marginal du temps gagnait les environs de Davos, à défaut d'arriver jusqu'à notre hôtel.

Le chemin me rapprochait doucement, par ses courbes, de la femme large d'épaules, je me demandais, en devinant sa nudité au loin, ce que je ferais en la croisant, si je la regarderais, si nous parlerions. Elle a perçu ma présence, a vite resserré les bras pour se couvrir les seins, bien avant que je ne l'atteigne, et m'a salué d'un « Grüezi ! », salut dialectal qui coupait court à tout dialogue. Elle avait au moins l'âge de ma tante, me montrait que de vieilles nymphes pouvaient courir les forêts des montagnes suisses, même si leur sauvagerie était sous contrôle.

Je rêvais, à mon retour, nouvelle réaction imaginative provoquée par l'espace, l'ascension et la vision d'une paire de seins, réaction encore bien enfantine, malgré mes seize ans, de découvrir que les sapins avaient envahi l'hôtel ou qu'un glissement de terrain l'avait emporté, pour marquer le triomphe de cette sauvagerie à laquelle j'aspirais et qui ne se réalisait jamais complètement. Ce va-et-vient perpétuel entre deux extrêmes, ou que je considérais tels, la montagne sauvage qui ne l'était pas autant que je l'aurais voulu, avec ses voies d'accès bien tracées, ses femmes pudiques, et l'espace clos et policé de l'hôtel, qui l'était moins que je ne le craignais, me rendaient l'une toujours plus désirable et l'autre plus acceptable.

Je dirais même que la vie de l'hôtel m'est apparue au bout de ces trois jours comme une curiosité attrayante. J'ai repris d'anciennes discussions avec Johann Meili, l'hôtelier : il m'avait témoigné de l'intérêt, au cours de notre premier séjour, alors que j'avais quatorze ans, parce que, disait-il, je lui rappelais certains de ses élèves d'autrefois. Ancien professeur d'histoire, il avait quitté ses fonctions, sans perdre sa passion pour la matière, afin de faire plaisir à ses parents, à la tête de l'hôtel Waldheim, vieillissants, malades et bientôt disparus. Il les avait assistés, puis remplacés.

La clientèle de son hôtel, il l'appréciait, sa moyenne d'âge lui faisait tout de même regretter le contact avec la jeunesse de ses années d'enseignement. Il reconnaissait en moi les qualités de ses meilleurs élèves, la curiosité, des goûts plus modernes que les siens, mais pas trop superficiels, des emportements naïfs qui le faisaient sourire tant que je lui témoignais le respect d'un disciple pour son maître. Une tendance, dès que nous échangions un quart d'heure, à me faire cours. Il aimait vérifier mes connaissances sur des points historiques, s'empressait de les compléter par une brillante synthèse ou par des anecdotes amusantes sur Voltaire et Frédéric de Prusse. Je pourrais dire qu'il m'ennuyait, que je n'avais pas l'intention de consacrer mes vacances à des révisions, ce ne serait pas vrai. Il savait raconter avec fantaisie et mettre en valeur le peu que je déclarais savoir.

Ma tante Judith m'encourageait à lui poser des questions sur tous les thèmes, y compris artistiques, parce qu'elle appréciait sa culture variée, à la fois française et germanique, italienne aussi, je ne pouvais qu'en profiter.

Je crois qu'à travers moi elle essayait d'entretenir un dialogue avec Herr Johann Meili, un célibataire comme elle, d'un âge voisin, entre quarante-cinq et cinquante ans. Elle ne me l'a jamais laissé entendre que par allusion, mais son rêve de l'époque, un autre rêve suisse, aurait été de vivre une histoire, elle n'aurait pas osé dire d'amour, avec un citoyen helvétique comme Herr Meili. L'épouser, encore mieux, un vieux célibataire... Pas très beau, non, voûté à cause de sa grande taille, des cheveux encore bien noirs, mais raides et parfois gras, des yeux de myope, vraiment myope, avec de larges lunettes du temps, aux verres et au tour épais, qu'il remontait sans cesse sur son front plissé pour son âge, une voix plus que grave, voilée par l'abus du tabac, alors qu'il se plaignait jour après jour d'une fragilité cardiaque qui avait emporté son père avant la soixantaine.

La laideur de Herr Meili ne dissuadait pas Judith d'attendre un signe de lui, parce qu'elle n'aurait pas osé en envoyer un elle-même, trop timide, trop effrayée de passer pour une coureuse. Elle préférait m'envoyer, moi, espérant tirer profit de l'intérêt que l'ancien professeur portait à son neveu lycéen. Elle n'avait pas pu lui faire croire longtemps qu'elle était ma mère, quand il s'était agi de nous enregistrer à l'hôtel. Elle pensait que c'était même mieux comme ça : deux célibataires du même âge auraient plus de chance de se reconnaître. Mais pourquoi ne la reconnaissait-il pas, lui ? Troisième année que nous passions nos vacances dans son établissement, que nous avions, surtout moi, de grandes conversations, une sorte d'amitié, des rires, et il se contentait de se pencher vers elle pour lui serrer la main, une fois le jour de notre arrivée, une seconde fois le jour de notre départ.

Je faisais observer à Judith qu'elle soignait plus particulièrement son maquillage, quand nous étions à l'hôtel Waldheim. Parce qu'elle était en vacances, me répondait-elle, plus de temps à se consacrer... Des talons plus hauts, pour compenser sa petite taille face au grand Meili ? Pour ne pas avoir l'air négligé dans un hôtel où les femmes avaient de la tenue. Je ricanais dans mon coin.

Une autre figure de l'hôtel a rendu mon séjour moins pesant. Pas croisée les trois premiers jours. Elle se tenait renfermée de plus en plus dans sa chambre, selon Herr Meili. Devant mon insistance, il l'a prévenue de notre arrivée, elle a fini par se montrer. Une dame âgée, vivant l'année entière à l'hôtel, sans être richissime, comme elle l'avouait elle-même, bénéficiant, comme je l'avais compris, d'un tarif privilégié depuis une quarantaine d'années, Mme Finkel ou plutôt, comme tous l'appelaient, Frau Finkel, d'origine allemande, hébergée à l'origine par les parents Meili.

Une quarantaine d'années par rapport aux années soixante-dix, cela signifiait la période de l'avant-guerre, la fuite devant le nazisme au pouvoir, plutôt excitant pour moi. Elle esquivait généralement mes questions sur le sujet, ne tenait pas à être identifiée comme une juive pourchassée et rescapée, un fond de secret à préserver, de vieilles histoires sans intérêt, selon elle, encore moins pour un garçon de quinze ou seize ans comme moi. Elle avait deux passions concurrentes, l'actualité immédiate qu'elle observait dans sa chambre grâce à un poste de télévision que lui avait fait installer Herr Meili et qu'elle regardait une bonne partie de la journée, et la littérature, en particulier celle de son compatriote Thomas Mann.

Notre première conversation approfondie, l'année précédente, alors que j'avais quinze ans et qu'elle avait daigné m'adresser la parole, sur les conseils de Herr Meili, me présentant comme un jeune esprit vif, avait failli mal se terminer. Un esprit vif, cet ignorant ? Elle parlait un français vigoureux et correct, littéraire même, du Voltaire et du Diderot courant, mais avec un accent germanique caricatural. Un esprit vif et il ne connaît pas Thomas Mann ? Il se trouve en villégiature à Davos et il n'a pas lu *La Montagne magique* de Thomas Mann ? Le sanatorium Berghof ne lui évoque rien, alors que le village de Davos doit sa réputation à ses sanatoriums ? Hans Castorp, petit crétin, ce nom ne vous dit rien ? Si on ne connaît pas Hans Castorp ni Clawdia Chauchat, si on n'a pas lu *Der Zauberberg*, tout Thomas Mann, on n'a aucun droit à séjourner à Davos.

Herr Meili avait beaucoup ri du coup de colère de Frau Finkel, avant de prendre ma défense. Mon jeune âge, un Français pris par ses études, devant d'abord étudier la littérature française, il ne fallait pas me décourager, profiter au contraire de mes bonnes dispositions pour me faire découvrir la culture germanique, en particulier Thomas Mann, si elle y tenait. Il faut dire qu'elle avait rencontré Thomas Mann, une fois, avant la guerre, près de Zurich, alors qu'il était passé en Suisse lui aussi pour fuir le nazisme. Elle n'acceptait d'évoquer la période qu'à travers cette célébrité, sans insister sur son itinéraire personnel.

Frau Finkel s'est radoucie, m'a questionné sur mes lectures. Comme elles lui semblaient assez vastes pour mon âge, classiques et modernes, elle a cessé de me considérer comme un enfant perdu, à condition que je m'attelle à *La Montagne magique*, ce qu'elle m'a fait promettre. J'avoue avoir commencé ma lecture de Thomas Mann par *La Mort à Venise*, parce que c'était plus court et que l'adaptation de Luchino Visconti passait au ciné-club. Le film m'a paru long pour une adaptation de nouvelle, j'ai gardé cette remarque pour moi, pensant que, si je la formulais, je risquais de passer une nouvelle fois pour un crétin.

J'avais passé le mois de juillet précédant notre séjour prévu à l'hôtel Waldheim à commencer la lecture de *La Montagne magique*, pour ne pas me ridiculiser, si je devais retrouver la vieille Frau Finkel. J'ai souhaité apprendre sa mort, au cours des cent premières pages, elle m'aurait dispensé de poursuivre ma lecture. Cette mort, je l'ai crainte ensuite, le livre me tenait, ses avancées subtiles, ses détours, son humour et sa haute réflexion m'impressionnaient comme aucun autre livre récent. J'espérais retrouver la vieille dame en bon état, le 1er août, pour lui exposer mon analyse et lui faire plaisir en lui révélant qu'elle m'avait communiqué sa passion pour Thomas Mann.

Son absence des trois premiers jours a contribué à mon propre renfermement, avant qu'elle n'accepte de nous revoir. Elle nous a invités, ma tante Judith et moi, à la rejoindre dans sa petite chambre sous le toit, à l'heure du journal télévisé, son poste restant allumé toute la journée, ce qui me choquait de la part d'une fanatique de Thomas Mann et de la culture en général. J'ai été obligé de parler des événements de l'actualité qu'elle venait de suivre à la télé et dont j'ai tout oublié, avant de lui glisser que j'étais presque arrivé au bout de *La Montagne magique*.

Je n'ai pas eu le temps de commencer mon éloge du livre. Frau Finkel m'a demandé si je l'avais lu en allemand. J'avais commencé l'étude de l'allemand, je manquais de pratique et de vocabulaire, je ne voyais pas comment j'aurais pu avaler plus de mille pages dans cette langue, beaucoup d'entre elles prenant en plus une tournure philosophique qui me donnait déjà du mal en français. Pour elle, la traduction française n'était pas mal, mais je n'aurais pas perçu l'ampleur et la richesse comique de *Der Zauberberg* tant que je ne l'aurais pas lu dans sa version originale. Il était donc inutile que nous en parlions pour le moment.

Elle s'est montrée toutefois chaleureuse et contente de nous retrouver, disant qu'elle ne descendait plus guère au salon ou au restaurant, parce qu'elle n'y rencontrait que des ânes, des aliborons, comme elle disait, satisfaite de vérifier que je connaissais le mot et la fable de La Fontaine où il figurait. Je ne faisais donc pas partie des aliborons, même si ma lecture de Thomas Mann laissait pour l'instant à désirer. Elle nous a proposé de l'accompagner un jour prochain dans une grande marche vers les sanatoriums ou ce qu'il en restait et les cimetières attenants pour découvrir le livre dans son jus local. J'ai accepté avec enthousiasme, ça me changerait des vacances des aliborons universels.

Les miennes commençaient à prendre une tournure intéressante.

Je me suis tourné le même soir vers un joueur d'échecs invétéré qui décourageait ses partenaires par la rapidité de ses coups. Sa femme montait se coucher tôt, il restait en bas pour mener quelques parties. Un couple d'Allemagne du Nord, arrivé à l'hôtel avant nous ; leur nom m'échappe, des journalistes, je crois. Tenter de résister à un tel joueur était bien dans mon esprit, à ce moment-là. Simultanément, c'est un amateur de go qui s'est présenté au salon, son nom s'est effacé aussi. Je ne connaissais pas ce jeu, il m'en a enseigné les rudiments. La présence de ces joueurs me révélait que les clients de l'hôtel Waldheim étaient moins uniformes que prévu. Je les découvrais moins platement aimables, parfois moqueurs avec leurs voisins de table.

Par contagion, même les autres clients m'ont soudain paru moins conventionnels ou leurs conventions ont cessé de me déplaire ou j'étais curieux de comprendre ce qui les faisait passer pour des ânes ou des aliborons aux yeux de Frau Finkel. Mes préventions s'effondraient, je me donnais pour mission d'observer d'un autre œil leurs évolutions sur la scène d'un hôtel suisse.

Parmi mes lectures récentes, qui peuvent étonner aujourd'hui chez un garçon de quinze ou seize ans, *Tristes Tropiques* de Claude Lévi-Strauss m'avait donné des envies de voyage lointain. Le métier d'ethnologue se présentait à moi comme une possibilité parmi dix autres pour lesquelles je m'enthousiasmais selon les jours.

Évidemment, en fait de tropiques, je me retrouvais dans les Alpes suisses. Ces nouveaux tropiques, je les avais d'abord jugés encore plus tristes que ceux de Lévi-Strauss. La tristesse s'éloignait, j'avais envie d'étudier avec une bienveillance toute neuve chez moi les usages d'une tribu hôtelière aussi exotique qu'une tribu indienne du Brésil. Je me voyais dégager les structures de la civilisation incarnée par mes Nambikwara suisses, croisés avec des Bororo allemands ou autrichiens, un monde aussi archaïque et ritualisé que des ethnies en voie de disparition au fond du Mato Grosso, suffisamment éloigné de moi pour devenir distrayant.

Sortir du temps présent et entrer dans un espace clos comme l'hôtel Waldheim, grâce à des originaux comme Frau Finkel et Herr Meili, je suis arrivé à me convaincre que ce n'était pas donné à tout le monde, en tout cas pas à mes petits camarades restés bêtement sur les plages françaises. Je me donnais de drôles de justifications pour tuer mon ennui, ce devait être l'influence secrète du temps, avec son goût prononcé pour les théories, mais ça marchait.

Je laisse aller les images, ça ne s'arrête plus, qu'est-ce qui m'arrive ? Un étranger non identifié a ce pouvoir, avec deux bouts de carton ringards, de déclencher chez moi une sorte d'enquête sur mes vacances de petit prétentieux minable de la fin des années soixante-dix. Et j'ai l'air d'y trouver mon plaisir. Des sensations auxquelles je ne pensais plus depuis longtemps m'agitent, alors qu'elles ont une valeur toute secondaire, l'ordinaire d'un adolescent en virée provisoire à l'étranger. J'en suis loin, vieux monde crevé, de plus en plus loin, mais c'est tout près d'un seul coup.

Et puis quoi ? Je ne vais pas me laisser prendre...

leur accorder trop d'importance... m'en émouvoir, tiens, trouver que cette expérience est essentielle pour l'homme que je suis devenu. Rigolons. Je serais bien embarrassé de dire quel genre d'homme je suis devenu. Rigolons encore, fausse route. J'y reviens toujours : je reçois des cartes, un pervers de Zurich, à moitié analphabète, me lance avec trois mots dans un délire originaire, avec forêts hantées de montagne, jeunes nymphes libérées et vieilles nymphes coincées, puis une sorcière qui n'a que les mots montagne et magique à la bouche, un ogre myope, et j'y retrouve les fondements érotiques, sociologiques et culturels de mon petit moi ? Et je ne doute pas que le but du Zurichois soit celui-là, me faire me retourner sur moi ?

Il s'en fout, le Zurichois, de mes fondements. Fausse route. Quel intérêt aurait un inconnu à secouer mon minuscule passé personnel, à faire resurgir un moment d'éducation sociale où un pauvre petit Français nommé Jeff Valdera se serait fait dégourdir le cerveau, alors que ce n'est pas son cerveau qu'il rêvait de dégourdir ? J'aurais pris la mesure des conventions sociales, de leur apparence aussi ? Bravo, et après ? Si cet inconnu n'y trouve aucun intérêt, qu'est-ce qu'il cherche d'autre, à la fin ? La question devient plus obsessionnelle d'un seul coup que les images qu'il a fait naître. Je la retourne dans tous les sens, je vois de moins en moins.

Je n'en dors pas de la nuit, au risque d'indisposer ma femme que mon agitation dérange depuis hier, sans que je lui en aie avoué la raison, qu'elle jugerait dérisoire. Si elle apprend que des cartes postales m'empêchent de dormir, moi dont le sommeil, comme elle en est convaincue, n'a jamais été troublé par les drames divers de l'existence et du monde...

La dérive se poursuit jusqu'au matin, je ne pense qu'à attendre le courrier, en retard, forcément, toujours en retard. J'entends enfin le bruit caractéristique d'une carte rigide heurtant le fond de ma boîte, je l'ouvre, alors que le bout rose des doigts de la factrice ne s'en est pas encore extrait.

La troisième carte, toujours la même, plus intrusive encore, menaçante presque : « Alors vous savez ou vous voulez savoir plus ? Je dis à vous et tout le reste vous dites à moi, parce que c'est le temps. »

Là, un vertige, plus d'images résurgentes ou excitantes, le trou. « Tout le reste », mais le reste de quoi ? Une invitation au dialogue aussi, « Je dis à vous... vous dites à moi. » Comment parler avec un carton ? Le paraphe ? Développé, on dirait, F. Stigl ou Stagl. Je suis bien avancé. Tout en bas, écriture minuscule, comme si on rechignait à se dévoiler davantage, une adresse, à l'ancienne, adresse postale, Gloriastrasse, précédée du même nom, aux lettres mieux formées, Steigl, c'est ça, F. Steigl, Gloriastrasse 17, 8032 Zürich, Suisse.

J'aurais préféré une adresse mail ou un numéro de téléphone pour mettre au clair ces sous-entendus de façon directe. Ce goût des méthodes archaïques m'irrite de plus en plus, cette manière de me tenir à distance comme une mauvaise bête qu'on asticote de loin, merci bien. Mon correspondant m'invite, à sa manière formelle, à lui répondre et tient à ce que la démarche me coûte des efforts. Je ne vais quand même pas l'imiter et lui envoyer une carte postale du bord de mer où je vis ? Pourquoi pas ? Ce serait une manière de me foutre de lui, de lui faire sentir mon agacement, avec un peu d'ironie ? Tu aimes les cartes ? En voilà une, sans mes meilleurs souvenirs.

C'est dit. Je choisis la plus basique des cartes qu'on trouve encore près de la plage, la baie, le soleil. Je prends un ton supérieur : « Si vous plaisantez, si vous êtes un petit escroc, comme je le soupçonne, finissons-en : renoncez ou parlons franchement. Et plus vite. » Je conclus en proposant une voie d'échange plus contemporaine, mon adresse mail, mon numéro de portable.

Je n'ai pas conscience que mon impatience me fait entrer dans son jeu et lui confirme son pouvoir sur moi. J'avoue être pressé, il me fait mariner quelques jours, surtout pas d'appel ou de mail, non, une lettre sous enveloppe cette fois. Il est écrit que mes propres plaisanteries fuyantes et ma hâte à vouloir me débarrasser de questions importantes prouvent que j'ai bien compris à quoi on faisait allusion. Il est donc temps d'en parler, d'en parler vraiment.

F. Steigl m'indique que son métier l'oblige à de fréquents déplacements dans le monde, particulièrement en France. Le prochain, prévu le vingt de ce mois, dans une ville voisine de celle où je vis, permettrait notre rencontre, si je n'y vois pas d'obstacle.

Je me retiens de me précipiter pour poster ma réponse. Maintenant que j'ai compris que mon empressement se retournait contre moi, j'attends deux jours pour écrire qu'une rencontre n'est certainement pas indispensable, que j'ai mes propres déplacements... Puisque nous engageons une correspondance d'un autre siècle, je suis prêt à recevoir des éclaircissements par la voie postale, considérant que quelques pages me suffiront, dans les semaines à venir...

Bien joué, j'ai agacé Steigl qui me répond en vingt-quatre heures, m'affirme douter de mon éventuel déplacement ce 20 février. Si je me dispense de toute invention, si nous tombons d'accord, inutile de lui répondre. F. Steigl m'appellera dès son arrivée dans ma ville de résidence, nous nous fixerons un rendez-vous, pas chez moi, naturellement.

J'avoue que ce « naturellement » me laisse perplexe. J'ignore tout des intentions de ce F. Steigl. Je ne voudrais pas me laisser entraîner dans un traquenard. Honnêtement, qu'est-ce que j'ai à craindre ? Quelqu'un me renvoie à des souvenirs de vacances si lointains et si anodins que je risque seulement de me retrouver face à lui, il me jurera que nous nous sommes rencontrés à l'époque et que, contrairement à moi, il ne m'a pas oublié. Nous éclaterons de rire, nous n'irons pas plus loin. Si ce n'est rien d'autre, cela justifie-t-il cette petite mise en scène des cartes, puis cette proposition de rencontre énigmatique ? J'ai du mal à distinguer les pincements de l'inquiétude de ceux de la curiosité. Au fond, ce que F. Steigl a déjà provoqué en moi n'est pas que désagréable. La démarche m'a mis mal à l'aise, la remontée en moi de quelques détails et images d'un autre temps n'a pas manqué de provoquer une certaine émotion, disons même une excitation.

Je mets à profit les jours qui me séparent de la rencontre prévue pour rechercher dans mes archives familiales d'autres cartes postales de Davos, adressées à mes parents, récupérées, si je ne les ai pas jetées, après la mort de ma mère. Non, je les tiens, regroupées dans un dossier de lettres et cartes conservées par elle, avec affection, comme des traces de nos liens. J'en retrouve trois de cet été-là, une par semaine, probablement une exigence familiale destinée, faute d'autre moyen de communication, à rassurer régulièrement une mère. La première, de quoi me bouleverser davantage, est la même que celle envoyée par F. Steigl, la plus accessible à l'hôtel sans doute, la plus conforme aux attentes : « Nous sommes bien arrivés, vous pouvez voir derrière où je dors et où je mange. » De quoi garantir le bonheur de parents de n'importe quelle époque.

La deuxième présente un funiculaire rouge dans l'ascension de Parsenn, près de Davos. Cette fois, je me dispense de donner des nouvelles, me contentant de divagations pseudo-philosophiques sur le train rouge de la photo condamné à monter et à descendre pour pas grand-chose comme nous tous. Je devais faire allusion au mythe de Sisyphe, après une lecture probable d'Albert Camus. Suivent diverses considérations obscures dont je semblais très fier, si je compte le nombre de points d'exclamation dont je les agrémentais.

La troisième est la plus irritante, par la légèreté avec laquelle je m'adresse à ma famille. Je déverse sur elle, à partir de l'image des lacets d'un col, le Flüelapass, une série de jeux verbaux et verbeux sur les noms de lieux locaux, dans un délire blagueur et supérieur, avec coq-à-l'âne, l'air de dire : vous aimeriez que je vous raconte le quotidien de votre petit garçon, il est plus fort que vous, essayez de le suivre si vous pouvez, il vous perdra dans ses enlacements.

J'imagine aujourd'hui la frustration de ma mère à la lecture de telles cartes.

En disant cela, je m'aperçois que F. Steigl n'a rien fait d'autre avec ses trois envois, comme s'il me punissait à distance de ma suffisance de l'époque. Ces questions énigmatiques, ces allusions qui m'échappent, je me retrouve dans la même situation que mes propres parents, aussi irrité qu'ils ont dû l'être.

Ce nouveau rapprochement ajoute à mon trouble : il n'a pas de raison d'être, pas de lien possible, coïncidence inexplicable (comment F. Steigl pourrait-il avoir connaissance de mes courriers les plus insignifiants de la fin des années soixante-dix ?) et désolante en plus (l'image que cette correspondance familiale renvoie de moi ne me paraît pas très sympathique. Petit con de seize ans, pas le premier, pas le dernier, petit con tout de même, je ne l'aime pas aujourd'hui.). J'extrais néanmoins les trois cartes de ma collection, les joins aux trois autres, dans l'espoir que leur association m'éclaire d'ici l'arrivée de F. Steigl.

On dirait que F. Steigl tient à ne s'approcher de moi qu'avec prudence : appel de la réception d'un hôtel près de la mer, à l'extrémité nord de la plage. De la part de la personne que je connais. Non, je ne connais pas cette personne... La personne que j'attendais alors... Je ne l'attendais pas non plus, enfin, si vous y tenez...

Quelle heure me convient ? Il est midi, je veux bien tout de suite, pour en finir. Impossible, pas avant quinze heures. Dans ces conditions, inutile de me demander l'heure qui me convient. Pas midi, je vois : les distances toujours ou la peur de les faire tomber, si nous partagions un repas. J'ai compris.

Et l'endroit ? Celui qui me convient aussi ? Disons l'hôtel, le bar m'est familier. Ça ne va pas non plus, ni bar, ni hôtel, un endroit plus neutre. Décidément, Steigl a décidé de me porter la contradiction. Rien ne lui plaît chez moi. Il faudrait savoir, il me laisse choisir ou il m'impose ses choix ? Dans ce cas, ça ne va pas m'amuser longtemps. Un réceptionniste, il ne m'en voudra pas si je lui dis que je me fous de son Steigl. Je menace de raccrocher, il me rattrape à la dernière seconde : si j'ai un autre endroit à proposer, il fera l'affaire.

Enfin une concession, il était temps. Disons le musée, appelé le MuMA, facile à trouver, à l'entrée du port, au bout sud de la plage, à l'exact opposé de l'hôtel. Ma petite vengeance, histoire de faire marcher F. Steigl. Et puis un musée, c'est neutre, normalement calme, sans être intime. Vers quinze heures, en semaine, la foule sera modérée. Foule quand même, comment nous reconnaîtrons-nous ? Ce ne sera pas difficile, assure le réceptionniste. Je n'ai qu'à me présenter à l'accueil, l'évidence s'imposera.

Il me semble que F. Steigl lui souffle les réponses à côté. Pourquoi ne pas prendre le téléphone en personne ? Les distances, très bien, mais il faut savoir ce qu'on veut, me parler ou pas.

Le réceptionniste n'avait pas tort, les signes de reconnaissance, quand deux inconnus se cherchent, ne sont pas nécessaires. Chacun est pour l'autre celui qui le guette, cela suffit à le rendre repérable. Ce léger écart des corps, ce mouvement balayant de la tête, c'est toi, c'est moi, avançons-nous l'un vers l'autre, légèrement en biais, pour sauver la face, en cas de méprise. Ce contournement mutuel constitue la preuve ultime, je m'immobilise. Mon regard doit comporter une interrogation, au moins un déséquilibre momentané ou me donner un air ahuri : je ne m'attendais pas à tomber sur une femme. Ma surprise lui donne un avantage sur moi. Elle me tend la main, répond à la question que je n'ai pas posée, en précisant que le F de F. Steigl, c'est Frieda. Frieda ? Je n'y avais pas pensé. Je réponds bêtement que le J de

J. Valdera, chez moi, c'est Jeff. Je vais passer pour un idiot. Elle ne relève pas, un minimum de tact, c'est toujours ça.

Elle a déjà son billet d'entrée au musée, m'invite à prendre le mien.

– J'aurais pu l'acheter pour vous, mais je n'étais pas sûre que, comment vous dites ? Pas te dégonfler ? Et puis, il n'est pas encore le temps que je paye votre invitation.

Elle parle vraiment comme elle écrit, chaotique, directe avec ça. Je me mets dans le ton : plutôt curieux, pour un premier échange entre inconnus, parler de fric et soupçonner l'autre d'être un dégonflé.

– On n'a pas pris le rendez-vous sur un site de rencontres, pas la peine de faire le cinéma.

C'est sans doute que je ne suis pas un inconnu pour elle. Elle a l'air d'en connaître un rayon sur ma personne et mon passé, si je me fie à ses cartes postales. Mais elle, elle ne représente rien pour moi, ni en Suisse, ni ici, ni aujourd'hui, ni dans les années soixante-dix. Je l'attaque, rien, pas de Frieda, à aucune époque de ma vie. Je suis bien gentil de me présenter au guichet d'un musée pour me faire étaler par une inconnue.

– Prends le billet, le monsieur il le tend à vous depuis deux minutes.

Je la suis dans le grand hall blanc qui constitue à la fois l'entrée et une salle de ce musée décloisonné. Nous ne savons pas ce que nous venons y faire, vais-je la conduire devant le premier tableau qui se présente, allons-nous le commenter ou devrions-nous nous parler tout de suite ?

Je dis mon embarras à Frieda Steigl, elle me

rappelle que c'est moi qui ai proposé cet endroit, je n'ai qu'à me débrouiller pour m'y retrouver. Elle me refroidit, ça promet, connaître quelqu'un depuis cinq minutes et n'avoir déjà plus rien à lui dire. Nous errons quelques instants dans ce vaste espace, coupé par endroits de hauts panneaux blancs où figure une seule œuvre de taille modeste.

Je suis venu bien des fois ici, la découverte pour moi, c'est néant, je peux même dire que je me fous, à cet instant, de ces chefs-d'œuvre exposés. Si Mme Steigl s'intéresse à Claude Monet ou à Raoul Dufy, elle va être servie. Elle me semble s'en foutre plus que moi. Nous avons adopté spontanément la démarche erratique de visiteurs qui cherchent le sens de leur visite. Nous suivons des lignes séparées, qui s'éloignent, forment des courbes, se coupent, s'élargissent, se resserrent. Elle passe rapidement devant les premiers tableaux, ne les regarde pas plus que moi, je ne regarde qu'elle.

Une grande femme, à laquelle je trouve, sans doute influencé par son nom et la nationalité helvétique que je lui suppose, d'incontestables origines germaniques, pas caricaturales, mais pas loin, haute taille, aussi grande que moi... Plus que moi : elle vient de me tourner le dos au moment de me croiser, elle dépasse le mètre quatre-vingts, sans talons...

Et la blondeur... franche... uniforme, de la racine à la pointe... Elle se préoccupe sans cesse de sa coiffure : depuis dix minutes que nous nous côtoyons, encore de loin, elle en a changé deux fois. À mon arrivée, ses cheveux encadraient ses joues jusqu'aux seins, elle les a rejetés derrière ses épaules au moment de préciser que le F de son prénom voulait dire Frieda ; longs et lâchés. Depuis que nous avons abordé les tableaux, elle les a enroulés en une sorte de chignon flottant tenu par une baguette de bois qu'elle a sortie de son sac de cuir flasque et pesant et qu'elle manœuvre de façon complexe, traversée de l'épaisseur, retournement, mise en boule des cheveux, torsion finale, la masse claire est suspendue, le cou laiteux bien dégagé.

Je ne dois pas fixer trop longtemps ce cou nu, si je ne veux pas inquiéter les visiteurs qui circulent autour de nous. Le geste avec lequel elle vérifie régulièrement le maintien de la baguette me trouble encore plus. Elle se retourne, j'attrape ses yeux clairs au passage, nouvelle impression de caricature ethnique, elle me met vraiment mal à l'aise. Son demi-tour la ramène vers moi, ses mâchoires, comment dire, bien posées, pas aussi fines, depuis qu'elles sont dégagées, qu'elles ne m'avaient paru au premier abord.

Elle marche sur moi, elle les serre, ses mâchoires, c'est ce qui les alourdit, elle doit en avoir marre de tourner pour rien dans une salle de musée presque vide de tableaux, alors qu'elle a fait le déplacement pour me voir. Elle s'arrête, hésitante, à deux mètres, nous nous toisons, comme des étrangers qui s'aperçoivent pour la première fois. Je ne sais pas si elle a à l'esprit, au même instant que moi, les traits reconnaissables d'un Français dans l'imaginaire germanique.

Elle replace son bout de bois dans son chignon approximatif, le même geste virtuose, enroulement, torsion, souplesse de la main, en contradiction avec la dureté de ses lèvres serrées, quand elle me fixe. Elle plisse aussi des yeux de myope, des ridules incertaines s'en trouvent accentuées de chaque côté, j'ai honte de m'interroger sur son âge ; plus jeune que moi ; dans la quarantaine, disons quarante-cinq ans, plus peut-être : son pantalon noir, coupe slim... ses ballerines... Sa façon de se tenir se donne pour si juvénile qu'elle doit avoir quarante-sept ou quarante-huit ans.

Nous sommes assez proches pour nous entendre, je me permets de lui faire remarquer que son allure de jeune femme moderne ne colle pas avec le mode de communication qu'elle a adopté avec moi : franchement, ses cartes périmées, son refus de passer par la voie du mail ou du smartphone... Faire appeler par la réception de l'hôtel... Pas croyable, je m'attendais à voir surgir un type d'au moins soixante-quinze ans, un montagnard suisse buriné comme j'en ai rencontré parfois dans les téléphériques autour de Davos, avec leur piolet et leur sac à dos de style militaire. Il est vrai qu'elle en porte un qui semble défraîchi et dater de l'époque de ses cartes postales. La ringardise lui colle à la peau, malgré tout. Un genre qu'elle doit se donner, je préfère sa manière de s'habiller près du corps, souple et contemporaine.

Elle ne sait pas si elle doit prendre au sérieux mes compliments, qu'un Français, dit-elle, ne peut pas s'empêcher de faire à une femme, même s'il n'en pense pas un mot. Elle n'échappe pas plus que moi aux caricatures nationales, nous avons du chemin à faire si nous voulons nous parler sincèrement et intimement. Nous parler sincèrement, elle y est prête, intimement, je peux y renoncer. Prendre le ton du séducteur aux tempes grisonnantes, un Français gagne désormais à s'en dispenser. Chacun sait où ça mène. Elle n'est pas là pour ça.

Pas là pour ça, très bien, moi non plus. En attendant, je devrais avaler qu'un expéditeur, devenu une expéditrice, m'envoie des cartes postales sans se présenter, me pose des questions obscures et me les présente comme des évidences ?

J'admets que ses questions m'ont fait réfléchir, oui, des histoires me rattachent à l'hôtel Waldheim de Davos, rien ne me dit que ces histoires me rattachent à Frieda Steigl.

– Arrêtez le char, dit-elle avec une de ses tournures toujours approximatives, que, pour la première fois, j'ai le pouvoir de corriger.

– Ton char, on dit arrête ton char, pas le char.

– Je me fous.

– Dites je m'en fous. C'est curieux de ne connaître que la langue familière et de faire des fautes comme si c'était une langue savante et complexe. Désolé pour la vacherie.

– C'est quoi la vacherie ?

– Retenez que je me suis excusé.

Elle me dit qu'elle a vécu sa première enfance dans un canton suisse bilingue, le reste de sa vie dans un canton germanophone, elle pratique le français surtout dans des conversations bruyantes d'amis ou, plus posées, de relations professionnelles, en buvant des cafés, alors tant pis pour les fautes. S'il m'est arrivé de commettre quelques erreurs, comme c'est probable, je devrais plutôt y réfléchir moi aussi. Et les corriger.

Je vois de moins en moins de quoi elle parle, nous passons de chaque côté d'un panneau blanc étroit, pour nous retrouver près des vitrages du musée, avec vue sur la sortie du port. Un bateau à la haute coque verte, chargé de centaines de boîtes colorées, semble se rapprocher de nous en nous longeant, avant d'amorcer sa courbe vers le large. Frieda Steigl est saisie un moment par notre proximité avec cette masse métallique. Il est possible de l'impressionner, il faudra que je m'en souvienne. Elle torture encore la tige de bois de son chignon, signe de fébrilité irritant, mais séduisant, parce qu'il la met à ma portée. Moins sûre d'elle que lorsqu'elle me somme d'arrêter le char.

Nous restons longtemps à suivre l'avancée du navire, aveuglés par la lumière que le pare-soleil clair de la vitre n'atténue qu'imparfaitement. Il est visible que nous nous attendons mutuellement. La seule question : lequel des deux osera entreprendre l'autre ? Chacun est prêt à parler de l'hôtel Waldheim, à condition d'avoir d'abord entendu l'autre. C'est là que ça coince.

Puisqu'elle est convaincue que je sais ce qu'elle attend de moi, pas la peine de le nier à l'infini. Autre biais : comment m'a-t-elle retrouvé depuis Zurich ? Elle lâche son chignon, se détend, s'assied sur une boîte blanche qui fait office de banc.

– Je l'aime mieux ça. C'est correct, non ?

Je ne relève pas, je préfère la laisser aller. Mon prénom seul, puis mon prénom et mon nom figuraient sur deux cartes postales semblables à celles qu'elle m'a envoyées. Deux cartes conservées depuis les années septante, son père les lui a adressées alors depuis Davos où il a séjourné en même temps que moi à l'hôtel Waldheim. Friedrich Steigl, son père, c'est assez clair depuis le début ?

Justement non, la signature F. Steigl, pas plus Frieda que Friedrich, ne m'a fait penser à aucun vacancier croisé à cette période dans la station de Davos, en dépit de ce qu'elle considère comme une donnée indiscutable. Je suis prêt à lui présenter de nouvelles excuses, si je manque à la mémoire de son père. Je suppose qu'elle s'est replongée dans le courrier familial, après sa disparition. Je devrais probablement être flatté d'apprendre qu'un voyageur s'est intéressé à moi au point d'inscrire mon nom sur des cartes adressées à sa fille. Quant à moi, je n'ai évoqué ce monsieur dans aucune carte à mes parents. Je peux le prouver, je viens de les relire. Il ne faut pas trop m'en vouloir : si longtemps après, mon oubli est pardonnable. Mais que disait de moi ce père à sa petite fille ? Qu'il avait rencontré un charmant garçon ? Dont il aimerait faire son gendre ?

Je vois à la tête de Frieda Steigl que ma blague de séducteur français tombe à plat. Je change de ton, fais celui qui comprend... un deuil probable... on relit de vieilles lettres... des noms apparaissent... des gens qui ont connu le défunt... émouvant, on a envie de parler de lui avec ceux qui l'ont connu. Décevant : avec moi, c'est le trou noir.

Mon nom dans un vieux courrier, admettons, mais comment remonter jusqu'à moi, surtout pour quelle raison ? Elle me regarde avec un air de plus en plus désabusé, comme si c'était moi qui jouais avec elle, alors que j'ai le sentiment, depuis le début, que c'est elle qui joue avec moi. Mes questions sur ses cartes me faisaient tomber dans un précipice sans fond à force de m'interroger sur l'identité du messager ; l'avoir en face de moi, au lieu de combler le trou, le creuse.

Nous nous levons pour faire quelques pas dans l'espace ouvert. Elle refuse l'aide que je lui propose pour soulever son sac visiblement pesant sur son épaule ; un geste cassant ; nous parlons de mon nom, elle ne veut pas que je lui fasse perdre le fil.

Mon nom, elle l'a gardé en mémoire, depuis qu'elle s'est penchée sur la correspondance paternelle, jusqu'à ce qu'il apparaisse dans divers documents, les plus récents étant des articles parus sur moi et mes petites créations arrivées jusqu'en Suisse. Je ne sais pas si je dois en être fier, elle a lu des papiers sur moi et certains de mes écrits, dans *Le Temps* et *La Tribune de Genève*. Elle lit aussi la presse francophone, oui. Elle a fait le rapprochement entre le Jeff Valdera de son père et le Jeff Valdera d'aujourd'hui, vivant aujourd'hui, localisable aujourd'hui, contrairement à Friedrich Steigl.

D'où sa décision de s'adresser à moi, de vérifier que j'étais bien la bonne personne, en utilisant un stock de vieilles cartes rapportées de son voyage d'alors par son père, conservées depuis au milieu des documents qu'il lui a laissés. Une manière de me tester, avant d'engager un dialogue dont elle espère beaucoup, si je fais preuve, avec le recul du temps, de l'ouverture d'esprit indispensable. Un homme comme moi ne peut pas en être privé, enfin, à condition d'être capable d'aller assez loin. Ouverture spéciale...

Qu'est-ce que ça veut dire, ouverture spéciale ? Encore une de ses expressions personnelles tordues ? Et le dialogue, parlons-en, je le trouve plombé, notre dialogue, depuis que j'ai parlé avec pas mal de désinvolture de cet homme auquel elle semble attachée. Plombé de toute manière depuis le début : ses cartes multivues de Davos et de l'hôtel, le ton offensif, voire agressif que j'y ai senti, l'anonymat initial... On n'engage pas le dialogue au moyen d'une lettre anonyme. Elle est venue à moi, oui, mais à reculons, ça mériterait des explications. Et pas que des allusions transparentes pour elle seule, comme si nous partagions des souvenirs, à commencer par le nom de son père. Je ne vais pas me forcer, pour lui faire plaisir. J'ai croisé des tas d'inconnus à l'hôtel Waldheim et dans les montagnes de Davos, l'année de mes seize ans, pas la peine de m'en vouloir si j'en ai oublié un en particulier, je les ai tous oubliés.

– Je n'en veux rien... L'oublier, je le comprends aussi... Alors je vous les donne à vous, les raisons du souvenir, si vous voulez...

– Si je veux, je ne sais pas si je veux...

– Si vous ne voulez pas encore, c'est que déjà.

– Quoi déjà ?

Je n'aurai pas l'indélicatesse de commenter une deuxième fois les fautes de français d'une étrangère, mais elles ne facilitent pas notre communication, faussée depuis le début, c'est mon impression persistante. Alors, plus je prétends n'y rien comprendre, plus j'ai l'air d'avouer que je dissimule ? Je ne suis pas certain de posséder l'ouverture d'esprit spéciale en question.

Je veux bien faire un effort. S'il s'agit seulement de constater que mon nom figurait sur deux cartes postales adressées à sa fille par M. Steigl, en août 1976, cela ne demande pas une ouverture d'esprit exceptionnelle. La seule question est : pour dire quoi ?

Que le jeune Jeff Valdera lui créait beaucoup d'ennuis sur tous les plans dans son hôtel des Grisons. Même au jeu de go, ajoute-t-il, parce qu'il a déjà initié sa toute petite fille à ce jeu complexe.

– C'est le clair maintenant ? Le jeu de go et le reste ? Des ennuis, beaucoup d'ennuis, et graves, c'est pas rien...

Ennuis graves, dit comme ça, j'ai du mal à voir. En revanche, le jeu de go est associé à une silhouette. Oui, l'homme du jeu de go, je le revois mieux à présent. Ai-je entendu son nom ? En passant, c'est probable, il a dû se présenter à moi... Je ne saisissais pas toujours les nuances des sonorités germaniques, je ne voulais pas avoir l'air d'un malpoli qui fait répéter les gens, je n'ai pas cherché plus loin... Comme il m'a demandé assez vite si je connaissais les règles du go, il est resté pour moi l'homme du jeu de go.

Arrivé en même temps que moi ou plus tôt, je ne saurais dire : je ne l'ai remarqué qu'au moment où j'ai décidé de m'ouvrir davantage aux autres. L'ouverture d'esprit spéciale, je semble l'avoir eue à ce moment-là... Je m'ouvrais même à ceux que je jugeais les plus détestables, pour ne pas me morfondre tout un été. Celui-là n'attirait pas la sympathie, un grand Allemand maigre et austère, les cheveux rares lissés en arrière, nous regardant jouer aux échecs, après le repas du soir, sans un mot. Je jouais des blitz avec un autre Allemand, d'Allemagne du Nord, celui-là, de Lübeck, ville proche de la mer Baltique, cela me revient. Je m'étais lancé, par défi, parce qu'il avait la réputation d'être imbattable. Je prenais des raclées, mais des raclées de moins en moins rapides. Je commençais à coincer mon adversaire ; jamais définitivement ; dès qu'il avait trouvé la parade, il m'étalait en cinq coups. Ma seule victoire était de voir poindre chez lui deux, au maximum trois hésitations au cours d'une partie.

Vous voyez, pour moi, les ennuis graves ne dépassent pas la dimension du jeu. Attendez que je remette de l'ordre : c'est ça, après une série de défaites aux échecs, l'homme du jeu de go m'a demandé si je ne préférerais pas un jeu plus calme que ces parties éclair que nous faisions, nommé le go, jeu chinois de stratégie et d'encerclement. J'ai été initié aux règles en une soirée, à la fin de la semaine je remportais ma première victoire. Je n'ai pas pensé qu'un homme aussi sinistre que ce joueur de go pouvait me laisser gagner pour m'encourager. Je me suis attribué tout le mérite de la victoire. Mon adversaire s'est repris, pas de manière aussi écrasante que le joueur d'échecs, il est arrivé un moment où je l'encerclais régulièrement et où il abandonnait la partie. Je revenais vers le joueur d'échecs qui prétendait me laisser plus de chance en se donnant un handicap. Quelquefois, il jouait sans fou ou sans tour, et même sans reine. Sa victoire inévitable ajoutait à mon humiliation, je ne renonçais pas pour autant, m'étant juré de le battre une fois avant la fin du mois.

– Désolé pour votre père, lui, j'étais content de pouvoir le battre, mais je le trouvais moins sympa que le joueur de Lübeck qui me laminait soir après soir.

Frieda Steigl s'est assise sur un des fauteuils design noir et chrome de l'entrée, elle m'a laissé dériver, sans m'interrompre, sur mes jeux de société en période estivale. Je prends le fauteuil en face d'elle.

– Le monsieur des échecs, c'est Herr Linek, non ? Le souvenir donne le nom ?

Je ne l'aurais pas retrouvé tout seul. Maintenant qu'elle le dit, oui, Linek, Herr und Frau Linek, le nom de ce couple remonte à la surface. Des sonorités plus limpides que le gargouillis de Steigl. Un couple de trente-cinq ou quarante ans, soigné, elle assez guindée, lui bien mis aussi, mais plus à l'aise avec chacun, des airs de bourgeois sûrs d'eux en vacances. Une question me vient à l'instant : comment Frieda connaît-elle Herr Linek ? Comme elle me connaissait, moi ? Papa Steigl tenait la chronique de ses vacances dans ses cartes postales ? Il dressait la liste des vacanciers croisés à l'hôtel ? Tant de détails sur un support aussi restreint ? Incroyable.

– Si vous le pensez comme ça, oui.

– Ce Linek aurait aussi à voir avec les ennuis de votre père ? Je ne vous cacherai pas que tout ça me dépasse, mais je ne vous en veux pas. Vous finissez par m'intriguer en secouant des images mortes. Je revis, grâce à vous. Mettre un nom sur l'homme qui m'a enseigné un jeu aussi subtil que le go et penser que c'était votre père, cela donne du prix à un souvenir auquel je n'accordais pas beaucoup de valeur jusqu'ici, carrément un non-souvenir.

Je peux vous faire plaisir en échange, en reconnaissant que je n'ai pas tout oublié de cet homme, maintenant que, grâce à vous, son visage a resurgi en moi. Je suis impardonnable de ne pas avoir fait l'effort de retenir un nom que je viens, faute de goût supplémentaire, de comparer à un gargouillis. Vous êtes à l'aise avec le français familier, j'espère que ce mot sans doute peu courant dans les journaux suisses francophones vous est inconnu... Il l'est ? Tant mieux. Ses sonorités sont tout de même assez claires ? Encore pardon. J'éprouve d'autant plus de honte d'avoir dénigré Herr Steigl. Austère, pas sympa. Au début, oui. Ensuite, nos relations se sont, je ne dirais pas détendues, parce qu'il ne souriait jamais, même lorsqu'il se moquait de Herr Linek ou d'autres, je ne crois pas l'avoir entendu rire une seule fois, simplement elles étaient fondées sur le plaisir du jeu, même si ce n'était pas un jeu rigolo. Nous parlions peu, parce que nous ne parlions qu'en allemand et que mon allemand est resté limité. J'appréciais surtout qu'il soit un ami de Herr Meili. Je crois qu'ils partageaient le goût de l'histoire. Je me demande même si votre père n'enseignait pas lui-même cette matière. À l'Université ? Vous voyez que les choses me reviennent, vous avez eu raison de me pousser. Je savais que vous seriez contente : Herr Steigl est sorti de l'ombre où je l'avais rejeté. Il m'envoyait parfois porter un message à Herr Meili ou me demandait de le retrouver s'il n'était pas dans son bureau. Ils aimaient engager des controverses que je supposais historiques. Je n'en profitais guère. Je viens de vous dire que ma maîtrise de l'allemand était fragile, mon vocabulaire réduit. Quand je perdais le fil, je m'ennuyais, je les laissais discuter.

– C'est ça, me disait Herr Meili, allez faire votre partie d'échecs et tâchez de gagner cette fois. Prenez votre temps.

Si je reviens un instant à ce que votre père vous écrivait de moi, aux ennuis que j'ai pu lui causer, je commence à m'en faire une idée. J'ai dû montrer trop de joie ou de fierté après mes victoires au jeu de go, je me vois bien, si je repense au frimeur adolescent que je pouvais être, faire sentir à tout l'hôtel que le disciple avait dépassé le maître. Si Herr Steigl s'en est trouvé exaspéré, je le regrette et le comprends. Des ennuis... Si nous parlons du jeu de go, cela me semble assez clair. Mais vous avez ajouté, votre père aurait ajouté : des ennuis sur tous les plans. Là, je demande à voir. Une traduction de l'allemand, peut-être fautive... Je ne cherche pas à critiquer sans cesse vos imprécisions de vocabulaire et de traduction, mon niveau d'allemand est aujourd'hui encore plus insuffisant qu'à la fin des années soixante-dix, j'aimerais pourtant la phrase authentique, pour me rendre compte par moi-même.

Je vois que Frieda Steigl hésite, retire la baguette de son chignon improvisé, ses cheveux blonds s'effondrent sur ses épaules. Elle entrouvre sa sacoche de cuir fripé, en extrait une carte semblable aux trois qu'elle m'a adressées et à la première de celles que j'avais envoyées à mes parents. Je les ai là, moi aussi. Nous confrontons nos documents, je souligne la singularité de leur rencontre aujourd'hui. L'émotion de Frieda est visible, comme si la distance qu'elle m'a imposée depuis le début s'effaçait enfin. Je suis prêt à la partager, lui tends mes propres cartes. Elle s'arrête sur le modèle identique au sien, passe plusieurs fois la paume dessus. Elle ne va pas pleurer ? De vieux morceaux de carton... Elle se reprend, lit mes phrases d'adolescent adressées à mes parents. Je voudrais l'en empêcher, pas pour l'indiscrétion, la gêne plutôt, mes idioties de l'époque, plus moi, pas de confusion. Elle dit que c'est touchant. Touchant, c'est gentil de sa part, je la laisse faire. Je n'en ai pas d'autres ? Pourquoi ? Elle s'attendait à y trouver des allusions plus précises à ma vie à l'hôtel Waldheim, à mes rencontres éventuelles. C'est sûr, pas un mot sur son père, si c'est ce qu'elle espérait, je ne m'attarde sur aucun ennui supposé grave.

Elle me restitue mon courrier, triste, me montre le sien, de loin, la phrase de son père sur Jeff Valdera et les ennuis qu'il lui aurait causés : *usw.* Piètre germaniste, j'en sais suffisamment pour comprendre *usw*, *und so weiter*, et cetera. C'est vague, etc. Herr Friedrich Steigl m'en veut vaguement, je suis soulagé. Les assertions de sa fille, des décennies plus tard, me paraissent exagérées. *Usw*, *und so weiter*, etc., vous n'allez pas me faire des histoires pour si peu. J'ai l'impression de remporter une nouvelle victoire sur la famille Steigl, comme à l'époque où je battais le père au jeu de go, que je n'ai d'ailleurs, comme l'allemand, plus guère pratiqué sérieusement depuis ce temps.

– Vous dites faire le prétentieux adolescent, alors, mais faire le prétentieux, c'est toujours le vrai, plus vieux.

Je n'ai pas pu m'empêcher de triompher, un trait de caractère que l'âge ne gomme pas, tant pis, je ne vais pas passer mon temps à présenter mes excuses. Je ne veux retenir que le caractère anodin des reproches que me faisait votre père dans son courrier, qui me dispense de me justifier davantage. Heureusement que vous avez fait tout ce chemin pour votre travail et pas seulement pour me rencontrer, cela aurait été une perte de temps pour vous. D'ailleurs, pour quelle boîte travaillez-vous ? Je ne voudrais pas vous mettre en difficulté, si vous avez des négociations à mener, un contrat à arracher... Pas de contrat ? Pas de boîte non plus ? Vous m'avez menti depuis le début ? Je m'en doutais. Vous ne voulez voir que moi ? Je crains d'avoir fait tout ce que je pouvais pour vous, *und so weiter*. Qu'attendez-vous de plus ?

Elle aimerait m'entendre encore parler de son père, et pas seulement de mes performances au jeu de go. Elle a de bonnes raisons de penser que je me suis trouvé auprès de lui à une période cruciale de sa vie. C'est sur ce point qu'elle m'attend.

Je prends un air concentré, pas seulement pour me donner de l'importance, celle qu'elle semble m'accorder, mais pour retrouver d'authentiques détails susceptibles de passer pour importants et même cruciaux.

Réflexion faite, oui, j'ai manifestement eu quelques échanges avec lui, au-delà du simple voisinage de clients dans une salle de restaurant ou dans le salon d'un hôtel. J'admets, des échanges, oui, mais inaboutis, pour des raisons linguistiques et personnelles. Je l'ai dit, je ne me sentais pas aussi à l'aise avec lui qu'avec le patron de l'hôtel ou même le joueur d'échecs. La preuve, j'ai effacé son nom de ma mémoire.

Il est vrai toutefois que j'ai fait une tentative de rapprochement un soir, alors que, après plusieurs défaites aux échecs et même au go et une seule victoire de justesse, j'ai rendu visite dans son bureau appartement, comme il m'y conviait régulièrement, à Herr Johann Meili, pour poursuivre un dialogue sur l'amitié entre la France des Lumières et la Prusse au XVIII^e siècle. Herr Steigl s'est présenté quelques minutes après moi, commençant, sans m'avoir aperçu, enfoncé que j'étais dans un pouf à longs poils du temps, à évoquer avec son ami son prochain départ. Il parlait plus vite qu'à l'ordinaire. L'homme empesé et digne devant le goban que nous venions de quitter s'animait, s'emballait, son voyage, ses préparatifs. Herr Meili lui a signalé ma présence. Un flottement a suivi, comme quand nous déposions une pierre blanche ou noire sur une intersection stratégique.

Leur conversation a repris, l'hôtelier m'a demandé si j'avais saisi leurs propos. Il m'a traduit rapidement ce qu'il a présenté comme les dernières phrases. Si j'y repense, je me suis dit que j'étais vraiment nul : aucun rapport entre ce que j'avais cru percevoir (ne me demandez pas ce que c'était) et la traduction. Selon la version officielle, l'ami de Johann Meili projetait une randonnée vers des sommets de la région, pas une promenade, marche sportive, équipée, altitude. Il me semble qu'il était question de faire le tour des principaux pics du coin, jusqu'au Weissfluhgipfel. Je me suis déclaré enthousiaste, prêt à défier, physiquement cette fois, mon partenaire de go. Il a repris son allure la plus austère pour rafraîchir mes ardeurs : la montagne ne met pas en concurrence ceux qui tentent de la gravir. Il ne s'agit pas d'arriver le premier au sommet et de laisser les autres le plus loin derrière soi, c'est même tout le contraire. Je ne semblais pas prêt mentalement pour ce genre d'expérience. L'étais-je physiquement ? Il ne suffisait pas d'être un adolescent en pleine expansion pour avoir l'endurance nécessaire. L'air de Davos, bénéfique à tant de malades depuis un siècle, avait sans doute des effets sur mes poumons, sans faire de moi un alpiniste, certainement pas pourvu de l'esprit de cordée.

Me rappelant qui j'étais à cet âge, je devais être vexé. Je crois avoir fait remarquer à votre père que le costume jaune que je lui voyais depuis plusieurs jours n'annonçait pas non plus un alpiniste surentraîné. Je n'avais pas l'impression qu'il avait fait la moindre sortie au cours de la semaine écoulée depuis mon arrivée, contrairement à moi. J'ai bien senti que Herr Meili ne prenait pas la peine de traduire l'intégralité de mes propos en allemand. Vous voyez que la traduction reste une vraie difficulté entre nos deux familles.

À distance, et après ce que vous venez de me suggérer, je commence à me demander si je n'ai pas été trompé par ces deux messieurs sérieux. Ce qui est sûr, c'est que, sur le moment, je ne me suis pas arrêté plus de dix secondes sur les questions qui me venaient.

J'ai seulement fini par comprendre que Herr Steigl ne souhaitait pas s'embarrasser d'un garçon dans mon genre, ce qui me l'a rendu encore plus antipathique. Je me suis promis de ne plus jouer au go avec lui, ou, s'il insistait pour une nouvelle partie, de l'écraser sans pitié.

Il a quitté l'hôtel tôt le matin, selon Herr Meili, sans me laisser aucune chance de l'accompagner. J'ai tiré un trait sur ce monsieur dont le nom à la résonance de gargouillis était déjà sorti de ma tête. Son retour, le deuxième ou le troisième jour, m'a laissé indifférent : il m'est apparu à l'heure du dîner, les traits tirés. J'avais du mal à voir en lui un champion des alpages. Je n'ai pas fait l'effort de lui demander des nouvelles de ses ascensions. Difficile de l'imaginer embrassant un panorama, le pied sur un rocher à un sommet des alentours, appuyé sur son piolet, l'homme ayant déjà rendossé son costume jaune. Herr Meili est passé lui serrer la main, trop chaleureusement à mon goût. J'ai ricané à ma table en pensant : un montagnard, ça ?

Je m'étais promis de ne plus insulter votre père, cela m'a échappé. C'est votre faute, vous tenez à ce que je me souvienne de lui, je fais des efforts, je gratte, tout ce qui remonte lui est défavorable. Vous m'en voulez ? Vous tenez à ce que je poursuive ? Vous parliez d'une période cruciale de sa vie et je ne vous restitue qu'un incident quelconque. Ma femme me reproche fréquemment de préférer les stratégies d'évitement... Je ne vais pas me refaire pour vous... Vous me dites que cet incident n'est pas quelconque du tout ?

Si cela peut vous aider, il me fait penser à un autre incident que je suis prêt à vous livrer, parce qu'il m'a l'air soudain plus grave, même si je n'y suis pour rien, je vous le jure : M. Steigl a entrepris, plus tard dans notre séjour, une autre excursion, l'ascension, je crois, d'un sommet plus élevé. Je me suis bien gardé, cette fois, d'avoir l'air intéressé par son projet. Je ne voulais pas subir une nouvelle humiliation de sa part. Je n'ai pas pu m'empêcher de questionner notre ami commun, Herr Meili, sans montrer trop d'insistance, pour que ma curiosité ne trahisse pas mon envie de participer à ce que j'aurais aimé être une expédition. Si c'en était une, je pense pouvoir dire qu'elle a échoué.

Je retrouve l'impression de joie malsaine éprouvée quand j'ai appris le retour hâtif, le jour même, sinon le lendemain, de celui que je persistais à nommer l'alpiniste en costume jaune. Il me confirmait qu'il n'avait pas les moyens de ses ambitions. Sa déception, en présence de Johann Meili, était visible. Si c'était une déception vraiment cruciale pour lui, je n'en ai pas eu conscience sur le moment, mais, en réexaminant la situation aujourd'hui, je me dis que ce ne serait pas impossible. D'ailleurs, l'hôtelier, ce soir-là, m'a vite écarté, probablement pour éviter de donner de la publicité à l'échec en montagne d'un client ami, du moins c'est ainsi que j'ai interprété la situation. J'étais dans l'erreur, c'est ce que vous pensez ? Je reconnais qu'ils avaient tous les deux l'air d'hommes vraiment ennuyés, au-delà de ce qu'une promenade ratée autoriserait.

Ce nouvel épisode a contribué à me détourner un peu plus de votre père. Comme une fraction de la population avait changé entre le samedi et le dimanche, j'ai cherché à m'intéresser aux derniers arrivés. Un seul a attiré mon attention. Il faut reconnaître qu'il tranchait. Par son habillement surtout : un été chaud, même en altitude, comme cette année-là, et il portait une veste à carreaux doublée, aux coudes usagés.

– Vous parlez du Herr Doktor Uli ?

– Encore un nom que je n'ai pas retenu. Et vous le connaissez aussi ? Vous m'impressionnez de plus en plus... Enfin, si c'est le même, j'ignorais qu'il était docteur.

– Vous savez que dans chez nous beaucoup de les gens sont Doktor sans être médecin.

– Naturellement, je le sais, les titres universitaires vous plaisent... Mais j'insiste... D'où tenez-vous tous ces renseignements sur chacun ? Vous m'avez laissé entendre que vous étiez enfant et receviez des cartes postales de papa. Je veux bien qu'un père raconte ses vacances à sa fille, mais entrer dans le détail à ce point et dans les quelques lignes permises par le format d'une carte postale... Je ne vous cache pas que vous commencez à m'inquiéter pour de bon.

Nous nous taisons un moment, nos regards fixés l'un sur l'autre. Je ne décrypte pas le sien, le mien semble avoir de moins en moins de secret pour elle, c'est encore plus perturbant. Nous mettons fin en même temps à la gêne, par l'esquisse d'un sourire qui nous rapproche de nouveau et m'encourage à descendre en moi. Peut-être que cette fille me plaît, faudrait pas que je me fasse avoir comme un débutant. Halte à la rêverie :

– Alors, le Herr Doktor Uli ? Vous n'avez pas étudié que sa mauvaise veste ?

C'est la première fois que je repense à lui. Cinq minutes plus tôt, j'aurais nié son existence. Je ne sais pas comment s'y prend Frieda Steigl, elle a le don du ressouvenir. Oui, ce monsieur, monsieur Uli, Herr Doktor Uli si vous voulez, s'est fait remarquer le lendemain de son arrivée, à peu près au moment où votre père avait fait sa première course en montagne. Au début du déjeuner, à midi précis, la vieille Rosa servait les entrées, oscillant de table en table, avec son chantonnement perpétuel, sourd et irritant, seulement interrompu par le mot « service », avec un r roulé, chaque fois qu'elle avait accompli sa tâche, « serrrvice ».

Elle s'engage dans l'allée sur ma gauche, de son pas de canard, trop d'assiettes l'encombrent, je guette avec gourmandise le moment où elle va flageoler et envoyer deux ou trois giclées de vinaigrette sur des mères de famille. Mieux que ça, elle s'emballe, je ne vois pas comment elle va éviter de s'emplafonner au milieu de deux ou trois tables, nouveau carnage de porcelaine et de taches en perspective. Elle tient bon, dépose à toute allure, sans en briser une seule, ses assiettes sur la table de Herr Uli. Il me semble néanmoins qu'elle tombe sur lui, s'agrippe à sa veste. Je me dis : le dernier arrivé n'a pas de chance, c'est lui qui prend tout. Je suis étonné de la voir insister autant, les voisins se lèvent, entourent le couple. Qu'est-ce qu'il leur arrive à tous ? Je crois que Herr Steigl, contrairement aux autres, attirés par l'incident, quitte la salle de restaurant. Vous y voyez une raison particulière ? Pas moi.

Ma tante et moi, nous ne voulons pas faire les curieux supplémentaires. Nous finissons par comprendre que Rosa a secouru celui que vous appelez

Herr Doktor Uli, quand elle a perçu, avec une acuité surprenante chez une femme âgée qui voyait si mal, que l'homme assis devant elle était pris d'un malaise. Elle l'a soutenu, a ouvert son col, tenté de lui donner l'air qui lui manquait.

Un médecin en vacances a fait allonger la victime, l'a examinée avant de déclarer que ce n'était rien. Le repas allait reprendre, un autre homme s'est présenté, que j'avais rencontré deux ou trois fois les autres années, le Dr Christian Meili, le frère cadet de notre hôtelier, un cardiologue réputé, propriétaire d'une clinique chic de Davos Platz, en même temps que de l'hôtel Waldheim dont il était le cohéritier avec son frère aîné. Herr Johann Meili, s'il parlait de lui, disait sa chance d'avoir un cadet comme ce Christian, parce qu'il souffrait lui-même d'une faiblesse cardiaque et qu'il se sentait surveillé fraternellement.

Les deux médecins se sont entretenus avec calme, avant de manifester leur désaccord sur un ton de plus en plus déplaisant. Le client conseillait au malade de monter faire une bonne sieste sur son balcon, Herr Doktor Christian Meili insistait pour le conduire aussitôt dans sa clinique, afin de procéder à des examens de routine, de le garder sous observation quelques jours, si nécessaire.

Comme frère du patron, son influence a été prépondérante. L'autre médecin a maugréé un moment. Je ne suis pas sûr d'avoir bien saisi, il me semble qu'il trouvait gonflé de la part d'un confrère de profiter du vivier de l'hôtel tenu par son aîné pour recruter des patients à bon compte. Monsieur Uli s'est trouvé embarqué vers la clinique du Dr Meili, sans protester.

Il n'a resurgi à l'hôtel que deux jours plus tard, requinqué, mieux habillé, du moins débarrassé de sa triste veste. Comme la température avait encore monté, il se contentait d'une simple chemise blanche ouverte. Quelques voisins de chambre ou de table se sont souciés de sa santé, il n'a pas fait d'efforts pour les rassurer ou répondre à leur sympathie. Un simple haussement d'épaules. Ma tante Judith, je crois m'en souvenir, le prenait, comme moi, bien que pour d'autres raisons, elle parce qu'elle en était choquée, moi parce que j'avais l'esprit spontanément rigolard, pour un original, peu adapté au milieu social de l'hôtel Waldheim. Nous n'avons pas poussé plus loin notre réflexion. Nous aurions dû ? Un lien particulier avec votre père ? Décidément je découvre qu'il avait tissé des liens avec plus de gens que je ne l'imaginais. C'est si grave ?

Je ne veux pas laisser paraître trop longtemps mon malaise. Après tout, c'est Frieda Steigl qui a tenu à me faire parler de ces étrangers côtoyés une saison, pour des raisons qui la regardent et m'échappent largement. Je ne tiens pas à me laisser embarquer n'importe où par une inconnue, sauf si j'y trouve une satisfaction. Je ne sais plus trop quoi penser de cette période partagée avec son père et d'autres individus, soudain étranges à mes yeux, depuis que Frieda Steigl lui a apporté sa couleur intrigante. Ma couleur à moi semble différente, et ma version personnelle en décalage avec la sienne. Je ne vais bientôt plus oser ouvrir la bouche.

Elle m'incite au contraire à lui livrer ce qui me passe par la tête, elle en tire toutes sortes d'enseignements. Si je dois me laisser aller, je vais lui parler de Frau Finkel. Celle-là, j'en suis sûr, elle ne pourra pas me dire qu'elle la connaissait aussi. Mon authentique expérience personnelle, incontestable. Son nom et son image me sont revenus d'emblée et avec plus de précision que les autres. Frau Finkel, une vieille qui vivait à l'hôtel, mais en marge des touristes, ne mangeait pas dans la salle commune. Je ne vois pas grand monde capable de l'identifier, surtout pas vous.

– Vous parlez de Mme Esther Finkel ?

Elle aussi ? Comment faites-vous ? C'est irritant, à la fin. Vous dites Esther ? Pour vous dire la vérité, c'est la première fois que j'entends son prénom. Pour moi, elle n'a jamais été que Frau Finkel tout court. Je disais qu'elle ne se montrait pas longtemps dans les parties communes de l'hôtel Waldheim, je suis surpris que votre père l'ait connue... Vous me dites qu'il était un grand universitaire, il aurait pu plaire à une vieille femme cultivée... Je ne voudrais pas vous vexer davantage, mais nous ne nous sommes jamais étendus sur lui, Mme Finkel et moi, autant que je m'en souvienne, alors que nous avons évoqué d'autres clients. Il est possible qu'elle ait engagé la conversation avec lui, mais hors de ma présence.

– Je le sais qu'elle préférait parler des grands auteurs, pas que français, les Allemands aussi... L'amoureuse de Thomas Mann... *Der Zauberberg*... *La Montagne magique*...

– Évidemment, ce détail ne pouvait pas échapper à votre père, s'il vous a parlé d'elle. Son obsession, je crois qu'elle avait rencontré cet auteur allemand en Suisse quand ils avaient tous deux quitté l'Allemagne, avant la guerre.

– Je ne vous parle pas de Frau Finkel dans la guerre, mais de Frau Finkel dans l'année de vous à Davos.

– Je ne vois pas comment vous sauriez qu'elle refusait de commenter *La Montagne magique* avec moi sous prétexte que je n'avais lu le roman qu'en traduction.

– Ça non, je ne le savais pas beaucoup.

– Première fois que vous ignorez quelque chose de moi et de la vie de l'hôtel cette année-là, ça me rassure.

– Parce que je m'en fous, de *La Montagne magique*.

– Ça se passait pourtant à Davos, au sanatorium Berghof, il me semble. Je croyais que tout ce qui se passait à Davos vous intéressait. Ou vous ne le saviez pas ?

Ce n'est pas parce que je me sens déstabilisé que je dois m'en sortir par de petites saloperies. C'est bon, je les retire. Nous commencions à nous entendre et je casse tout avec l'évocation de Frau Finkel et de sa passion pour Thomas Mann.

Pourtant, le nom de cet auteur me fait penser à un incident dans lequel Frau Finkel a joué un rôle et, je le crains, moi aussi. Ne vous inquiétez pas, votre père n'a rien à voir là-dedans. Celui qui a fait les frais de la colère de la vieille amoureuse de Thomas Mann, c'est plutôt le champion d'échecs, celui dont vous m'avez rappelé le nom, comment déjà ? Linek, c'est ça, Linek. Cela vous intéresse ? J'ai l'impression, alors je ne me gêne plus. Linek.

Je remontais d'une série de défaites face à lui, j'ai croisé dans l'escalier Frau Finkel, une assiette vide à la main. Elle s'apprêtait à aller engueuler le cuisinier : son accommodement d'un sauté de veau à la zurichoise lui avait semblé trop peu relevé et la viande trop cuite. Les cuisines, à cette heure tardive, étaient déjà fermées. J'ai offert mon bras à Mme Finkel pour la reconduire à son annexe sous le toit. Elle l'a refusé d'abord, non comme une indécence, mais comme une fausse politesse la renvoyant à son statut de vieille femme qui serait forcément impotente. Elle s'en est emparée au deuxième étage pour me dire vous au moins vous savez quelque chose. Quel âge avez-vous déjà ? Seize ans. Et vous m'avez dit que vous avez fini *La Montagne magique*. Pas en allemand, je sais. *La Mort à Venise* aussi ? Très bien. Et *Les Buddenbrook* ? Vous ne me l'aviez pas dit. Et vous n'avez que seize ans.

Ses flatteries étaient inhabituelles, elle devait être fatiguée. En réalité, elle était en colère. Je devais entamer la deuxième moitié de mon séjour, elle savait que je jouais aux échecs depuis quelques jours avec Herr Linek et cela ne lui plaisait pas. Je vous vois secouer la tête, comme si j'énonçais une évidence. Si c'est déjà clair pour vous, vous avez de la chance.

Moi, j'ai concédé que, depuis que je menais des parties acharnées, j'avais moins le temps de lui tenir compagnie après le repas. Ce n'était pas cela l'ennui, m'a-t-elle dit. Elle se doutait qu'un jeune garçon avait mieux à faire qu'à écouter une vieille radoteuse. L'ennui, c'était que ce Linek ne savait pas grand-chose, pour ne pas dire rien, de Thomas Mann. Et sa femme pas davantage. Elle les avait croisés en ville, près de la Poste, ils étaient toujours fourrés à la Poste, elle se demandait pourquoi (pas vous ? Vous secouez de nouveau la tête, c'est invraisemblable.). Encore une fois à la Poste, donc, en milieu d'après-midi, elle les avait abordés, parce que je lui avais dit, lors de notre dernière discussion, que ce couple, en particulier le joueur que j'affrontais inlassablement, était originaire de Lübeck, land de Schleswig-Holstein, au nord de la RFA.

Or, Lübeck, je le savais mieux que personne,

malgré mes seize ans, était la ville natale de Thomas Mann. Elle se régalait d'avance de rivaliser de connaissances avec des compatriotes de son auteur. Tout juste si Linek ne lui a pas fait répéter le nom de Thomas Mann et n'a pas reculé quand elle a insisté pour engager la conversation sur le sujet. Il a cru, comme elle en a eu l'impression, qu'elle lui parlait d'un client de l'hôtel. Il s'est rattrapé ensuite en répétant Thomas Mann, ah oui, Thomas Mann, comme s'il cherchait à rassembler des souvenirs extrêmement lointains. Et il n'a rien trouvé d'intéressant à dire, s'est tourné vers sa femme qui a eu le plus grand mal à rattacher ce nom à *La Montagne magique* dont Frau Finkel leur a immédiatement fait l'apologie.

– Même des Allemands, ai-je dit, ont le droit de ne pas être cultivés ou, tout en étant cultivés, de ne pas apprécier les livres d'un auteur de leur pays, trop feuillu peut-être, trop patrimonial. Ils préfèrent un Krimi plus abordable, un de ces polars plus vite lus...

– N'importe quel Allemand, a répondu Frau Finkel, je ne dis pas, mais des Allemands de Lübeck...

– Ils vivent à Lübeck, ai-je contesté, ils n'en sont peut-être pas originaires...

– Même si on est un Lübeckois d'adoption et même si on n'aime pas lire, on connaît un des auteurs les plus célèbres de sa ville, issu d'une famille locale importante, prix Nobel de littérature, l'honneur de Lübeck, on a dans l'oreille les titres de ses principaux livres. Et si on vit à Lübeck et qu'on vient passer ses vacances à Davos où se déroule l'action d'un des romans les plus célèbres de cet auteur, ce ne peut être que pour faire une sorte de pèlerinage littéraire. Je vous jure que cela m'a mise hors de moi. Je leur ai préparé quelques chausse-trapes, ils sont tombés dedans à chaque fois. Des ignares, mon pauvre Jeff, je n'ai jamais vu des ignares pareils. De Lübeck. La patrie de Thomas Mann. Ils n'avaient jamais entendu son nom. De Lübeck. Vous rendez-vous compte, Jeff, de ce que cela veut dire ? Oui, le triomphe de l'inculture... L'oubli des grands écrivains...

– Surtout de ceux que vous avez connus, Frau Finkel... Tout le monde n'a pas eu la chance de vous rencontrer pour découvrir un grand auteur...

– Vous êtes malicieux avec moi, Jeff, mais vous n'y êtes pas du tout. Ce que cela veut dire, c'est que ces Linek se prétendent de Lübeck, alors qu'ils ne peuvent pas être de Lübeck. Même leur accent allemand n'est pas de Lübeck : ils se forcent à éclaircir leurs voyelles, à mieux marquer leurs consonnes, mais ce n'est pas naturel chez eux. S'ils échangent quelques mots, je les ai entendus parler en marchant derrière eux, leurs consonnes s'effacent, on dirait des Saxons. Thomas Mann n'aurait jamais parlé de cette manière.

J'ai laissé Frau Finkel à son délire de maniaque de Thomas Mann, déçue à chaque nouvelle rencontre de découvrir que son auteur favori perdait en notoriété au fil du temps. Je lui ai rappelé en la quittant devant sa porte qu'elle m'avait fait le même reproche d'ignorance un an auparavant et même récemment, quand j'avais avoué n'être capable de lire *La Montagne magique* qu'en français. Oui, mais moi, je ne suis pas de Lübeck, pas un pseudo-journaliste d'on ne sait quelle radio, j'ai seize ans, tout à apprendre, et l'envie d'apprendre qu'elle a détectée en moi dès le premier jour. Elle serait moi, elle renoncerait à ces ignobles parties d'échecs, jeu où l'individu le plus ignorant peut gagner en appliquant des techniques mécaniques mises au point par d'autres.

Frau Finkel me faisait rire avec ses excès passionnés, je n'allais pas renoncer par amitié pour elle à affronter Linek que j'espérais vaincre avant la fin du mois. J'ai fait la bêtise, le soir, à l'issue d'un blitz où j'ai pensé le mettre pour la première fois en danger, de lui présenter, sans la nommer, les doutes de Frau Finkel. Lübeck, pas Lübeck ? Thomas Mann, pas Thomas Mann ? Naïveté, parler de Thomas Mann, c'était dénoncer ma vieille amie. Linek ne s'y est pas laissé prendre. Je ne devais pas écouter quelqu'un qui défendait un horrible grand bourgeois comme ce Thomas Mann, qui avait préféré l'Amérique à son pays. Il voulait me montrer qu'il en savait plus que ne le pensait Frau Finkel, mais que sa qualité de journaliste de gauche à la radio lui rendait insupportables les artistes capitalistes.

Un journaliste anticapitaliste à l'hôtel Waldheim, lui que j'avais pris avec sa femme pour une caricature de couple bourgeois, mon enquête sur les coutumes de la tribu était bousculée d'un seul coup. Une anomalie vivante dans le groupe aisé et feutré que j'avais l'ambition d'étudier depuis huit jours. Ma sympathie pour lui s'en est trouvée amplifiée en quelques instants. Qu'il soit de Lübeck ou d'ailleurs ne me préoccupait plus du tout.

Je ne sais plus si c'est le même soir ou le lendemain que j'ai voulu partager avec Herr Johann Meili mes considérations intempestives. J'ai frappé à la porte de son appartement privé où il compulsait des factures. Je ne le dérangeais jamais, me disait-il, j'amenais la vie de la jeunesse, il m'en était reconnaissant. J'ai pensé jouer mon rôle en faisant entrer chez lui ma joie juvénile : j'ai ri en lui livrant les soupçons délirants de Frau Finkel sur les Linek et leur fausse adresse de Lübeck, me suis esclaffé, en décrivant les Linek comme les plus anti-bourgeois de l'hôtel. Sans doute leur métier de journaliste expliquait-il ces contradictions ? Je découvrais le monde.

Herr Meili a ri un instant avec moi, surtout quand j'ai mimé Frau Finkel en colère contre les Linek à cause de leur méconnaissance du dieu Thomas Mann. Je me suis d'abord senti encouragé, puis paralysé par le changement d'attitude de l'hôtelier. Un air préoccupé, un regard vraiment contrarié, j'ai été obligé de suspendre ma rigolade en cours. Je tombais mal ? Pas seulement.

Mes propos eux-mêmes le dérangeaient. J'ai cru comprendre que mes moqueries à l'égard de deux hôtes de la maison étaient malvenues. On ne rabaisse pas ses clients devant un patron d'hôtel. J'étais prêt à reconnaître mon insuffisance... seize ans... je sortais de mon rôle, pardon. Non, non, ce n'était pas cela qui le fâchait, au contraire, mes remarques l'éclairaient beaucoup. Il tenait à m'entendre encore, sérieusement cette fois. Ma conversation avec Herr Linek avait-elle confirmé les intuitions de Frau Finkel ? J'étais persuadé du contraire, sans en avoir aucune preuve. Lübeck, pas Lübeck, pourquoi était-ce si important pour lui comme pour elle ? Pas important, simple curiosité, on aime avoir des rapports francs et chaleureux avec ses clients, dans un hôtel comme le Waldheim, tenu par la même famille depuis trois générations. Si quelqu'un contrevient aux usages établis depuis des décennies, cela le chagrine.

J'avoue que ce genre de considérations échappait à un garçon de mon âge. Je trouvais les réactions de Frau Finkel et de Herr Meili disproportionnées. La personnalité des Linek ne me dérangeait pas plus que ça. Je ne cacherai pas que la beauté froide de Frau Linek m'excitait pas mal. Enfin toutes les beautés m'excitaient, chaudes, tièdes ou froides, je crois même que l'absence de beauté m'excitait au même degré. J'ai imaginé devant Herr Meili que le couple pouvait ne pas être légitime, que cet homme passait ses vacances avec une maîtresse, il ne tenait pas à le faire savoir, faisait des déclarations de fantaisie sur sa ville d'origine, sa profession, son nom peut-être, dans les hôtels où il se cachait, pour ne pas courir le risque d'être dénoncé plus tard auprès de sa vraie femme.

– Vous avez de l'imagination, m'a dit Herr Meili, on voit que vous lisez beaucoup la littérature française. L'adultère, c'est son vieux sujet. Je peux vous demander quelque chose, Jeff ? Puisque vous parlez beaucoup avec ce couple, et que vous avez maintenant une hypothèse personnelle sur eux, vous pourriez les questionner, en toute discrétion, pour leur en faire dire un peu plus sur les raisons de leur séjour chez moi ? C'est entre nous, naturellement, une distraction pour vos vacances. Cela m'amuse aussi.

– Vous n'aviez pas l'air de trouver ça amusant tout à l'heure. Vous m'avez fait peur.

– Oubliez cela, c'est la fatigue. Tenir seul un hôtel

comme celui-là, c'est usant, vous savez, surtout quand on est fragile du cœur. Vous m'avez compris ?

Je n'étais pas sûr de ce que j'étais supposé comprendre, je ne voulais pas le décevoir, j'ai promis, du vague, mais je l'ai promis.

– Et depuis alors ? me demande Frieda.

– Quoi depuis ? Comment voulez-vous que je me souvienne ? J'ai dû faire des efforts, je ne sais pas dire lesquels. Enfin, j'ai continué à vivre à l'hôtel.

– Vous le confirmez, Jeff, que vous l'aviez en vous la conscience du malaise dans l'hôtel Waldheim ? C'était là, le soir que vous le dites, le malaise.

Le malaise des autres, il est possible que je l'aie remarqué. Y étais-je profondément sensible ou avais-je envie de le prendre en considération ? J'en suis moins sûr.

Frieda Steigl fait glisser vers moi son fauteuil design noir et chrome, elle aimerait tellement que je lui fasse des confidences. Je ne tiens pas particulièrement à la décevoir, mais je n'ai pas l'habitude de me forcer. Elle me garantit qu'elle n'a jamais écouté personne comme elle m'écoute en ce moment, elle sait que je suis prêt à sortir ce que j'ai vraiment « dans la tripe ».

Oui, oui, attendez quand même que je rassemble tout ça. Ce n'est pas facile de parler de soi et encore moins des autres. On a le plus grand mal à les comprendre sur l'instant, et à se comprendre donc, encore plus dur, alors des décennies plus tard, il faut descendre bien trop profond. Vous ne vous rendez pas compte que tout ce que vous me faites ressortir depuis quelques minutes, je l'ignorais complètement ou je ne savais pas que je le savais. Vous n'imaginez pas les efforts que vous me demandez.

Ce malaise dans l'hôtel Waldheim semble vous tenir à cœur... Un malaise profond, d'après vous... Je donne l'impression de tomber d'une branche... Désolé... Ce qui vient de sortir de ma bouche, comme malgré moi, confirme le malaise, je ne peux pas mieux dire... Mais la nature de ce malaise, c'est une autre histoire.

Un sourire dans l'œil, je vois un sourire dans son œil, un nouvel encouragement, une confiance en moi. Ça me fait plaisir, je ne le cache pas, mais ça ne me sort pas de mon brouillard. Si je pouvais me raccrocher à quelque chose, ça m'aiderait. Vous ne voulez pas m'aider ? « Queqchose », c'était votre premier mot, vous teniez à ce que ça me rappelle « queqchose », si vous le savez déjà, balancez, vous serez encore plus contente. Le monsieur en haut de la carte ? C'est lui qui vous intéresse ? Johann Meili ? Pour le moment ? Que je continue sur lui ? Je n'ai rien contre...

Alors, où j'en étais de mes divagations mémorielles sur notre hôtelier et le malaise qu'il aurait dû susciter en moi ? Oui, Herr Meili me confie une mission comme un devoir de vacances, à la fois sérieux et distrayant... Vous aimeriez aussi savoir comment je me suis dépatouillé de ma mission auprès des Linek ? Pas très bien, je le crains.

Dans un premier temps, ils ont disparu. Je traînais le soir dans le salon de jeu, ni couple Linek, ni joueur de go. La chaleur persistante de ce mois d'août, même en altitude, n'incitait pas à s'enfermer au moment où on pouvait espérer un commencement de fraîcheur. Herr Meili avait abandonné son bureau appartement, je l'ai retrouvé fumant devant l'entrée de l'hôtel. Il saluait le retour progressif de ses clients, un mot à chacun, une brève conversation. Mon ancien partenaire de go nous a rejoints d'un pas vif.

– Vous vous entraînez pour votre prochaine ascension ? ai-je demandé dans un allemand laborieux, sans être sûr d'avoir réussi à glisser dans une langue étrangère le ton goguenard qui m'était assez naturel en français. Il faut croire que le ton ne suffisait pas, Herr Steigl n'a pas relevé, ne s'est pas attardé non plus, même avec son ami Meili. C'est moi qui devais le faire fuir.

Dans le mouvement, nous avons vu apparaître les Linek remontant eux aussi du village. Désireux d'expérimenter une deuxième fois ma capacité à paraître drôle dans une langue étrangère, j'ai pris un ton enjoué pour leur déclarer que je n'attendais plus qu'eux, après la fuite du joueur de go, pour faire une partie d'échecs. Je ne devais pas être doué pour l'humour ni pour les langues, je n'ai retenu Herr Linek que quelques secondes, Frau Linek s'étant d'emblée mise à l'écart de cette esquisse de conversation et montrant déjà des signes d'impatience à son mari.

J'ai immédiatement eu plaisir à penser qu'elle cachait une sensualité dominatrice sous sa froideur apparente. Assez envieux de la soirée lascive que je leur prêtais, avec la chaleur que les courants d'air n'évacuaient pas de nos chambres.

– Ils occupent désormais la chambre voisine de la vôtre, m'a dit Herr Meili. J'ai dû les installer là, parce qu'ils ont décidé de prolonger leur séjour. Leur première chambre était réservée à un nouveau couple. Ils ont de la chance, en saison haute... Nous sommes presque complets... J'ai failli leur dire de changer d'hôtel, depuis ce que vous a dit Frau Finkel, mais j'ai fait l'erreur d'ouvrir devant eux mon livre de réservations. Ils ont repéré dans la seconde la seule chambre libre.

– Les bons joueurs d'échecs ont le coup d'œil

rapide, lui surtout. Ils planifient sans mal les trois ou quatre prochains coups.

– Curieusement, c'est l'inverse en ce qui concerne leurs vacances. Ils n'avaient rien planifié, contrairement à la plupart des clients qui fréquentent le Waldheim : ils se sont présentés pour une nuit, puis deux, puis quatre, ont prolongé d'une semaine. Voilà qu'ils ajoutent une nouvelle semaine.

– Vous devriez être content, lui ai-je fait remarquer, c'est la preuve qu'ils se plaisent chez vous.

– Peut-être. Rien pourtant dans leur conversation ne le prouve. Je ne sais même pas s'ils aiment la montagne. Et vous avez vu la femme, elle ne semble pas nous apprécier du tout.

J'ai repris mon hypothèse de la veille, un couple illégitime caché, obligé d'improviser son séjour, de le raccourcir ou de le prolonger en fonction d'événements familiaux extérieurs.

– Vous en êtes vraiment persuadé ? J'aimerais avoir votre esprit romanesque. Vous êtes jeune. Enfin, maintenant que vous êtes voisins, vous allez pouvoir vous rendre compte de ce qui les attire le plus. Profitez-en.

J'ai pensé saisir un sourire grivois inhabituel chez ce célibataire quinquagénaire. Pensé aussi : il est aussi vieux jeu que ses plus vieux clients, héritier d'un humour début de siècle que je pouvais qualifier, selon le vocabulaire du moment, de phallocrate. Je dois pourtant reconnaître que j'ai pris son allusion au sérieux : dès que je suis monté me coucher, j'ai été attentif aux bruits environnants, m'attendant à des gémissements de jouissance. Ce que j'ai pris pour des ululements de chouettes ou des crissements de chauves-souris, oui, j'en ai perçu. Je manquais d'expérience, mais je doutais que les cris d'une femme s'apparentent à ces bruits animaliers. J'étais embarrassé tout de même parce que je n'étais pas sûr que les chiroptères ou les petits rapaces nocturnes vivent à 1560 mètres d'altitude.

J'ai collé mon oreille au mur mitoyen : pas de cris d'animaux, pas de hurlements, plutôt des tapotements, parfois lents, soudain l'emballement, puis un ralentissement, une pause, une reprise hésitante, accélération, grincement final. Je commençais à trouver ces sensations auditives excitantes, j'ai eu l'idée, plutôt la tentation, de me mettre sur mon balcon et de passer discrètement la tête de l'autre côté de la paroi de séparation. Comme je l'avais prévu, du fait de la chaleur, les Linek avaient laissé leur baie ouverte. Je me suis préparé à les surprendre dans leurs ébats.

Linek était bien allongé sur son lit, en pyjama bordeaux, sa femme portait une ample chemise de nuit rose avec pas mal de fanfreluches prometteuses. Je ne discernais pas si le tissu était transparent ou non, parce qu'elle était assise à une table collée au mur et se présentait de profil. Elle s'est levée en retirant la page de sa machine à écrire noire.

C'était ça, les tapotements érotiques que j'avais cru surprendre. Une journaliste en vacances ne pouvait pas s'empêcher de taper un article, une chronique judiciaire, sa spécialité m'avait dit son mari. J'ai eu le temps de m'étonner, chronique judiciaire au mois d'août, les tribunaux allemands n'ont pas les mêmes rythmes que les nôtres...

L'agitation de Frau Linek, les mouvements roses de sa chemise ballant autour d'elle m'ont fait espérer ce que je croyais inévitable entre un homme et une femme installés dans la même chambre. Ils allaient se sauter dessus, s'arracher leur tenue de nuit et s'écharper sous mes yeux ; elle classait ses papiers.

Herr Linek tournait les pages d'un livre de poche, trop rapidement pour le lire vraiment, selon moi, Frau Linek s'est allongée sur le lit jumeau installé du côté opposé, sans un regard à son mari qui l'ignorait autant qu'elle. Elle a éteint la lumière, l'a rallumée aussitôt pour se jeter sur la baie vitrée qu'elle a refermée en me lançant des phrases vigoureuses dont je n'ai pas saisi un mot. Elle a tiré les rideaux.

J'avais commis l'erreur de garder la lumière dans ma chambre et sur mon balcon, ma tête avait dû leur apparaître illuminée au bout de leur lit, dans la nuit qui venait de se faire. Je me suis retiré tout honteux d'avoir été surpris dans la position du voyeur. Dans un second temps, je me suis senti attristé. Moi qui rêvais de débauche et imaginais qu'un couple encore jeune ne pouvait avoir d'autre obsession que de se toucher, j'étais séché. L'indifférence de ces deux-là ne m'annonçait rien de bon pour l'avenir de la sexualité la plus libre dont on parlait tant alors et à quoi j'aspirais de toutes mes forces. J'avais entendu dire que les Allemands préféraient les lits jumeaux au grand lit partagé. J'ai essayé de me rassurer en me disant que c'était une affaire ethnique de plus, que des Français ne réagiraient pas de la même manière en déambulant l'un devant l'autre dans des tenues plus affriolantes. Je n'en étais pas très sûr.

Une triste expérience pour un garçon de seize ans, c'est tout ce que j'en ai retenu. Surtout, mon hypothèse du couple illégitime et caché s'effondrait. Aucun signe de passion amoureuse, encore moins du plus petit goût pour le jeu sexuel. Je laisserais le soin à Frau Finkel de proposer une autre théorie, probablement aussi stupide que la mienne, pour expliquer leur éventuel mensonge sur Lübeck. Herr Meili m'avait chargé de vérifier mes suppositions, je n'avais réussi qu'à les rendre vaines.

– Vous avez peut-être fait les autres suppositions, je ne dis pas la nuit, mais l'autre jour, me suggère Frieda Steigl.

Quel autre jour ? Le lendemain ? Pourquoi le lendemain ? C'est juste, je n'en avais pas fini avec les Linek. Je ne sais pas si cela présente le moindre intérêt pour vous, un nouvel épisode de vacances, franchement, mais, puisque vous insistez et que l'évocation de cette nuit ratée pour eux comme pour moi ranime en moi des images amusées à défaut d'être amusantes, je veux bien le partager avec vous.

Ma tante Judith m'a proposé une sortie qualifiée par elle de romantique. Son côté petite fille inachevée : nous irions déjeuner à Sertig, une vallée glaciaire haute, 1860 mètres d'altitude (j'ai une bonne mémoire des chiffres, c'est comme ça, même si vous ne me demandez pas de me souvenir de chiffres), à une dizaine de kilomètres de Davos, par Clavadel, en calèche. C'était la calèche qui excitait ma tante. Nous y étions allés une fois en hiver en traîneau, autre grand moment pour elle. J'ironisais sur ces clichés touristiques que je déclarais grotesques, pas trop longtemps pour ne pas casser l'enthousiasme de Judith. Et puis je me suis laissé prendre au bout de quelques minutes de trot. Surtout, la vallée de Sertig me plaisait, une sorte d'extrémité du monde, comme j'aimais l'imaginer, un plateau plus qu'une vallée, un espace ouvert, comme une large terrasse, encadré par des sommets abrupts formant un cercle et nous imposant leur domination. L'impression de solitude que je cherchais en montagne n'était pas anéantie, si on faisait quelques pas supplémentaires, par la présence des calèches. J'étais capable, aussi bien que ma tante Judith, de me créer des illusions et de me sentir hors du monde en levant les yeux vers ces pics gris blanc posés sur de vastes prairies d'été, alors que nous nous offrions les plaisirs des parfaits touristes en territoire étranger, en nous installant dans un chalet auberge pour déguster des röstis avec de la charcuterie des alpages. J'étais prêt à oublier mes préventions en les anoblissant : j'ai dit à ma tante que ce lieu était pour moi une véritable montagne magique.

Je m'apprêtais à me gargariser de ce nom, quand j'ai vu sortir de sa voiture de location le couple Linek. Je me suis senti rougir en repensant à la scène du balcon et à ma confusion de la nuit. Ce ne pouvait être qu'une rencontre fortuite, des touristes visitaient les lieux recommandés par les guides, la vallée de Sertig en faisait partie. Je n'avais pas envie de les revoir, espérant qu'ils se lanceraient dans une randonnée pédestre à partir de cette sorte de gîte entouré de verdure.

Ils sont entrés dans le Gasthaus, le parcourant d'un regard circulaire. Encore peu de clients, des tables libres autour de nous, ils en ont choisi une très proche en nous saluant profondément, selon l'usage en cours à l'hôtel Waldheim. Je ne vous cache pas, puisque vous m'encouragez à aller au bout de ce que je pense et sais, que j'étais, à cet instant précis, persuadé qu'ils nous avaient suivis depuis Davos, au pas derrière notre calèche, avec pour intention de dénoncer à ma tante, qu'ils prenaient pour ma mère, mon comportement inqualifiable de pervers voyeur. Je comptais sur le niveau très faible de Judith en allemand pour que les Linek renoncent à entrer dans une description trop précise de la situation de la veille. Évidemment, je n'étais pas à l'abri des influences françaises sur le vocabulaire germanique : si on disait « der Voyeur » en allemand, j'étais foutu.

Les Linek ont engagé la conversation, avec moi plutôt qu'avec Judith. J'avais du mal à les regarder en face, me sentant jugé et condamné d'avance. Frau Linek parlait peu, selon son habitude, mais je sentais son regard décortiquer chacune de mes mimiques, à mesure que je me forçais à me détendre pour me donner l'air innocent.

De quoi avons-nous parlé ? Des calèches, c'est certain, pour nous moquer ensemble de la nostalgie des temps archaïques de la société capitaliste. Plus tard, de l'hôtel Waldheim. Je leur ai fait remarquer qu'ils n'avaient pas prévu d'y rester si longtemps, selon Herr Meili. Pourquoi prolongeaient-ils leur réservation au jour le jour ?

J'ai compris à leur échange de regards que je ne faisais pas preuve à cet instant d'une grande finesse. Ce n'était pas non plus très malin de ma part de révéler que l'hôtelier n'avait rien de mieux à faire que de commenter la vie de certains clients devant les autres. Ma tante, plus au fait des usages sociaux, et comprenant l'allemand quand c'était moi qui l'utilisais, s'est excusée de mon indiscrétion auprès des Linek. Ils lui ont assuré que ce n'était pas grave, j'étais jeune et ils avaient l'habitude avec moi. De nouveau, je ne savais plus où me mettre. Je me suis dit : ils vont en profiter pour balancer le reste. Ils m'ont forcé à croiser leur regard. Non, ce n'était pas encore le moment.

Ils ont pris un air dégagé pour me faire développer ce que Herr Meili pensait d'eux, puisqu'il semblait penser beaucoup de choses de tout le monde. J'avais l'air de le connaître mieux que personne. Depuis combien de temps ? Etc. Nos échanges devenaient amicaux. Nous avons abordé ensuite la personnalité de Frau Finkel. Ils m'ont fait répéter ce qu'ils appelaient ses inventions sur eux, ses doutes sur leur origine lübeckoise, fondés sur leur prétendue ignorance de Thomas Mann. Ils tenaient à me convaincre de ses torts. Je n'osais pas leur dire que, personnellement, je m'en foutais. Linek m'a montré une carte de visite à son nom et à en-tête d'une radio du land de Schleswig-Holstein, puis il m'a raconté le début de *La Mort à Venise*. Je pouvais rassurer Frau Finkel, Thomas Mann leur était familier, comme à tout Allemand de la région.

– Vous l'avez lu hier, ai-je noté avec une certaine perfidie, le livre était dans la bibliothèque du salon, il en a disparu depuis deux jours.

– Et vous m'avez vu le lire ?

Je venais de me trahir une nouvelle fois. Le livre de poche qu'il feuilletait dans son lit. S'ils voulaient me torturer comme ça encore longtemps, je dirais tout moi-même à Judith. Elle serait choquée sur le moment, ça passerait vite.

– Un livre très intéressant, *Der Tod in Venedig*. Nous y lisons beaucoup d'histoires qui nous concernent aujourd'hui, n'est-ce pas ?

Cela sentait la conversation faussement cultivée

et le cours de rattrapage sur l'œuvre de Thomas Mann. Je ne lui en demandais pas tant. J'ai repris l'ascendant sur Linek : non, je ne me ralliais pas à toutes les positions de la vieille dame folle de l'auteur allemand, non je ne le critiquais pas autant qu'elle. La preuve, je persistais à jouer aux échecs avec lui.

Judith trouvait notre dialogue inutilement tendu et craignait que je devienne impoli, en me conduisant abusivement, selon une de ses formules désuètes, comme un homme fait. Elle a orienté la conversation vers les montagnes environnantes, l'étendue des prairies, les dernières fleurs de l'été, la cascade au fond de la vallée, les marmottes visibles, si on cherchait bien, tout ça en français, m'obligeant à baragouiner une traduction simplifiée.

Frau Linek a engagé à son tour la discussion sur d'autres voies, que j'ai oubliées, parce qu'elle était difficile à suivre. Autant son mari journaliste à la radio me semblait avoir un parler clair, une langue accessible à un débutant comme moi, autant son accent plus âpre, sa parole rapide et peu articulée m'empêchaient de distinguer les mots les plus courants. Je sentais qu'elle me questionnait pourtant et je répondais par « Ja » ou « Nein » au jugé, pour être tranquille, craignant sans cesse que mon intrusion de la nuit sur leur balcon ne revienne sur le tapis.

Ils ont fini leur ration de röstis et nous ont laissés en plan, non sans un dernier discours ferme de Frau Linek. J'ai cru comprendre, en me concentrant beaucoup, qu'elle me recommandait d'être plus vigilant à l'avenir et de faire preuve de la discrétion qu'on était en droit d'attendre d'un jeune homme comme moi.

Je m'en tirais à bon compte, je m'en voulais seulement d'avoir les réactions d'un gamin de six ans devant des étrangers menaçant de dénoncer une bêtise à sa tante qui se serait empressée de la répéter à ses parents. Les Linek m'ont gâché notre promenade de Sertig, c'est tout ce que j'en ai retenu, même si je suis prêt à reconnaître, cette fois, que le malaise était vraiment partagé et de plus en plus intense de mon côté. Une redécouverte de cet après-midi, à laquelle je n'étais pas préparé, que je ne conteste plus...

Mais, comme mon seul but, déjà, était de ne pas me laisser envahir plus que ça par un sentiment de malaise quel qu'il soit, j'ai gardé mes distances les deux jours suivants, en évitant le salon de jeu, en m'abstenant aussi de paraître sur mon balcon ou furtivement pour respirer un grand coup le matin devant le paysage. Je me suis interdit de coller l'oreille au mur, même si le tapotement des touches de la machine à écrire devenait irritant autour de minuit.

– Écoutez, Jeff, vous avez fait l'effort tout à l'heure, mais là, j'en ai le marre de vous entendre faire le guide touristique et le petit garçon et le gros malin avec tout le monde. C'est n'importe quoi vous dites.

Cette fois, c'est trop pour moi aussi. Je ne peux plus ouvrir la bouche devant cette femme sans qu'elle me reprenne. J'ai accepté de la rencontrer, à sa demande, pas pour en prendre plein la tête. La grande femme qui fait des mystères en pétrissant ses mèches blondes, j'étais prêt à me laisser attirer. Celle qui tient à prouver à chaque seconde qu'elle sait tout sur tout, ce n'est plus mon genre. Et ces relations qu'elle établit, l'air de rien, entre des gens qui, pour moi, n'avaient rien à voir entre eux, des événements que je me force à faire remonter à la surface... Et ses histoires de malaise profond dont j'aurais dû être partie prenante... Malaise, malaise... Je viens de faire un effort, en disant que je ne contestais pas tout... Ce n'est jamais assez... Mais c'est quoi, ce gros malaise ? Sérieusement, je suis paumé.

– Vas-y, comment elle dit, la votre femme ?... L'évitement ? Elle a bien la raison... La fuite, vous êtes le fort...

La fuite, quelle fuite ? Je lui garantis que je ne cache rien à personne. Je suis allé aussi loin que je pouvais pour lui faire plaisir. Ou elle se trompe sur moi, ou elle divague, une malade échappée de Suisse dont je m'explique de moins en moins la présence. Je crois que nous ne sommes plus en état de nous comprendre.

– C'est simple, je ne veux plus vous adresser la parole. Si vous restez, je ne sais pas de quoi je suis capable. Une bouffée d'angoisse, avec la montée de la nuit, ce sera insurmontable dans deux minutes. Ne plus jamais avoir affaire à vous, mon seul rêve à cet instant.

Le personnel du musée est alerté par le ton qui monte entre Frieda Steigl et moi. On se fait la remarque que nous avons payé l'entrée sans profiter de la visite et de collections si prestigieuses. Des heures qu'on nous observe à l'écart et maintenant notre engueulade subite, la gêne que cela entraîne pour les visiteurs. Nous sommes priés de baisser la voix ou d'aller nous disputer dehors.

Je profite de cette pression extérieure pour me libérer de Frieda Steigl. Nous nous retrouvons sur le front de mer, pendant qu'un nouveau cargo de plusieurs dizaines de mètres de haut, surchargé, paraît se rapprocher dangereusement de nous en s'engageant dans le port.

Je dis à Frieda Steigl que je ne m'attendais pas à sa dernière réaction. Je commençais à apprécier l'intérêt qu'elle semblait me manifester. Elle vient de tout démolir. Je ne lui propose pas de la raccompagner à son hôtel, ni de l'aider à porter son sac de cuir trop lourd. Je préfère passer pour un malpoli. Elle n'avait qu'à prévoir. Il lui suffit de suivre la promenade en bord de mer, elle tombera sur son hôtel en bout de plage, elle sera contente d'être débarrassée de moi, comme je le suis d'être débarrassé d'elle.

Elle ne réplique plus, commence à longer le port de plaisance, malgré le poids qui lui fait pencher l'épaule. Un dernier mot, sans se retourner :

– Alors *bis bald*. Vous direz que vous ne le comprenez pas aussi, le *bis bald* ?

Si, aussi nul que je sois en allemand, *bis bald*, du basique, à bientôt. Comment ça à bientôt ?

Il est prévisible que ma tentative d'effacement des incidents de la journée soit vouée à l'échec. Pas si doué que ça pour la fuite. Plus j'étouffe l'affaire, plus c'est là. L'aplomb de cette femme, Frieda Steigl, me sidère. À bientôt... à bientôt... *Bis bald*... Vraiment sûre d'elle. Je ne lui ferai pas le plaisir de lui céder. J'efface tout depuis le début : personne n'envoie plus de cartes postales, monde périmé, je ne peux pas en avoir reçu une seule. Trois. Effaçons.

À entendre cette fille gonflée, j'étais très fort, à seize ans, pour tout effacer, et ça continue. Pourtant, à force de déblatérer sans trop réfléchir devant cette Frieda, j'ai commencé à lui prouver et à me prouver que je me suis fourré dans de drôles de situations. Le malaise à retardement, je n'y coupe pas. Si quelqu'un m'avait dit hier : tu t'es comporté comme le pire voyeur, pour surprendre un couple dans son lit, je ne l'aurais pas cru. C'est revenu tout seul, devant cette fille tout près de moi dans son fauteuil. Je sentais son souffle sur ma peau, incroyable ce qu'elle m'insuffle. Presque malgré moi, j'ai reconstitué la scène oubliée. Et d'autres. Elle m'a agacé à la fin, mais je suis obligé de reconnaître qu'elle est percutante. Elle va finir par me convaincre que je lui cache quelque chose. Que je me cache quelque chose ?

Dangereux de se laisser aller au piège de la curiosité. Autant que de la stratégie de l'évitement, j'ai le goût de l'inconnu. Comme l'impression de rencontrer un inconnu qui s'appellerait Jeff Valdera. Et dans le genre inconnu, elle se pose là aussi, la grande carcasse blonde avec ses questions insistantes, dont je ne sais rien, mais caressante, parfois, caressante. Qu'est-ce qu'elle a dans le ventre ?

Je devrais faire gaffe. D'abord, ma femme. Je n'ai pas jugé utile de lui parler des cartes postales, même en passant. Et à quoi ont-elles abouti, ces cartes postales ? À une discussion de trois heures avec une grande fille arrivée de Suisse, et d'un blond caricatural par-dessus le marché, alors que ma femme est bien brune et s'est souvent moquée de mon goût, au cinéma, pour les blondes hitchcockiennes. Elle ne va jamais me croire, ou mal le prendre. Faut que je m'en sorte tout seul. Le mieux serait de lâcher cette histoire. Allez, je lâche tout.

Je tiens deux jours, Frieda Steigl aussi. Elle a dû se convaincre qu'il n'y avait rien à tirer de moi, repartie dans ses montagnes suisses. Je ne peux pas m'empêcher de passer à la plage, comme ça, pour voir les vagues. J'aime ça, les vagues, moi, je ne vais pas m'interdire de marcher jusqu'au bout de la baie, sous prétexte que j'aurais peur de tomber sur quelqu'un qu'il ne faudrait pas. Je scrute les silhouettes de femmes à l'approche, de grandes brunes ou de petites blondes, c'est bien, je suis tranquille. Temps que j'arrête, mes regards scrutateurs inquiètent. Un pervers sur la plage, les femmes se méfient de tout homme seul, surtout s'il les considère avec trop d'insistance. Me donner une contenance ; tiens, téléphoner ; téléphoner à l'hôtel, pour m'assurer que Mme Frieda Steigl a bien quitté sa chambre. Quitté sa chambre, en quel sens ? Si elle l'a rendue ? Check-out ? Non, monsieur, elle prolonge sa réservation de jour en jour. En février, ce n'est pas difficile. Bien, mais est-elle sortie ? On n'est pas sûr de pouvoir répondre à cette question. Qui suis-je pour la poser ?

Peu importe qui je suis, je me trouve à cent mètres de l'hôtel, j'arrive tout de suite. Je prétends être attendu par Mme Steigl depuis quarante-huit heures, on l'appelle dans sa chambre, elle n'y est pas. Personne ne se souvient de l'avoir vue descendre. Avec ces cartes magnétiques à usage de clé, pas besoin de se signaler à chaque entrée ou sortie. On voit peu Mme Steigl, il faut le reconnaître, elle a réservé sa chambre sans petit déjeuner. Elle prolonge sa réservation le matin avant dix heures, c'est tout.

Je demande le numéro de sa chambre, l'autorisation de monter. Le réceptionniste est ennuyé, il ne peut pas se permettre de me laisser circuler dans les étages, alors que, manifestement, je ne connais pas plus que ça cette personne, si elle n'a pas jugé utile de me donner elle-même son numéro de chambre ni, semble-t-il, son numéro de téléphone portable. Que je commence par me mettre au clair avec elle. Le mot est bien trouvé : me mettre au clair, c'est précisément la raison pour laquelle je souhaite la rencontrer. Je sais que l'hôtel possède un salon avec bar, je me propose de m'y installer, jusqu'au passage de Mme Steigl. Qu'elle descende ou qu'elle monte, d'ici je ne la louperai pas. L'employé s'inquiète, ne pas la louper, qu'est-ce que j'entends par là ? S'il veut des garanties, je décline mon identité, voyez mon passeport, Valdera Jeff, citez mon nom à Mme Steigl. Tenez, fouillez-moi. Ce ne sera pas nécessaire ? Alors faites-moi servir un verre de blanc, le meilleur que vous ayez, je patienterai le temps qu'il faudra.

J'en suis à mon troisième chablis, son arôme persistant de pierre à fusil me fait tenir, je sens pourtant que ma patience va s'émousser. Le directeur de l'hôtel, alerté par la réception, s'inquiète de la présence d'un étranger solitaire et buveur. Je lui promets de quitter son établissement, dès que j'aurai réussi à m'entretenir avec une de ses clientes, nommée Frieda Steigl. S'il favorise notre rencontre, il sera plus vite débarrassé de moi. Il est sensible à mon argument. Dans les dix minutes, alors que la lumière du jour baisse, la longue silhouette de Frieda se profile à l'entrée du salon. Un dernier doute, j'ai gardé l'image des cheveux remontés par une baguette de bois, je la retrouve échevelée. Elle arrive du dehors, gros temps de février.

Je lui offre un verre, cela est permis, j'espère. Nous ne sommes plus tout à fait des inconnus désormais. Enfin, la connaissance que nous avons l'un de l'autre est asymétrique, j'en suis conscient. Ma présence n'a pas d'autre but que de rétablir l'équilibre. Nous avons beaucoup parlé de moi, presque pas d'elle. J'ai voulu me cantonner à ma vision d'une période de ma vie en Suisse, repoussé les corrections qu'elle tentait d'y apporter. Je porte la responsabilité de notre mésentente finale. Comme je m'en veux depuis et que ses questions me travaillent malgré moi, j'ai décidé de la retrouver, après avoir vérifié qu'elle n'avait pas quitté son hôtel. Ce n'était pas le cas, j'en ai déduit qu'elle tenait autant que moi à me revoir. Il me semble que notre rupture de l'autre jour n'empêchait pas un certain plaisir mutuel dans l'échange.

Indiscutablement, j'ai éprouvé « queqchose » d'à la fois agréable et pénible devant l'apparition d'une femme comme elle. L'agréable, c'est sa personne actuelle, son air dégagé, sûr d'elle, sa parole vive d'étrangère, familière, un peu trop quelquefois. Le pénible, c'est son obsession d'une période révolue. Je m'y suis fait, j'ai fini par avoir le sentiment de revivre, grâce à elle, des moments privilégiés. Au même moment, j'ai pris conscience que Frieda ne partageait pas le même plaisir. Je sens une douleur en elle, énigmatique pour moi, ce qu'elle a elle-même nommé un malaise, le malaise tout aussi énigmatique de l'hôtel Waldheim. La difficulté entre nous, c'est qu'elle ne semble pas me donner le droit de trouver sa douleur actuelle, encore moins le malaise ancien, énigmatiques. Pas de quoi se fâcher pour autant... Si nous reprenions le fil là où nous l'avons laissé, j'aimerais que nous le fassions dans un esprit nouveau, vous me suivez ?

Elle commande un verre de rouge, un vin de Loire. Je constate, cette fois avec l'intention de la détendre, que, même sur la question du vin, nous divergeons radicalement. Du moins, nous partageons un verre, quelles que soient sa couleur et son origine (« Votre cuvée habituelle », commente le serveur ;

elle n'en est donc pas à sa première consommation de la journée, petite remarque intéressante en passant.).

Essayons de partager plus qu'un verre. Puisque nous en sommes là, l'initiative me revient. J'indique à Frieda que je suis moi aussi devenu extrêmement curieux d'elle : comment en sait-elle autant sur moi, sur mes rencontres et mes activités à seize ans dans un hôtel suisse ? Elle est restée floue jusqu'ici sur cette question : les cartes postales de papa ne suffisent pas à tout expliquer, il me semble, alors ?

Je pense l'avoir déstabilisée, elle hésite à me contrer. Je vois le doute en elle pour la première fois : si ce type n'était pas aussi dissimulateur qu'il en a l'air ? Elle reconnaît que certains détails ont pu m'échapper. Suis-je prêt à ne pas les repousser par principe, comme l'autre jour ? Puisqu'elle fait des concessions, moi aussi. Qu'elle déballe ses sources, je suis prêt à les prendre en considération et à m'incliner, s'il le faut.

Ses sources, ce ne sont pas que les cartes postales de son père, je m'en doutais forcément, je viens de l'avouer. Pour être franche, elle n'a pas prêté plus d'attention que cela au nom de Jeff Valdera pendant des années, jusqu'au moment où elle a été amenée à consulter des archives sur son père Friedrich Steigl. Archives où mon nom apparaît aussi, confirmant ma présence à l'hôtel Waldheim au cours du mois d'août 1976.

L'écho a été instantané : elle s'est replongée dans ses propres archives familiales, le nom de Jeff Valdera, tracé de la main de son père, était bien celui-là même qui se retrouvait dans les documents consultés. Des traces marginales, au milieu d'autres noms, c'est exact. Pourtant, le mot marginal reste discutable. Il semblerait que, sans être un personnage central, je n'apparaisse pas que dans les marges.

Je ne comprends pas mieux, de quelles marges est-il question ? Des documents, quels documents ? Qu'est-ce que vous appelez des archives ? Des archives personnelles ? Votre père vous a laissé à sa mort une malle de manuscrits ? Un maniaque du journal intime qui croit intéresser ses descendants en notant jour après jour les détails les plus insignifiants, comme ses parties de go lamentables avec un gamin français dans un hôtel des Grisons ?

Frieda me rappelle que j'ai promis de faire des efforts, je n'en prends pas le chemin. Je dénigre une fois de plus son père. Elle ne serait pas venue de Zurich pour me montrer des carnets personnels. Cela va beaucoup plus loin. Je comprendrai mieux si elle repart d'elle-même. Ça me va ? Prêt à tout.

Si son père lui adressait, de Davos Dorf, canton des Grisons, le plus à l'est de la Suisse, des cartes postales, à Fribourg où elle vivait avec sa mère, dans le canton du même nom, à l'ouest du pays, ce n'est pas sans raison. Il ne se trouvait pas, comme moi, contrairement aux apparences, à l'hôtel Waldheim pour y passer des vacances.

Pour dire la vérité, il ne vivait pas non plus, à cette époque, avec la mère de Frieda, beaucoup plus âgé qu'elle. Leur rencontre, à la fin des années soixante, c'est celle d'une étudiante en histoire à l'Université de Fribourg avec son professeur. Pas un professeur en titre, un chargé de cours étranger, allemand et, plus précisément, fraîchement arrivé d'Allemagne de l'Est.

Elle avait dix-neuf ans, lui trente-sept, un brillant historien de RDA, Friedrich Steigl. Il a réussi à s'enfuir de Berlin-Est, après la construction du mur, cherché des engagements à l'Ouest. Des cours à donner, il en a trouvé, pas un poste fixe. Il passait un semestre ici, un autre là, en RFA, en Autriche, en Suisse, parfois amer. Herr Doktor Steigl est devenu un homme libre, sans retrouver le statut auquel il aspirait.

Ce n'était pas un séducteur, comme je l'ai remarqué, un homme sec et rigide, mais sa culture historique était si vaste qu'elle a attiré une étudiante passionnée avant tout d'histoire. Une entente s'est établie, faite d'échanges, de lectures recommandées, s'est transformée, sous l'impulsion enthousiaste de l'étudiante, en une relation aussi physique qu'intellectuelle.

Herr Steigl pense un temps qu'il a à portée de main à l'Ouest le bonheur interdit à l'Est, s'en inquiète quand l'étudiante le prévient, comme ça, qu'elle n'a plus ses règles depuis trois mois. C'est bientôt la fin de son deuxième semestre à l'Université de Fribourg, pas sûr qu'on lui en propose un troisième, surtout si la rumeur de sa liaison avec une très jeune étudiante, bientôt de sa paternité se répand, comme c'est le cas. Un canton suisse en 1967, ce n'est pas le désordre moral. Steigl lui-même est un homme droit, il est prêt à reconnaître l'enfant, à contribuer à son entretien et à son éducation.

Il trouve d'autres engagements dans de grandes universités allemandes, il vivra tantôt près de la mère de Frieda, tantôt à distance, selon l'éloignement de son poste. Il n'épousera jamais l'étudiante en passe de devenir elle-même professeur d'histoire, malgré sa situation de mère célibataire. 1968, le monde s'ouvre, même en Suisse. Les rituels s'installent : des semestres de présence intense, d'autres d'absence et d'attente. Les souvenirs de la première enfance font défaut, mais les cinq, six, sept, huit ans de Frieda sont dominés par cette figure paternelle : un adorateur, s'il était là, et exclusif. Presque une fierté de sentir que cet homme avait moins le souci de la mère que de sa fille, ou, plus exactement, la passion de sa fille. Ce n'est pas une fantasmagorie postérieure, idéalisée. Sa mère lui en a voulu longtemps d'avoir accaparé le potentiel affectueux de Friedrich Steigl, à son détriment. À sa fille tous les instants disponibles, les discussions infinies, pas du tout adaptées à son jeune âge. Pas de jeux de petite fille ni de poupées, indigne de lui et de son enfant, un être plus sensible et éveillé que la moyenne. Toute parole est une contribution à sa formation pour laquelle on n'a jamais assez de temps. Le prix de cet homme pour Frieda, c'est qu'il l'a traitée comme une femme adulte dès le premier jour, l'a hissée au-dessus d'elle-même avant l'âge, et comme personne, et que cela ne lui a pas échappé dès ce moment-là, si anormal que cela paraisse à l'entourage réduit du couple.

L'incompréhensible, c'est qu'il fallait reprendre, six mois plus tard, après l'éloignement d'un père devenu si proche, une vie de toute petite fille et de petite fille malheureuse d'attendre un retour sans cesse repoussé. La rareté de sa présence a sûrement ajouté à sa valeur : un monsieur sonne à la porte de l'appartement, salue rapidement la mère de l'enfant, réclame aussitôt sa fille ; l'éblouissement mutuel renouvelé. La conversation reprend à la virgule précédente laissée en suspens quelques mois plus tôt. Où en étions-nous ? La préhistoire ? L'Antiquité ? Les invasions ? Les grandes découvertes ? L'art de la Renaissance ?

Elle n'ignore rien de ses activités d'historien, croit même que le vrai monde, c'est uniquement l'Histoire, les grands événements et les grandes créations du passé, pas le quotidien ordinaire dont semblent se contenter ses copines de classe et même sa mère. Elle connaît des secrets qu'elle est la seule à détenir, grâce à un homme spécial, même intermittent. Le sentiment d'être en marge, carrément en décalage temporel avec les enfants de son âge, je suis tenté d'ajouter avec le monde entier jusqu'à aujourd'hui, ne l'a pas quittée.

La seule impasse que fait Friedrich Steigl dans son domaine, en présence de sa fille, c'est l'histoire contemporaine. Frieda ignore longtemps la séparation de la RFA et de la RDA. Jamais son père ne lui a signalé son origine berlinoise, Berlin-Est. La question ne se posait pas, la Suisse alémanique, on parlait tous allemand, ça s'arrêtait là.

Frieda n'apprend l'itinéraire de son père avant sa naissance que bien plus tard, par sa famille maternelle, alors que Steigl a largement dépassé les six mois d'absence, un an, deux peut-être, sans justification. L'espoir d'un nouvel éblouissement s'est effacé. Cela s'est passé précisément après l'hôtel Waldheim, alors que moi, Jeff Valdera, je me voyais offrir le privilège, dont je n'ai pas profité une seconde, manifestement, sauf pour le jeu de go qu'elle a aussi pratiqué avec lui, dès six ans, en dépit de tout bon sens, aux yeux de sa mère, d'être ébloui par Herr Doktor Steigl, pour la plus grande déception de Frieda.

Un amour de fille comme ça, je suis prêt à le reconnaître, mais je n'y trouve pas ma place. C'est bien beau de me faire l'apologie de son père, de sa culture exceptionnelle, de ses géniaux errements d'éducateur, qu'est-ce que je peux ajouter ? Oui, j'étais là, durant les semaines précédant le jour où le monsieur a quitté définitivement sa famille, mais je n'ai rien perçu de ses intentions. Moi aussi, j'aimais parler de faits historiques, cela aurait pu nous rassembler tous, mais avec son ami hôtelier, une sorte d'ami commun. En dehors de ces quelques rapprochements, j'ai du mal à nouer les fils qu'elle me présente séparément. Surtout, je ne vois pas dans quelles archives son père aurait pu me faire figurer à l'occasion de son départ.

Je ne voudrais pas me montrer toujours plus désagréable, mais l'histoire que j'entends me fait uniquement penser à tous les désastres familiaux ordinaires depuis des décennies : une petite fille et sa mère larguées par un homme peu présent qui se force à être affectueux, donne l'argent nécessaire s'il en a, à défaut ses vastes connaissances, pour se dédouaner, jusqu'au moment où il n'en peut plus. J'ai fait preuve de bonne volonté, depuis quelques minutes, je suis forcé de constater que nous sommes bien loin de l'hôtel Waldheim que j'ai connu.

– Tu trompes, l'histoire, c'est le même.

Peut-être la même, à condition de bien se frotter les yeux, parce que, pour moi, Friedrich Steigl n'était qu'un sinistre solitaire en vacances dans un hôtel de montagne. Si j'écoute sa fille, il avait d'autres raisons d'y séjourner, j'en suis encore à me demander lesquelles.

– J'ai eu la patience de toi, aie la patience de moi, tu vas le comprendre vite.

Elle ignorait elle-même alors les raisons de son séjour à l'hôtel Waldheim, mais elle en connaissait l'existence. Des cartes reçues de là-bas, la promesse de l'accompagner un jour. Ses dernières grandes joies : les cartes où figure le nom de Jeff Valdera et la dernière visite de son père quelques jours plus tard, la plus rapide des visites. Son ultime visite.

Ensuite, l'absence prolongée, considérée comme usuelle, jusqu'à un certain point ; le silence prolongé, plus inhabituel, justifié, selon sa mère, par la rentrée universitaire, une nouvelle institution, des cours à préparer.

L'hypothèse du retour prochain de Friedrich Steigl a été maintenue longtemps par la famille, au prix de quelques mensonges. Le père aurait, à plusieurs reprises, téléphoné à la mère de Frieda, regretté de ne pas trouver sa fille en sa compagnie, annoncé une visite d'ici trois ou six mois.

Frieda, en grandissant, s'est étonnée que sa mère reçoive des appels de son père exclusivement en son absence. Pas de chance ? Surtout, pas d'appel. La mère a été contrainte d'avouer que ces contacts téléphoniques étaient imaginaires, destinés, a-t-elle assuré pour se faire pardonner, à épargner sa fille et à entretenir l'illusion heureuse d'une présence paternelle, certes distante, mais à peine plus qu'au premier jour.

Frieda en a voulu à sa mère, profité de l'âge des études pour aller les faire loin d'elle, et lui téléphoner le moins possible. Et, comme pour plaire à son père, en attendant, elle s'est consacrée à des études d'histoire de l'art, initiée aux plus grandes œuvres de l'humanité, avant l'âge de huit ans, un âge suffisamment avancé pour conserver les souvenirs les plus précieux, par cette personne singulière qui ignorait absolument ce qu'était un enfant et passait son temps, le peu de temps qu'il lui consacrait, à établir des liens entre les grands événements historiques et les manifestations de l'art, images à l'appui, dont elle a conservé toute une collection. Elle ne suivait pas tout ce qu'il lui enseignait, mais c'était comme de la magie. Un père qui aurait fait des tours, transformé l'histoire d'une guerre en un tableau de Paolo Uccello. Si Frieda a commencé ses études, c'était pour trouver les secrets de la magie, peut-être aussi pour faire réapparaître un homme. Le miracle ne s'est pas produit. Jusqu'ici.

Elle n'a jamais réussi à considérer que son père était mort, ni qu'il était vivant. Elle a eu le temps d'apprendre, avant de se séparer de sa mère, que Friedrich Steigl, auquel elle ressemblait de plus en plus, en arrivant à l'âge adulte, était passé à l'Ouest peu de temps avant sa naissance, n'avait pas eu le projet de fonder une famille en Suisse, un accident, qu'il avait eu l'honnêteté de reconnaître pendant près de huit ans, avant de s'en affranchir, probablement par une lâcheté masculine assez ordinaire. Thèse maternelle à laquelle Frieda n'a jamais cru. Elle a cherché des traces de son père dans la plupart des grandes universités germaniques, en a trouvé, toutes datant d'avant 1977.

Le premier semestre 1976-1977 semble avoir été prévu à Tübingen, le dernier répertorié. S'il avait seulement voulu prendre ses distances avec une famille, le silence aurait suffi, cela ne l'aurait pas empêché de commencer une nouvelle vie dans une autre université. Or il a renoncé à sa vie professionnelle en même temps que personnelle. Ça va plus loin que la lâcheté masculine, non ? Elle n'a jamais renoncé à ses recherches, même si elle les a suspendues longtemps. Elle ne savait plus, ou pas encore, ce qu'elle attendait, le retour d'un éblouissement, sûrement. Du moins elle savait qu'elle attendait.

L'événement décisif pour elle n'a pas été la chute du mur de Berlin, puisque son père l'avait franchi vingt ou vingt-cinq ans plus tôt, non, l'événement majeur c'est d'apprendre, des années plus tard, par hasard, l'ouverture et la mise à la disposition du public des archives de la Stasi.

Elle imaginait à peine leur existence, encore moins que son père y serait abondamment cité. Ça ne dort pas toujours, les archives, celles de la Stasi ont connu du mouvement. Une partie a été récupérée par la CIA, utile pour y voir clair sur les complicités internationales du régime est-allemand, déterminer à qui on pouvait accorder ou retirer sa confiance. Ces documents ont été restitués par la CIA à l'Allemagne fédérale en 2003. Frieda Steigl n'en a rien su, sur le moment. Rien non plus de l'histoire singulière d'une autre partie des archives, réduite en fragments de papier, dans les semaines de novembre et décembre 1989, après la chute du Mur, au moment où le régime communiste n'avait plus qu'à éliminer les traces les plus compromettantes de sa politique répressive.

Des millions et des millions de pages ont été déchiquetées, à Berlin, dans l'urgence. Les services est-allemands n'ont pas eu le temps ni les moyens de les brûler, ou marginalement : une crémation intégrale aurait produit une fumée continue, repérable et de douteuse mémoire. Qu'est-il resté ? Des bouts de papier, plus ou moins grands selon le degré de précipitation des découpeurs, enfournés dans des sacs, pour l'oubli. La quantité de sacs, plus de seize mille, bourrés non de confettis, mais pas loin, ce serait décourageant. C'est certain, des dizaines de milliers de sacs pour des millions de pages, peut-être seize millions, découpées chacune en un nombre indéterminé de dizaines de morceaux, ça fait combien de centaines de millions de morceaux de vies décomposés ? Il valait mieux l'ignorer, Frieda l'ignorait. Elle a lu depuis : plus de six cents millions.

Dans les années 1990, des employés de l'Allemagne réunifiée ont été chargés d'entreprendre la reconstitution des pages... à la main... un gouffre... une archéologie sans fin... quelques sacs... décourageant... Jusqu'à ce qu'apparaisse, en 2007, un projet de reconstitution informatisée des papiers déchirés.

Ce serait l'événement fondamental, mais Frieda, à l'approche de la quarantaine, n'en a pas encore entendu parler. Elle pense parfois violemment, mais fugitivement, à son père, le parleur infini, l'homme de l'Art et de l'Histoire, un père pas commun, peut-être pas très paternel, mais aérien ; et envolé.

Pendant cinq ans, le projet est en cours. Un institut berlinois met au point un scanner capable d'enregistrer et d'analyser les détails de chaque parcelle de document. Les déchirures s'appellent les unes les autres, pour se rejoindre. La couleur de l'encre utilisée permet de confirmer les associations de morceaux, comme les types de caractères.

Un gigantesque système combinatoire, avec pour référence le puzzle, les pages reprennent forme une à une, à partir de 2013, dans l'accélération du temps, des milliards de micro-événements, pas seulement la recomposition de feuilles de papier, le plus important c'est que des mots épars se rapprochent, des phrases se raccrochent les unes aux autres, des histoires tronçonnées se reconstituent.

L'Allemagne accepte de mettre à la disposition des anciens citoyens de la RDA et de leurs enfants, si les parents sont morts, le résultat de ce travail. L'événement décisif, pour Frieda, c'est cette phrase, lue dans un journal suisse : les anciens citoyens de la RDA ou leurs enfants sont autorisés à se faire adresser, à leur demande, les documents les concernant. Ou leurs enfants. Elle n'est plus une enfant, elle a à peine eu le temps d'être l'enfant de son père, ancien citoyen de la RDA, probablement répertorié dans des archives pour s'être enfui, elle l'est redevenue plus que jamais à cet instant ; l'événement ; l'espoir de l'événement ; l'événement qu'elle n'attendait plus ; qu'elle attendait par-dessus tout.

Elle en a parlé à sa mère, une occasion de la retrouver après des années d'éloignement. Surprise d'entendre cette femme tenter de la décourager : histoires mortes, pas revenir en arrière puisque Steigl nous a lâchées, n'a jamais tenu à nous, s'est cru obligé un moment, pour avoir mis enceinte une étudiante, peut-être plusieurs, enfin ne s'est cru obligé à rien. Un spécialiste de l'effacement du passé lui aussi, le contraire d'un historien, pas la peine de s'embarrasser avec un homme comme lui. Frieda est sa fille ? Une fille reconnue, à qui il a donné son nom ? Oui, mais elle n'a que des déceptions à attendre des archives : ou elles sont vides et ce sera triste, ou elles sont pleines et ce sera désolant au mieux de banalité et, plus sûrement, de lâcheté. La mère n'a jamais varié sur ce point, Steigl, l'archétype de la lâcheté masculine, archives ou pas archives de la Stasi, pour elle, c'est déjà prouvé.

Comme elle n'a jamais été officiellement mariée à Friedrich Steigl, elle ne peut pas accéder personnellement au dossier de cet homme, s'il existe. Elle ne sera d'aucun secours à sa fille. C'est mieux comme ça : l'enfant d'un citoyen de la RDA, c'est Frieda. Elle se trouve l'identité qui lui manquait, propulsée au premier rang, puisque sa mère se retire. La trouille maternelle ne la décourage pas, au contraire, vite écrire à Berlin. Un professeur d'histoire qui s'est sauvé de Berlin-Est vers 1965 a forcément fait l'objet d'une fiche de surveillance, d'un compte rendu. Une page parle de Friedrich Steigl, une au moins, même méprisante ou haineuse, ce sera un bonheur de la lire. Elle écrit.

– Le BStU, l'instance chargée des archives de la Stasi, je te le donne pas le nom complet en allemand, me dit Frieda, un Français qui connaît pas assez bien l'allemand en serait découragé pour le jamais, m'a adressé une réponse pénible.

La reconstitution des archives étant inachevée, on pouvait s'attendre à de nouvelles données concernant Herr Doktor Friedrich Steigl, mais on disposait déjà d'une quantité importante de documents numérisés où son nom figurait, raison pour laquelle on ne lui en adressait aucun, pour ne pas procéder à une sélection arbitraire.

Frieda Steigl fait le voyage de Berlin, consulte les dossiers consacrés à son père, à deux époques distinctes. La première, les années 1960, montre un intellectuel communiste dont la fiabilité est progressivement mise en cause. Des témoignages de collègues dénoncent un arriviste cherchant des postes de responsabilité, ironisant sur les autres et le régime, à partir du moment où il ne les a pas obtenus. Sa sincérité apparaît de plus en plus douteuse, ainsi que certaines fréquentations, des historiens, des géographes, quelques philosophes critiques.

Frieda s'attendait à ce parcours initial, sa principale surprise vient d'une note marginale évoquant la personnalité d'une Mme Steigl, épouse de Friedrich, qui semble avoir contribué à informer la Stasi sur son mari, en particulier sur son éloignement progressif, comme si cet homme se méfiait de sa femme et ne lui faisait plus part de ses sentiments, ni personnels, ni professionnels, ni politiques. L'officier se fonde sur ces renseignements pour émettre l'hypothèse d'une fuite prochaine du professeur d'histoire. Il pense cependant que l'homme pourrait être retenu par l'existence de sa fille, âgée alors de huit ans, pas nommée plus précisément dans cette page. Il propose néanmoins de surveiller plus particulièrement cette enfant, afin d'empêcher toute fuite familiale.

Bouleversement pour Frieda, elle se découvre une demi-sœur, que son père a abandonnée à l'âge exact où, dix ans plus tard, il a abandonné ou été obligé d'abandonner sa deuxième fille. Un soulagement aussi : si Friedrich Steigl a refusé d'épouser sa mère et même de vivre avec elle, ce n'est pas par manque d'amour ou par lâcheté, mais par empêchement légal, pour ne pas devenir bigame.

Une notule conclut ce premier dossier en enregistrant la disparition du Doktor Steigl, sans explication. La femme est inquiétée, on lui reproche de ne pas avoir signalé des comportements suspects qu'elle nie avoir remarqués. Elle proclame son mépris pour un mari qu'elle accuse elle aussi de lâcheté, au sens strictement politique cette fois.

Le nom de Friedrich Steigl ne figure sur aucun document entre 1966 et 1976. Il resurgit au mois de juillet de cette dernière année, dans une enquête sur d'autres fuites d'historiens ou universitaires spécialisés dans diverses matières ; une majorité d'historiens, ce qui a permis de développer l'hypothèse d'un réseau fondé sur les liens créés par les études. Le passé de deux fuyards récents, analysé par les services, révèle une amitié commune de jeunesse, celle d'un certain Friedrich Steigl, lui-même en fuite depuis une dizaine d'années.

La recherche de cet individu, repéré successivement dans trois pays proches, la RFA, l'Autriche et la Suisse, permet de le caractériser comme un personnage itinérant, en contact avec d'anciens ressortissants de la RDA. À distance, on peine à le suivre, le peu d'informations communiquées par les premiers informateurs révèle que sa présence dans certaines villes semble liée à des engagements professionnels : plusieurs mois de cours indiscutables dans des universités prestigieuses. En revanche, on ne contrôle pas, pour le moment, ses multiples déplacements, en particulier en Suisse. Ils sont plus difficilement explicables, car, s'ils ont quelquefois lieu au cours de vacances universitaires, ils se déroulent aussi souvent sur le temps scolaire, parfois brefs, parfois prolongés.

On n'a pas encore de personnel attitré chargé de sa personne. Toutefois, on a pu identifier deux lieux qui semblent plus particulièrement attirer le professeur, un petit hôtel zurichois, conforme à ses moyens financiers apparemment limités, mais surtout un hôtel d'une station cossue du canton des Grisons, à l'extrémité orientale de la Confédération helvétique, à proximité de l'Autriche et du sud de la RFA.

Plusieurs séjours rapprochés, en toute saison, avec des coïncidences de dates troublantes : peu de temps avant ou peu de temps après la fuite d'historiens de Dresde et de Leipzig, pourtant réputés fidèles au régime. Rien à voir avec des vacances. Décision est prise d'utiliser des informateurs plus expérimentés et des agents à l'Ouest pour suivre Friedrich Steigl et rendre compte de ses activités. Il est précisé que l'homme semble idéaliste et peu prudent. Il se croit visiblement à l'abri à l'Ouest, surtout quand il circule dans un pays neutre comme la Suisse, et sûr de lui ; un sentiment de supériorité certain. Et il ne fréquente pas ces hôtels pour des raisons touristiques, c'est établi. Des agents pourvus de faux papiers et entraînés ne devraient avoir aucun mal à l'approcher et à identifier ses contacts avec la plus grande circonspection, certains d'entre eux pouvant montrer plus de professionnalisme dans l'action que cet intellectuel au parcours chaotique et souvent insaisissable.

– Je vois, dit Frieda Steigl, que vous avez la grande impatience parce que toujours je ne parle pas de toi. Vous demandez où vous êtes dans l'histoire. Je vais dire à toi. La première fois que ton nom est cité complètement dans le dossier Steigl de la Stasi, c'est négatif. Il est écrit que tu as mis, comment vous le dites déjà ? le bordel dans la surveillance. Ce n'est pas la traduction, mais c'est l'idée.

Selon Frieda, c'est, comme je l'ai moi-même raconté au musée, au moment où j'ai relayé les doutes émis par Frau Finkel sur l'origine réelle du couple Linek, que j'ai mis le bordel dans l'hôtel. Il est établi que l'hôtelier Herr Johann Meili, identifié lui-même comme ancien professeur d'histoire et ami proche de Friedrich Steigl, informé par mes soins, m'a poussé à interroger ce couple et à vérifier sous forme faussement naïve sa véritable connaissance de la ville de Lübeck et de ses auteurs, ce que j'aurais fait d'une manière peu habile.

Il semble que l'agent Robert, utilisant le nom de Linek, était originaire d'une région est-allemande voisine du Schleswig-Holstein. La ville frontalière de Lübeck avait été choisie pour cette proximité, des oreilles germaniques même exercées ne devaient pas identifier un accent trop singulier. Sa méconnaissance de Thomas Mann était un imprévu que mes liens privilégiés avec à la fois les Linek, Frau Finkel et Herr Meili ont permis de révéler. Ils étaient jusqu'ici passés inaperçus, leur position risquait d'être embarrassante, s'ils ne parvenaient pas à convaincre, par mon intermédiaire, l'hôtelier de leur statut de parfaits touristes de RFA. Ils situent ce premier dérèglement de leur organisation le 15 août.

L'autre incident que j'ai moi-même raconté à Frieda, mon intrusion au moins visuelle dans la chambre des Linek, depuis mon balcon voisin du leur, daté du 16 août, est également analysé dans leur rapport destiné à la Stasi comme une preuve d'un rôle de surveillance qui m'aurait été confié par l'hôtelier et donc par Steigl pour étayer ou infirmer leurs hypothèses. Ils soupçonnent Herr Meili de leur avoir attribué une chambre à côté de la mienne, pour que je puisse faire des observations que je livrerais le lendemain. Ce coup d'œil de ma part pouvait selon eux révéler des détails gênants, comme l'utilisation d'une machine à écrire sur laquelle Mme Linek, Brigitte L, comme elle est désignée dans le dossier, tapait ses comptes rendus. Ils ne craignent pas en revanche que leur attitude trahisse la fausseté de leur situation familiale. Des données fournies par l'officier qui rassemble les documents et évalue la réussite et les insuffisances de ses agents font apparaître qu'ils ne formaient pas un couple établi, seulement une paire mixte d'informateurs contraints de cohabiter, sans lien d'intimité, chacun ayant de son côté une femme ou un mari.

Dire que je me suis reproché de me conduire comme un voyeur, alors que je n'ai rien vu du tout, rien saisi de leur véritable relation. Voyeur aveugle, c'est tout moi. Et fouteur de bordel, encore mieux.

Mais ça va trop loin, non ? Qu'est-ce que vous m'annoncez ? Que je passais mon été au milieu d'informateurs de l'Est ? Moi qui ne pensais, en les surprenant dans leur chambre, qu'au sexe... D'un seul coup, je devrais penser Stasi, réseau d'organisation de fuite des cerveaux est-allemands... Vous êtes sûre de vous ? J'ai du mal à vous suivre, excusez-moi.

– Pourtant vous l'aviez la conscience politique... Tu le dis déjà tout à l'heure... Tout le monde la conscience politique cette époque... Et tu parlais avec Mme Finkel de la littérature... Mitteleuropa... Europe centrale, de l'Est... Comme moi avec mon père, pas les conversations de l'âge, nous tous les deux, on croirait. Mais si. Ne dis pas que tu t'intéressais pas... Tu étais tout près... si près... Tu as senti... Dis-moi que tu as senti.

– Pour vous faire ou te faire plaisir, alors. Oui, je m'intéressais à la littérature germanique, grâce à Frau Finkel, Thomas Mann avant tout, d'autres aussi, je découvrais les artistes autrichiens, tchèques, hongrois, grâce à elle... Mais c'était de la littérature... Et nous étions en Suisse. Un pays qui a connu cinq cents ans de démocratie et de paix, comme disait Orson Welles, dans le film *Le Troisième Homme*, et a seulement été capable d'inventer le coucou. Un monde tranquille, aimable, ça m'énervait assez à l'hôtel, monde pépère, je n'avais pas à m'inquiéter. Tu renverses la perspective, pas si pépère, la vie à l'hôtel Waldheim... J'y crois pas... C'est quand même moi qui y étais...

– Mais c'était tout près, le Rideau de fer, la guerre froide, tu connaissais les mots ?

– Les mots, oui, si tu insistes, et je ne dis pas que je ne m'y intéressais pas, c'était notre horizon historique depuis des années. Nous n'avions rien connu d'autre depuis notre naissance. Mais nous étions dans la dernière phase de ce cycle de trente ou quarante ans. Il restait treize ans avant l'effondrement du bloc communiste. Au terme d'un cycle, on est habitué, on laisse finir. Aujourd'hui on est entré dans le cycle de l'islamisme radical, on en est obsédé parce que c'est la phase initiale, l'équivalent des années cinquante pour la guerre froide. On en a encore pour trente ans, on y fera moins attention, à la fin, ce sera toujours là, mais l'intensité baissera.

– Bon. Tu noies les poissons. L'Est brutal, tu l'as vu, aussi bien que tu vois l'islamisme radical, il était là, à côté de vous. Le faux couple Linek te l'a fait comprendre. C'est écrit dans leur rapport du jour. Encore une histoire que tu racontes et qu'ils racontent aussi, Sertig.

Frieda me rappelle mes soupçons : je pensais, dans le Gasthaus de la vallée de Sertig, que les Linek avaient suivi notre calèche dans leur voiture de location.

– Oui, je pensais qu'ils voulaient me dénoncer à ma tante comme sale petit curieux. Ils ne l'ont pas fait. Pas directement, pas complètement.

– Parce que ce n'était pas leur intention. Ils la disent, leur intention, dans leur rapport à l'officier qui traite leurs informations.

Il paraît que nous avons parlé ce jour-là (le 17 août, un mardi, à midi quinze, c'est mieux que le flou d'une mémoire, un rapport de la Stasi), à Sertig, des méfaits de la société capitaliste. Je ne le nie pas, j'aimais parler politique avec Linek, après nos parties d'échecs, le seul de l'hôtel à défendre des positions progressistes, ça surprenait. Il semble que le couple ait apprécié mon adhésion jugée spontanée à ses points de vue, m'ait invité à ne pas me soumettre à l'influence pernicieuse des impérialistes pro-capitalistes trop présents dans les hôtels suisses, mais à l'étudier pour apprendre à la combattre.

J'aurais du mal à garantir que nous soyons allés aussi loin dans la critique politique. Me connaissant, j'aurais fini par demander aux Linek pourquoi ils s'étaient installés durablement à l'hôtel Waldheim, s'ils trouvaient les touristes capitalistes si détestables et s'ils n'y étaient pas forcés, comme moi, par une vieille tante. Je n'ai rien dit de ce genre, s'il faut en croire les documents numérisés auxquels Frieda Steigl semble accorder sa confiance. Elle refuse de m'écouter quand je suggère que des informateurs fournissent les informations qui les arrangent ou transcrivent ce qu'ils ont envie d'entendre.

– Vous avez bien parlé du monsieur de l'hôtel, Herr Meili ? Bien expliqué que tu étais invité régulièrement dans le bureau de lui ? Qu'il recevait aussi Herr Steigl ? Qu'ils échangeaient des papiers ? Qu'ils te faisaient sortir de la pièce quelquefois pour se parler mieux ?

– Je ne dis pas le contraire, tout cela est vrai, mais je ne suis pas sûr d'avoir été capable d'en dire aussi long en allemand aux Linek.

– Ils l'écrivent pourtant. S'ils disent la vérité, tu leur as parlé des voyages de Friedrich Steigl depuis le début de son séjour, tu expliques ses liens d'ami avec Meili. Très précis tu es.

– Très précis, je ne vois pas comment. J'ai au mieux parlé en l'air.

– C'est quoi en l'air ?

– En passant.

– Mais tu ajoutes le détail. Tu as drôlement intéressé eux, je l'affirme, c'est écrit. Tu as aussi promis à eux de leur répéter les mots de Mme Finkel, si elle se plaignait une nouvelle fois de leur mauvaise origine, de dire la réaction de Herr Meili, dès que tu lui aurais juré qu'ils étaient des journalistes connus du land de Schleswig-Holstein.

– Ils m'ont montré des cartes de visite avec le nom de leur radio et de leurs journaux, c'est exact, je n'ai pas fait l'effort de retenir des noms compliqués, je m'en foutais un peu.

– Brigitte L t'a encouragé à aller plus souvent dans l'appartement de Herr Meili, de jouer au go avec Herr Steigl pour te faire une idée des gens de l'hôtel. Elle t'a demandé si tu ne les trouvais pas bizarres des hommes seuls dans un hôtel, sans la femme, sans l'enfant. Dans un autre compte rendu, il est écrit que tu les as posées les questions à mon père sur sa vie et sa famille et que tu penses qu'il est dans le divorce, mais qu'il a un fils en Suisse.

– Je ne me souviens absolument pas de ce détail. Et même si je l'ai fait dans la plus banale des conversations, ton père m'a répondu ce qu'il voulait. D'ailleurs, tu vois qu'il m'a dit à peu près n'importe quoi. Une fille et pas de divorce, puisque pas de mariage avec ta mère... Il fait gaffe, le père Steigl. Que du faux.

– Faux, à moitié seulement, fils ou fille, c'est toujours un enfant, en Suisse, c'est la vérité, et ils se servent plus tard de l'information.

– Une erreur d'amateur de ton père, alors.

– Peut-être amateur, parce que tu le coinces sur l'ordre de Mme Linek. Le seul vrai, c'est qu'elle te donne les conseils et les consignes, et tu les suis.

– Je n'ai rien suivi du tout. Si elle m'a donné des conseils et des consignes, je ne suis pas sûr de les avoir compris. Je t'ai déjà expliqué qu'elle avait un accent allemand assez différent de son mari, un parler beaucoup moins articulé, inaccessible à un débutant comme moi. Alors je suis certain que ses prétendus conseils me sont passés au-dessus de la tête.

Frieda se rapproche de moi comme pour mieux découvrir ce que disent mes yeux. J'espère que le petit gars de seize ans qui accepte des conversations qu'il ne comprend pas vraiment commence à prendre devant elle de la consistance. Le voyeur de plus en plus aveugle, c'est bien moi, et pas voyant non plus. Ça change l'histoire qu'elle s'imaginait, non ?

J'ai l'impression de prendre le dessus, j'en profite. Ces informateurs de la Stasi m'ont tout l'air d'être ce qu'on appelle en français des bras cassés. Si je les ai mis dans une situation délicate à l'hôtel, ce qu'elle appelle le bordel, j'en suis heureux a posteriori, mais c'était sans m'en rendre compte et je n'ai rien fait de plus pour ou contre eux, je pense que Frieda aura du mal à me contredire. D'abord, elle peut faire dire ce qu'elle veut à des archives entassées dans je ne sais quelle réserve à Berlin. Ce n'est pas parce que c'est une archive que c'est la vérité. Elle est d'une famille d'historiens, elle doit pratiquer la critique des sources, surtout si les sources sont réputées pour leurs mensonges d'État, comme l'était la Stasi.

– Entendu, critiquons mes sources ensemble. Pas besoin d'aller à Berlin.

Elle fait appeler le directeur ; qu'il lui apporte son sac de cuir. Elle l'a déposé dans le coffre de l'hôtel, le plus précieux de sa vie, la copie des documents numérisés traitant du cas de son père. Elle va me montrer les pages où le nom de Jeff Valdera apparaît à côté de celui de Friedrich Steigl, avec les dates précises de chaque action ou de chaque parole dont je suis responsable, qui ont eu des conséquences indiscutables, toutes les sources concordent.

– Les choses se sont passées, tu ne diras pas le contraire.

– Il ne suffit pas que des choses se passent pour qu'elles soient incontestables. Dès qu'on dit « queqchose », pour parler comme toi, de ce qui s'est passé, on le trafique. Montre-moi les œuvres des Linek, je verrai bien.

Le directeur dépose le sac de cuir craquelé qui m'a étonné au musée le premier jour... si lourd... Frieda ne voulait pas le lâcher. Mes premières réactions l'ont dissuadée de l'ouvrir devant moi. Elle ose ce soir, je sens que nous entrons dans une nouvelle intimité, quelque chose d'assez troublant, ces copies reconstituées de morceaux déchirés.

Elle prend mon doigt, oui, mon doigt, elle le prend, pour le poser sur le nom de Jeff Valdera, là, tapé à la machine, avec ce tremblé de l'encre des vieilles machines à écrire, perdu au milieu de mots à majuscules. Évidemment le texte est en allemand et il ne reste pas grand-chose de ma connaissance de cette langue. Les règles de grammaire, je repère les verbes, la construction des phrases, mais le vocabulaire me fait défaut.

– Je te le vais traduire, si tu veux.

Elle traduira à sa façon, je ne serai jamais sûr, une invention de plus, une traduction, ajoutée aux inventions d'espions minables des années soixante-dix.

– Si tu veux que je croie toi, faut que tu croies moi.

Si c'est l'heure d'un pacte intime, je me plie. Touchons ces feuilles historiques, lisons ensemble. Nous confronterons la version de la Stasi et mes impressions de jeune garçon de seize ans. Elle prend une inspiration, cette fois, dit-elle, nous pouvons vraiment marcher ensemble. Je veux bien ? Ensemble, oui.

Nous avalons, sans nous être consultés, et avec le même geste, d'un trait, notre verre, moi mon blanc, elle son rouge. Nous en commandons de nouveaux. Nous en avons le plus grand besoin, à cet instant, pour nous tenir l'un devant l'autre, nous défier aussi, comme j'en ai soudain la conviction.

Frieda Steigl compulse un ensemble de pages, frénétique, je ne sais pas ce qu'elle cherche, mon nom sur d'autres feuilles, peut-être, pour me le mettre sous le nez. Toutes les phrases que j'ai prononcées et que des forcenés du renseignement s'empressent de signaler.

C'est me faire bien de l'honneur. J'ai sûrement parlé à tort et à travers, au cours de ce mois d'août, mais sans mauvaise intention. Comment pouvais-je connaître le rôle de chacun dans cet hôtel ? Personne ne s'est présenté pour ce qu'il était, je ne l'aurais pas deviné tout seul. Même aujourd'hui, en écoutant Frieda, j'ai du mal à m'expliquer comment tous ces gens se sont retrouvés à se tourner autour, sous mes yeux, dans un hôtel des Grisons, en se faisant de prétendus coups en vache, alors que nous échangions tous nos beaux sourires, hypocrites, je veux bien, mais des sourires et des salutations à n'en plus finir, ce qui me reste de plus net, si je repense à ce temps et à cet endroit.

– Est-ce que tes documents exposent comment ton père, les Linek et les autres ont convergé vers l'hôtel Waldheim ? Je suis prêt à reconnaître, si ça te paraît incontestable, que je suis devenu le petit messager des uns et des autres, que j'en étais conscient, même que ça me faisait plaisir, parce que je me sentais important et bien considéré par des adultes. J'ai transmis les réflexions de Frau Finkel à Herr Meili, les questions de Herr Meili à Linek, celles de Frau Linek à Herr Steigl sur ses éventuels projets de sortie, les réponses de Herr Steigl, désagréables pour elle, pour ça il ne faisait pas d'efforts, moi non plus pour les atténuer, au contraire, ça m'amusait ; puis ses messages pas très clairs à Herr Meili, cryptés sans doute, si je les interprète aujourd'hui ; sans oublier les approches de ma tante Judith auprès de l'hôtelier. Le garçon indispensable à tous, je me sentais en droit de me dire que c'était moi. Là, tu es contente de moi ? Le vaillant petit « *go-between* », mais je ne me suis jamais posé la question des arrière-pensées des uns et des autres.

Oui, Frieda est satisfaite de m'entendre avouer que j'étais conscient de ma position au milieu du groupe. Le seul détail qui la choque, c'est que je dise que ça m'amusait. Si je prends le pied, comme elle dit, à contribuer aux ennuis des autres, ça ne donne pas la plus belle image de moi. Je ne tiens pas à renforcer son goût des clichés nationaux, disons pourtant que mon attitude correspond à la fameuse légèreté française. Ça me va très bien, la légèreté ; pour le moment. Tu ne m'en veux pas trop ? Pour le moment.

Elle a mené, à partir des archives, des investigations personnelles, écrit à d'autres témoins de la période, les a questionnés. D'autres que moi ? En désaccord avec ce que j'avance ? Ce serait perturbant, je n'y crois pas.

Elle écarte mes questions. Pas arrivée au bout, affaire en cours, c'est même pour ça qu'elle est ici avec moi. Je représente une étape majeure de ses recherches à ses yeux, parce que je fais partie des témoins les mieux placés, au plus près de l'événement.

Les premiers résultats de ses recoupements ont montré que, depuis que Friedrich Steigl avait été identifié comme une relation amicale commune de deux historiens ayant fui la RDA au printemps 1976, que ses va-et-vient entre la RFA et des hôtels suisses avaient été jugés anormalement fréquents, des informateurs, sans avoir les moyens des services organisés dans leur propre pays, avaient reçu pour mission de le serrer au plus près.

Steigl a été localisé à l'hôtel Waldheim à partir du 26 juillet. Les Linek ont réservé une chambre, comme touristes itinérants, avec une voiture de location, le 29, sans préciser la durée de leur séjour qu'ils ont prolongé au fur et à mesure. Herr Johann Meili était identifié comme un intime de Steigl, une sorte de conseiller, voire quelqu'un de plus important, encore à définir.

Une enquête a permis d'établir que les deux hommes avaient des relations anciennes, antérieures à l'érection du mur de Berlin en 1961, quand des échanges étaient encore possibles, entre doctorants amenés à rédiger des mémoires sur des sujets historiques voisins.

Le jeune professeur suisse avait fait des voyages en RDA au cours des années cinquante, y avait noué des amitiés avec d'autres historiens de sa génération, puis avec de plus jeunes, encore étudiants, comme le père de Frieda. Certaines connaissances de ce temps se retrouvent dans la liste des intellectuels qui se sont échappés de RDA au cours des années 1960 et 1970, sans qu'on puisse certifier qu'ils aient trouvé asile en Suisse, en particulier à l'hôtel Waldheim de Davos.

Il se trouve que la recherche en cours sur Meili mettait au jour une tradition familiale d'accueil, dans cet hôtel, de citoyens déplacés depuis l'avant-guerre, Mme Esther Finkel en constituant un exemple toujours actuel, une sorte de survivance de cette période, poursuivie par d'autres voies jusqu'au moment présent. Le dernier bénéficiaire en date de la protection de cette famille : Herr Doktor Uli, apparu à l'hôtel au moment même où Steigl s'est absenté sous prétexte d'une randonnée. Il n'a pas été possible de déterminer si Steigl a acheminé cette personne depuis un autre lieu ou s'il s'est contenté de l'accueillir.

L'homme est rapidement identifié comme un professeur d'histoire en congé depuis le printemps pour raisons de santé, membre de l'association des historiens de RDA, déstabilisé depuis plusieurs années par le régime, affaibli, dont la fuite était jugée prévisible. Elle n'a pas été empêchée, peut-être même encouragée, afin de faire apparaître des complicités jusqu'ici insoupçonnables. Le départ d'Uli n'a été enregistré à Leipzig que le 5 août, alors qu'il date de la veille. La voiture du convoyeur soupçonné n'a pas été retrouvée ni contrôlée. Uli est repéré à Zurich, le samedi 7 août, grâce à la surveillance dont est l'objet Herr Doktor Steigl. Les deux hommes se croisent dans le petit hôtel où Steigl a ses habitudes, Uli reçoit des billets de car pour Chur, puis Davos, tandis que Steigl attend le dimanche pour prendre un train en direction de Landquart, puis de Davos Dorf. Ils se retrouvent simultanément à l'hôtel Waldheim à partir de dix-sept heures.

C'est le moment où les Linek prolongent leur séjour avec pour mission de définir plus clairement, grâce à ce nouveau venu, l'étendue des complicités dont il bénéficie localement. Le malaise dont il est victime dans la salle de restaurant de l'hôtel Waldheim, son évacuation inattendue par un médecin surgi rapidement permettent d'identifier ce nouveau membre du réseau.

Grâce à moi : je tiens mon rôle d'intermédiaire à la perfection. Il semble qu'une de nos conversations du soir ait porté sur l'incident du déjeuner et que j'aie révélé, en passant, que le médecin en question était le Dr Christian Meili, frère cadet de notre hôtelier. J'aurais précisé que j'en étais à mon quatrième séjour à l'hôtel Waldheim depuis l'hiver 1974, et me serais vanté de bien connaître Herr Johann Meili et sa famille.

Je deviens ce jour-là une source intéressante, en indiquant, même si je n'en connais pas l'adresse, que le Dr Christian Meili est un cardiologue réputé d'une clinique privée de la ville, dont il est le propriétaire. Détail que j'avance en toute ignorance, probablement pour me faire mousser. Les Linek s'empressent de vérifier mes informations et les corrigent : le cardiologue n'est naturellement pas le propriétaire unique de la clinique où il exerce, à Davos Platz. Il en possède des parts au même titre que bien d'autres de ses confrères et même, est-il ajouté, que son propre frère, tandis que lui, le cadet, possède la moitié de l'hôtel tenu par son aîné.

Frieda précise qu'un document ultérieur qu'elle pourrait retrouver, si j'y tiens, montre que les Linek me présentent comme un informateur de bonne volonté, quoique peu fiable dans les détails. Leur enquête financière sur les frères Meili, notent-ils cependant, confirme ma première impression de richesse partagée. Ils évaluent le patrimoine des deux célibataires, leurs parts dans d'autres entreprises locales, leur contribution à des projets philanthropiques. Ils soupçonnent le médecin et l'hôtelier d'être les financiers occultes du réseau organisant le passage à l'Ouest de savants est-allemands.

Toujours en bavardant, je prétends que Herr Johann Meili est un grand historien de formation, ancien professeur d'une université cantonale que je suis incapable de nommer. Une fois de plus, j'exagère ou je travestis : des précisions sur la carrière de l'ancien professeur d'histoire reconverti dans l'hôtellerie permettent de nuancer. Il a enseigné une douzaine d'années dans le degré secondaire suisse avant de reprendre l'affaire familiale. Les Linek attendent d'autres renseignements sur Johann Meili et en réclament sur Christian et sa carrière médicale, ainsi que sur les manœuvres financières des deux hommes. La connaissance du réseau a progressé rapidement. Grâce à moi.

Entre-temps, Herr Doktor Uli resurgit à l'hôtel Waldheim le 11 août, semble limiter ses contacts avec les gens de l'hôtel au strict nécessaire. Il répond toutefois, le 12, à une sollicitation de Linek ; une partie d'échecs où il n'est pas loin de remporter une victoire, obtient la nulle, la première de la saison à l'hôtel.

Je regrette de ne pas avoir assisté à cette partie ou, si j'étais présent, elle n'a laissé aucune trace dans ma mémoire. Uli ne se laisse pas entraîner plus loin dans le jeu, se contentant de commenter les coups qu'il vient de réaliser et esquivant toute question personnelle, refusant la nouvelle partie demandée par l'assistance, comme s'il regrettait d'avoir cédé à la première invitation. Linek le provoque en disant qu'on ne peut pas rester sur une partie nulle et qu'il faut un vainqueur. Uli, selon Linek, n'est pas loin de se laisser tenter. L'apparition de Steigl, avec son plateau et ses pierres pour le jeu de go, coupe court à la négociation. Les deux hommes n'échangent aucun signe de connivence, mais l'arrivée de l'un éloigne l'autre.

Il est mentionné dans ce document que je me présente quelques minutes plus tard et demande aux deux joueurs la permission de jouer contre eux à tour de rôle. Linek nous laisse jouer en premier, Steigl et moi, prend la suite, après ma défaite. Notre partie d'échecs est la plus acharnée, du moins Linek écrit qu'il me laisse espérer la victoire, fait durer les échanges, contrairement à notre usage de parties rapides, les blitz plus plaisants pour les spectateurs d'un hôtel.

Comme Steigl se retire, il semble que Linek me fasse subir un interrogatoire discret sur mon partenaire de go. Vraiment discret, car je ne garde aucune image de cette scène. L'illusion d'une victoire à portée de main, oui, en me creusant la tête, je revis la situation, mais sans phrases. Ou alors j'ai jugé anodin et formel un bref échange sur mon partenaire du jeu de go au moment où il quittait notre salon.

Linek espérait me faire parler de sa profession, si

je la connaissais, encore un historien, l'hôtel Waldheim semblait les attirer, coïncidence amusante, n'est-ce pas ? L'amateur de go était un habitué, un intime de Herr Meili ? De son frère aussi ? Puisque j'en étais à mon quatrième séjour, je l'avais sûrement rencontré une autre année ? En compagnie d'autres historiens ? En mauvaise santé, tous ?

J'ai dû me montrer évasif ou, une fois de plus, ne pas comprendre précisément toutes les questions ni leur enjeu et y répondre bêtement, comme je l'ai fait en plusieurs occasions, pour avoir la paix et ne pas passer pour un imbécile, par des « *Ja* » et des « *Nein* » qui me semblaient opportuns selon la tonalité de la question.

Ce qui est certain, c'est que je n'avais pas croisé le père de Frieda les autres années. Première rencontre en août 1976, d'ailleurs je n'avais même pas retenu son nom au bout de trois semaines. Le prof de fac joueur de go divorcé père d'un jeune garçon, je me contentais de ces données factuelles en partie fausses, n'avais pas besoin d'en savoir davantage, d'autant plus qu'à cette période de mon séjour j'avais pris mes distances avec lui, puisqu'il s'était moins intéressé à moi, en refusant ma proposition de marcher en sa compagnie. Ma petite vanité d'adolescent blessé quand la considération d'un adulte lui fait défaut. Je tolérais une partie de go ici ou là, parce que le jeu m'amusait et que personne d'autre n'en connaissait les règles, mais je ne faisais plus guère d'efforts avec cet homme mis dans le lot des bourgeois antipathiques, trop bien représentés, à mon goût, dans cet hôtel.

Je commence seulement à comprendre ce que Frieda a nommé une période cruciale de la vie de

Friedrich Steigl, un homme étroitement surveillé, se sacrifiant pour ses pairs, un groupe actif et en danger. Ses audaces justifient le qualificatif d'éblouissant qu'elle lui a accolé, dépassant la simple dimension de brio intellectuel d'un père.

Ma principale erreur serait de ne pas m'être montré suffisamment sensible à autant de qualités personnelles. Accessoirement d'avoir glissé quelques commentaires insignifiants sur lui ou sur ses amis.

Frieda me regarde d'un drôle d'air. Ma compréhension soudaine lui semble trop facile, à la limite de la condescendance ironique... Accessoirement... Ça la gêne, je le sens. Elle vide d'un trait, par erreur, mon verre de chablis. Elle se dit confuse, je vide, pour la soulager, son verre de rouge. Nous repassons commande, sans compter, mélangeons tout, puisque nous en sommes là.

Frieda Steigl ne me laisse pas la distraire longtemps en jouant avec nos verres, les couleurs et les goûts de nos vins, comme si je n'avais d'autre but que de la détourner de ce qui lui importe. Elle insiste : les Linek ont tiré de mes confidences plus ou moins désinvoltes ou fantaisistes des hypothèses vérifiées par la suite. Ce n'est pas qu'accessoire.

J'aurais, par exemple, lâché une information essentielle le soir du 12 août : glissé dans la conversation que le monsieur du jeu de go, malgré son physique peu conforme à ce qu'on attend d'un alpiniste expérimenté, s'apprêtait à entreprendre ce que j'aurais ironiquement nommé une nouvelle expédition vers les sommets. Je me serais moqué de son costume jaune qu'il ne quittait jamais, disais-je, même dans les crevasses ou sur les pics les plus pointus des Grisons.

Je n'ai pas le souvenir d'avoir caricaturé à ce point mon partenaire de jeu, doute, si je considère mon niveau d'allemand, d'être parvenu à en dire autant. Pour cette raison, je n'accepte pas ce que Linek avance ici, mais je ne peux pas m'empêcher de trouver que la tournure d'esprit qu'il me prête correspond parfaitement au garçon de seize ans que j'étais. Si je repense à moi à cet âge, indiscutable, je n'épargnais personne, je me croyais supérieurement drôle en me moquant de tout et de tout le monde. Je suis attristé de constater à quel point cela était visible. Un informateur de la Stasi a pris la peine d'enregistrer ce trait de caractère que je ne trouve pas à mon avantage. Il en a tiré profit pour nuire à un homme estimable.

Ma remarque négligente n'a pas été sans conséquence, affirme Frieda et elle va me le prouver, dès qu'elle aura retrouvé la page. Elle feuillette ses copies, avec une dextérité surprenante, comme si elle connaissait l'emplacement de chaque détail, l'œil fixe, presque fou, par instants. Cette fois, elle n'arrive pas au but aussi vite que prévu, j'en profite pour commander deux nouveaux verres, sans savoir s'ils vont calmer ou accroître notre agitation grandissante depuis quelques minutes.

C'est là, il faut que je me penche, écrit en toutes lettres, le moment où l'entreprise de son père a basculé, son premier échec en quatre ans. Il a sans doute commis l'erreur d'organiser deux fuites trop rapprochées, celle d'Uli le 4 août, celle d'un nommé Fischer à peine dix jours plus tard, depuis la même ville, Leipzig. Il est possible que ses succès les plus récents lui aient donné une impression de facilité et d'invincibilité.

L'officier de la Stasi note une nouvelle fois qu'il se montre imprudent, mais l'imprudence n'explique pas tout. L'annonce du départ de Friedrich Steigl, pour une simple course en montagne, selon le jeune Français, est transmise aux services. La surveillance de plusieurs historiens, géographes et autres intellectuels suspects en RDA est renforcée le même jour.

Le géographe Fischer échappe à une filature, pas à la fouille approfondie d'une voiture appartenant à un cirque itinérant, immatriculée en Suisse ; un faux coffre derrière un grillage pour des chiens, deux arrestations. L'employé du cirque prétend avoir été abusé et n'être chargé que du rapatriement des animaux savants présents à l'arrière de la partie grillagée du véhicule. Sa nationalité suisse lui permettra d'être expulsé du territoire après interrogatoire ; Herr Doktor Fischer est hospitalisé pour insuffisance rénale, avant d'être incarcéré.

Quelques heures plus tard, le faux alpiniste Friedrich Steigl est annoncé à la réception du modeste hôtel zurichois où il attend une visite, après avoir acheté un billet de car à la gare routière. Il passe quelques heures dans sa chambre, se présente à plusieurs reprises à l'entrée, interroge le réceptionniste sur le va-et-vient des clients. Il montre des signes d'impatience, jusqu'à ce qu'un chauve le demande, il pourrait s'agir d'un complice du passeur ou du responsable encore non identifié. Ils ont un échange rapide, Steigl quitte l'hôtel aussitôt après pour la gare routière, en direction de Chur.

L'échec du passage de Fischer fait partie des risques. Il est probable que le groupe va rester calme un certain temps, des informateurs introduits en Suisse ne manqueront pas de signaler ses mouvements futurs. On se contente pour le moment d'identifier les véhicules mis à la disposition du cirque, afin de les suivre désormais, s'ils passent la frontière, pour les intercepter à leur retour.

L'officier de la Stasi note que Robert et Brigitte L

ont enregistré le retour à Davos Dorf de Steigl à 19 heures 45, le samedi 14 août. Les marques d'agacement sont visibles chez lui, confirment sa déception d'avoir échoué à réceptionner Fischer. Le Dr Christian Meili fait un bref passage à l'hôtel, dans l'appartement de son frère, vers 21 heures, en ressort dépité à son tour.

Les Linek suggèrent que leur mission pourrait prendre fin rapidement, se félicitent d'avoir contribué à faire échouer la dernière entreprise de fuite et de convoyage d'un malade organisée par le groupe Steigl-Meili. Ils pensent que les trois membres et leurs complices probables pas encore identifiés vont être obligés de se séparer ou de changer de méthode opératoire. D'autres informateurs devront prendre le relais.

Les Linek craignent simultanément d'avoir été repérés. Ils émettent l'hypothèse que Steigl et Meili doivent légitimement s'interroger sur les raisons de leur premier échec, imaginer une possible trahison, au départ ou à l'arrivée, en RDA où ils bénéficient de complicités que les services auraient détectées, mais tout aussi bien à l'hôtel Waldheim, s'ils parviennent à établir une corrélation même saugrenue, comme mes réflexions le laissent craindre, entre le passage avorté de la frontière par un de leurs amis et la présence d'un couple de clients qu'ils soupçonneraient de mensonge.

Dans ce cas, je semble avoir joué un rôle inverse, en leur défaveur, ce qui pourrait faire changer le point de vue de Frieda sur moi : mes observations personnelles, transmises à Mme Finkel et à l'hôtelier, ont trahi leur origine lübeckoise fictive : comme me dit Frieda, j'ai mis « les puces dans les oreilles », et le réseau s'interroge sur leur identité réelle. Je gâche malheureusement cette bonne action en m'empressant de révéler aux informateurs les doutes qui les entourent. Je semble particulièrement doué, à seize ans, continue Frieda, pour le double jeu.

Les Linek expriment leur inquiétude à leur officier et lui demandent s'ils doivent prendre le risque d'être identifiés et désignés aux autorités helvétiques ou quitter l'hôtel sur-le-champ et se mettre à l'abri.

La réponse est brutale. Ils sont considérés comme fautifs de s'être fait piéger par une vieille femme de quatre-vingt-cinq ans et par un enfant. Leur départ précipité serait un aveu et risquerait d'entraîner leur arrestation avant leur retour en RDA. Rien ne prouve qu'ils soient clairement identifiés, leurs papiers sont en règle, ils doivent contrôler la situation, permettre la déstabilisation du groupe de passeurs et de leurs complices jusqu'au bout, les obliger à se découvrir entièrement, en utilisant tous les moyens qui seront mis à leur disposition dans les prochains jours.

Mon apparition nocturne au coin du balcon des Linek renforce leurs interrogations : contrairement à ce que je pense, ils ne me définissent pas comme un voyeur, mais comme un jeune observateur dirigé par des adultes, sur lequel il est possible d'agir en lui envoyant des signaux propres à démolir les éventuels soupçons, pas encore solides, de l'hôtelier, donc, selon eux, de Steigl, bien qu'il ne se manifeste pas, à ce moment-là, auprès d'eux.

Ils pensent que, si je semble avoir pris le parti de Johann Meili, c'est simplement que j'entretiens des liens étroits avec lui depuis deux ans, sans partager les mêmes points de vue idéologiques. Leurs conversations avec moi leur ont fait entrevoir mes sympathies de gauche, peut-être même d'extrême gauche, ce qui, de leur point de vue, est plus gênant, comme ma nationalité française, qui risque de faire de moi un garçon instable et incontrôlable. Ils jugent cependant à leur portée de me retourner et de se servir éventuellement de moi contre les Meili et Steigl.

– Tu es sûre que tes recoupements prouvent exactement cela ? Le petit Français pas fiable, je veux bien croire, mais le petit Français qu'on va retourner, comme dans les vieilles histoires d'espionnage de l'époque, ce n'est pas moi, pas mon histoire. Le truc du double jeu... Je veux bien avoir été doué, il me reste un fond de lucidité... et de modestie... Je n'étais rien de plus qu'un petit vacancier français, qui prenait le téléphérique avec sa vieille tata pour rejoindre les sites accessibles de la région et marcher sur les cailloux, en se prenant pour un alpiniste, et jouait le soir à des jeux de société avec d'autres vacanciers bien policés, pour faire passer le temps de ses vacances en compagnie de gens trop vieux pour lui.

Tu m'as impressionné avec tes déductions et ta documentation, mais plus on avance, plus je trouve que tout ça est truqué. Si, en plus, je pense à tes sources et au régime qu'elles représentaient, c'est complet. Au nom de quoi aurais-je fait allégeance à ces charlots de la Stasi ? Je ne pigeais pas la moitié de ce qu'ils racontaient... Même si, par insuffisance personnelle, j'ai donné un ou deux gages, ça n'est pas allé plus loin...

Il me restait une semaine de vacances, tu ne vas pas m'en gâcher le souvenir, Frieda, comme tu viens de démolir le début de mon mois d'août. Elle s'est bien passée, cette dernière semaine, je crois, oui, vraiment bien passée ; sauf quelques jours, peut-être, à cause de ma tante... ses simagrées avec Johann Meili... mais rien de grave. J'oubliais : un petit incident lors d'une sortie, rien de grave non plus.

– Tu le dis toi-même : bien passée, ma semaine, sauf quelques jours... Sauf quelques incidents...

– Oui, mais rien à voir avec ton père, ni avec les Linek. Tu viens de me le prouver, le 14 août, à 19 h 45, les trucs de ton père étaient tombés à l'eau. Tout s'est arrêté de force. Terminé, tout ça. Fin du malaise à l'hôtel Waldheim.

– Ou alors, ça commence seulement.

Nous prenons le temps de boire, besoin de respirer d'un seul coup, peut-être pas pour les mêmes raisons, nous deux, moi parce que je me suis cru sorti d'affaire et qu'on m'annonce que je n'en suis qu'au début, Frieda parce qu'elle aime surprendre mon désarroi, ces petits temps où je me décompose et essaie de reprendre pied.

J'aperçois la nuit dehors, ce serait mieux de faire valoir mes obligations familiales, si tard. J'ai été honnête, j'ai mis tout à l'heure un message à ma femme pour lui exposer qu'une personne de Suisse voulait me parler d'une vieille histoire. Comme elle avait elle-même un dîner professionnel prévu, pas le temps de lui donner trop de détails. Elle doit pourtant être déjà rentrée, me mettra un message bourré de questions dans cinq minutes, si ce n'est déjà fait. Et moi je ne compte plus les verres de blanc et de rouge descendus en compagnie d'une gigantesque Germanique. Comment ai-je pu me retrouver avec une espèce d'ogresse suisse, et dans son hôtel de la plage en plus ?

Découvrir son identité, quand elle m'a interpellé depuis Zurich, était l'unique énigme que je croyais avoir à résoudre. Un jeu, rien qu'un jeu. La connaître me fait glisser dans un gouffre bien plus inexplicable, plus du tout un jeu. Et dès que je crois me rétablir, un nouveau dérapage se produit. Mais où elle cherche à m'entraîner ? Tire-toi, Jeff, tire-toi tout de suite.

Je n'arrive pas à me lever, je ne bouge plus, mais mon cerveau s'emballe ; des images de montagne, de plus en plus désolées, sauvages ; bizarre pour la Suisse ; une Suisse sauvage, il faut s'y faire. L'impression aussi d'être en face d'une femme sauvage.

Je crains que le mélange des vins ne la secoue autant que moi, plus que moi, si, comme l'a laissé entendre le serveur, elle a commencé à boire plus tôt dans la journée. L'angoisse d'avoir à me parler encore ? Nous serions à égalité sur ce plan.

Sa tête penche de plus en plus vers moi, du mal à la retenir, je crois qu'elle a l'intention de venir la déposer sur mon épaule. Elle sourit bizarre, s'excuse pour la familiarité, s'encastre néanmoins dans le creux de mon cou, dégage ses cheveux lâchés sur mon omoplate. Et si je reçois un message de ma femme ? Je crois sentir la main gauche de Frieda faire le tour de ma taille pour s'accrocher à ma hanche opposée, provoquant une perte d'équilibre infime qu'il me faut rétablir en projetant ma main droite jusqu'au bout de son épaule, sur laquelle j'essaie de ne pas trop peser. Où allons-nous ?

Nous n'allons nulle part, elle repousse ma main, comme si c'était moi qui avais eu un geste déplacé.

Nous reprenons nos distances, autour de l'étroite table basse écrasée de papiers, Frieda est désolée... Trop bu, mais nous ne sommes pas au bout. Ma dernière semaine à l'hôtel Waldheim, elle est sûre qu'elle ne s'est pas aussi bien déroulée que je le prétends.

Notre instant de trouble passé, je me dégage, retrouver mon autonomie mentale, malgré le bouillonnement intérieur provoqué par l'accumulation et le mélange des vins. Cette personne m'est étrangère, étouffons toute envie. Parlons froidement : je ne vais pas lâcher le morceau comme ça. J'ai ma version, je la maintiens : ma dernière semaine à Davos, les derniers jours de ma vie dans cet endroit que j'ai fini par aimer, ce n'était pas la catastrophe que Frieda s'obstine à me mettre sous le nez. Tout n'était sans doute pas aussi heureux que je le voudrais, mais pas pour les raisons qu'elle croit. Si M. Steigl allait mal, je m'en suis moins préoccupé que du spleen de ma tante Judith. Je ne devrais pas m'y attarder, tu t'en fous, de ma tante Judith, mais, après ce qui vient de se passer entre nous, cette esquisse de liaison presque dangereuse, c'est idiot, c'est l'image de ma tante Judith qui s'impose, pas celle de ton père. Elle avait le spleen, ça, j'en ai gardé le souvenir.

Un mot ancien, le spleen, daté, mais encore usuel, me semble-t-il, à la fin des années 1970. Sans me l'avouer franchement, Judith avait, cette année-là, réservé nos chambres à l'hôtel pour plus de trois semaines, dans le but de se donner le temps d'approcher davantage Herr Meili, de créer les conditions d'une rencontre plus profonde, qu'elle attendait depuis deux ans. Son rêve inavouable d'une liaison qu'elle ne voulait pas forcément dangereuse, d'une liaison tout de même.

Sa réserve l'avait empêchée de faire avancer son projet, elle sentait qu'une semaine n'y suffirait pas. Un patron d'hôtel trop occupé, une vacancière trop libre, peu d'espoir de se trouver. Les journées semblaient sans fin à ma tante, nous avions épuisé les principales curiosités. Je nous crevais dans des cols ou à l'approche d'un sommet, quand Judith se serait contentée d'un coup d'œil circulaire à la sortie d'une cabine.

Je suis prêt à reconnaître mes erreurs d'interprétation sur ce point : j'attribuais la lassitude manifeste de ma tante à ces quelques marches forcées que ma jeunesse lui imposait, non à l'ennui ni à l'échec d'une entreprise amoureuse même pas entamée.

Elle se plaignait pour la première fois de tourner en rond dans les montagnes comme sur une île. Je reprenais son mot pour lui prouver que la solitude sur une île bienheureuse était ce que je désirais le plus désormais. J'avais bien changé depuis deux semaines, elle aussi. Nous avions inversé nos courbes de bonheur. C'est pourquoi je me souviens de ces jours comme heureux, si je ne pense qu'à moi. Il est curieux de découvrir, si longtemps après, que j'étais le seul à me sentir au comble de la félicité, pendant que tous les autres, sans oublier Judith, en bavaient : tout se détraquait entre son père et les frères Meili, après l'échec de leurs passeurs ; angoisses des informateurs de la Stasi craignant d'être découverts en pays étranger. Je ne sais pas si mon indifférence pour leurs misères est si regrettable, pas plus que mon intérêt plutôt vague pour le spleen de ma tante.

Il est possible que le nombre désormais incalculable de verres de vin descendus me fasse dire n'importe quoi. Je dois agacer Frieda avec ma tante et mon apologie du bonheur en pleine crise du Waldheim, sûrement pas ce qu'elle attend de moi.

– Dis-moi si je pars trop de travers...

Non, elle me fait signe de continuer : tout est lié, dans son esprit. Elle se vante de le garder plus clair que moi, croit d'ailleurs savoir à quoi je fais précisément allusion. Tant mieux pour elle, parce que moi, je n'en ai aucune idée... L'impression de dériver sans trop savoir où le spleen de ma tante me mène...

Si, en me concentrant bien, je revois une vraie situation dangereuse : possible que j'aie failli perdre la vie, à ce moment-là, sans en avoir vraiment conscience. Judith, en me dressant la liste de nos éternelles promenades depuis deux ans, pour souligner l'ampleur de son ennui récent, m'a demandé mon avis sur un projet destiné à renouveler le stock de nos sensations montagnardes. Elle se proposait de louer une voiture pour sortir de notre îlot, découvrir des lointains propres à lui faire oublier... Oublier quoi ? Oublier qui ? Je commençais seulement à le deviner, parce qu'elle avait des scrupules à s'étendre devant moi sur le sujet de Meili.

L'Autriche était accessible en une heure, nous irions en Autriche. J'ironisais sur la différence entre les Alpes autrichiennes et les Alpes suisses. Judith ne voulait pas voir de nouvelles montagnes, mais des villes, le Liechtenstein pour commencer, sa capitale Vaduz, avec son château perché, une principauté encore plus riche que Davos et la Suisse, occasion pour moi d'ironiser cette fois sur les rêves enfantins de richesse de ma tante Judith. Elle se sentait millionnaire au pied d'un éperon rocheux surmonté d'un château de prince interdit à la visite.

Nous avons poursuivi vers Feldkirch, en Autriche, encore un château fort, nouvelle extase de Judith. Nous aurions pu rouler jusqu'à Innsbruck, mais la fatigue venait, le manque d'habitude de la conduite, et pas de château en perspective, selon notre guide. Nous reprenons la route de Davos, droit vers l'ouest, alors que le soleil est bas, franchissons de multiples tunnels.

Judith ne conduisait pas le reste de l'année, premier trajet sérieux depuis longtemps, des routes de montagne pour finir et des chemins moins fréquentés, suffisamment pourtant pour que sa conduite peureuse crée un ralentissement, quelques chauffeurs expérimentés trouvant le temps long derrière cette petite femme au volant.

Cette pression derrière elle, le soleil devant, un tunnel pas éclairé, amorçant immédiatement une courbe, elle a oublié d'allumer ses phares, pénétré comme aveuglée dans le noir qui lui a semblé total, pas perçu la courbure légère de la route, notre flanc droit est venu frapper la roche qui nous a, après quelques instants de frottement et de flottement, renvoyés vers le mur de gauche. J'ai hurlé à Judith de redresser la voiture, ce qu'elle a fait de manière trop radicale, nous sommes revenus percuter la paroi de droite. Comme elle maintenait désormais la direction de ce côté, nous avons entendu s'amplifier le crissement des portières que je sentais prêtes à lâcher et à m'arracher de la voiture. Judith freinait et se crispait sur le volant et s'est trouvée heureuse de rétablir l'équilibre entre la gauche et la droite, au moment où une lumière intense nous annonçait la sortie de ce bref tunnel.

Elle pensait que sa maîtrise de la direction était suffisante, continuons notre route, parions pour des dégâts minimes, puisque la voiture roule. Le frémissement de la portière déformée tout près de moi m'inquiétait plus qu'elle. Je l'ai convaincue de faire une pause à la première occasion. Elle roulait au pas, nous avons été dépassés par nos deux suiveurs, inquiets pour nous, la passagère de la première voiture nous adressant un regard furtif, la seconde plus appuyé et interrogatif, prête à se porter à notre secours.

Judith ne tenait pas à susciter la pitié, elle a adressé aux couples des deux voitures des signes et des sourires rassurants, pour leur prouver qu'elle avait la situation en main ou même qu'elle ne voyait pas ce qui s'était passé. Ils ont continué leur route en accélérant.

– Les Linek ? me demande Frieda.

Les vitres étaient teintées ou le soleil les obscurcissait, mais, oui, il m'a semblé reconnaître, dans le premier véhicule, Frau Linek, du moins une femme aussi rigide qu'elle.

J'en ai fait la remarque à ma tante, elle n'avait noté aucune ressemblance. Les vrais Linek, des voisins de chambre, nous auraient adressé des signes plus nets, proposé vraiment leur aide. Elle avait raison. J'ai raconté notre mésaventure au joueur d'échecs le soir même, pour expliquer notre retard au dîner, car nous avions fini le dernier kilomètre en poussant la voiture en panne sèche, réservoir percé et vidé tout au long de la route. Je lui ai demandé s'il ne s'était pas trouvé sur la même route, derrière nous, sans nous apercevoir.

Il s'est montré très étonné de ma question, leur sortie du jour les ayant emmenés du côté de Clavadel et beaucoup plus tôt. Nous n'en avons pas reparlé.

– Les Linek pourtant.

C'est encore à cause de mes bavardages. Je leur ai parlé de louer une voiture, ils m'ont entendu, de loin, la veille, parler de voyage, de frontières avec Meili.

La frénésie de soupçons du faux couple Linek s'est alors portée sur nous. Crainte que nous soyons entraînés à prendre la place de Friedrich Steigl visiblement abattu depuis son dernier échec. Notre amitié ancienne avec Meili passe pour l'explication plausible d'un déplacement dont le but pourrait être la récupération, en un point indéterminé de la frontière, d'un nouvel historien est-allemand en fuite.

Les Linek ont, plus subtilement que moi, remarqué l'intérêt que portait celle qu'ils prenaient toujours pour ma mère à notre hôtelier. Elle pourrait en profiter pour lui plaire en lui rendant service. Nous présenterions l'avantage d'être des novices dans ce type d'opération. Une mère française d'âge mûr et son fils inspireraient moins de méfiance que d'autres.

Linek expose à son officier que l'hypothèse reste improbable, mais que la prudence exige de ne rien négliger, les Steigl et Meili n'ayant pas manqué de ressources depuis quelques années qu'ils ont fait passer à l'Ouest une dizaine d'intellectuels jamais pris, sauf le dernier.

La direction nord que nous avons prise a semblé aux Linek une confirmation troublante. Elle aurait pu nous mener, à travers l'extrémité ouest de l'Autriche, vers la Bavière, puis vers les districts de Leipzig ou de Dresde, en RDA, du moins près de la frontière, en cinq heures de route. Ils nous ont suivis, ont constaté que nous avons bifurqué vers Vaduz où nous avons déjeuné, ont considéré que notre longue pause touristique pouvait n'être qu'un leurre. Notre passage en Autriche les a alarmés, notre arrêt à Feldkirch les a surpris, ils ont fini par se demander si nous n'avions pas été envoyés dans cette direction pour les attirer, eux, les Linek, s'ils avaient été identifiés pour ce qu'ils étaient, comme ils le craignaient depuis quelques jours, loin de l'hôtel Waldheim, afin de permettre à d'autres, comme Uli et Steigl, de disparaître ou d'organiser eux-mêmes ailleurs la réception d'un autre homme.

Le rythme de notre retour les a inquiétés. Ma « mère » roulait trop lentement, comme si elle savait qu'elle pouvait être suivie et faisait tout pour ralentir ses suiveurs. Elle prenait des routes touristiques qui allongeaient le parcours. Les Linek, dans le doute, ont décidé de ne pas la lâcher. Ils ont été les premiers spectateurs de notre accident dans le tunnel, persuadés que les embardées de notre Volkswagen allaient mal se terminer ; surpris du rétablissement opéré par Judith, une conductrice plus expérimentée qu'il n'y paraissait. Sur ce point, ils se sont montrés moins pertinents que sur son amour secret pour Herr Meili.

Ils ont passé leur chemin, maintenant que nous avions réchappé à ce qui devait nous être fatal, pour ne pas avoir à justifier leur présence. Ils ont cru avoir confirmation de leurs soupçons en constatant au début du dîner notre absence ainsi que celle de

Friedrich Steigl. Nous nous sommes présentés à l'heure du dessert, après avoir poussé notre voiture en panne et réglé les questions d'assurance à l'agence de location. Steigl ne s'est montré qu'au petit déjeuner suivant, j'ignorais les raisons de son absence, les Linek aussi, ce qui les a poussés à renforcer leur surveillance.

– Tu le vois, même quand tu crois que c'est ta tante, c'est toujours la vie de mon père qui est derrière toi et qui a la menace.

– Oui, mais c'est moi qui ai failli y laisser ma peau. Enfin, j'en ai rigolé plus qu'autre chose. Ma tante beaucoup moins. Pour ce qui est de ton père, les menaces qui pesaient sur lui me sont passées très au-dessus de la tête ce soir-là encore.

– Et les jours de l'après, elles sont devenues encore plus grosses les menaces, tu ne pouvais plus les louper.

Les jours d'après ?... Loupé ? Qu'est-ce que tu veux dire ? Même le plus gros, j'ai peur de l'avoir loupé... Alors quoi ? Les jours d'après, de mon point de vue, c'est le contrecoup du faux accident de la veille, sûrement ; pour Judith, pas pour moi. Je l'ai laissée seule, dans son lit la journée entière, la trouvant trop plaintive, ressassant ses échecs. Rien de ce qu'elle entreprenait n'aboutissait. Sa dernière tentative, louer une voiture pour briser la routine, on voyait comment ça avait fini. Elle ne voulait plus rien faire, plus quitter son lit, pour éviter la prochaine catastrophe.

J'ai erré seul une partie de la journée. À la fin, pour trouver un dérivatif (je retrouve brutalement la scène, et la déception qui l'accompagne), je me suis présenté chez notre hôtelier, m'attendant à l'accueil habituel.

Je ne peux pas nier qu'il m'ait reçu, à ma grande surprise, plus froidement que les autres jours. J'ai pensé que je l'agaçais, parce que je n'avais pas trouvé d'autre sujet pour l'aborder que l'état de ma tante, avec, en arrière-fond, les ambiguïtés de ses relations avec le patron de l'hôtel. Il m'a conseillé d'aller m'occuper d'elle plutôt que de lui. La brusquerie de sa réponse m'a blessé, je me suis senti obligé de me défendre, en prétendant que c'était elle qui m'envoyait auprès de lui. J'ai ajouté, en riant fort, pour montrer que je ne parlais pas sérieusement, que c'était un homme comme lui qu'il lui aurait fallu. J'ai été étonné de constater que son rire ne se faisait pas l'écho du mien. Une preuve au passage que je n'étais plus du tout le gentil ou le trouble petit messager du début entre les gens de l'hôtel.

– Ou preuve que tu la prenais la conscience combien Johann Meili il avait les graves préoccupations dans la tête.

Je n'étais pas si bête, j'ai perçu son exaspération et je ne me suis pas accroché, sans pour autant mesurer l'étendue du désastre en cours. Le seul point incontestable, à mes yeux, ce jour-là et sans doute les suivants, c'est que l'intensité de mes échanges avec Meili, comme avec les Linek, a considérablement faibli. Une impression de solitude, pas si malheureuse d'ailleurs.

Tout de même, un dernier détail me revient, qui ne me fait pas plaisir non plus : une nouvelle tentative avortée de renouer le dialogue avec Meili. Et là, il est encore plus direct, ne me laisse pas finir ma première phrase et me somme, si j'ai une question, d'aller la poser à Frau Finkel, la femme la plus disponible et la plus cultivée de l'hôtel, avec laquelle, me dit-il, j'ai tout intérêt à partager un dialogue, des sorties, des soirées, plutôt que des parties d'échecs dont je sors systématiquement vaincu. Je l'écoute, me présente moins au salon de jeu le soir, pas davantage dans son bureau.

Je ne vois rien de plus alarmant dans ces changements de la dernière semaine, plutôt une atmosphère de fin de saison... On est au bout de quelque chose, les gens s'éloignent, le temps suspendu atteint ses limites, il faudra bientôt redescendre dans les plaines... Je n'ai pas trouvé là-haut tout ce dont je rêvais, autre chose qui le valait bien... Forcé, c'est juste, de me mettre à l'écart de tout le monde, sauf de Frau Finkel, une dame de quatre-vingt-cinq ans, l'année où je ne pensais qu'à de jeunes femmes nues dans les trains et sur les chemins de montagne. Personne ne m'attend plus à l'hôtel Waldheim, je n'en fais pas non plus une affaire.

– Sur le point, tu as raison, comme l'intermédiaire tu ne sers plus rien. Si tu rends le service, ce n'est plus en faisant passer le message.

– Qu'est-ce que tu veux dire par rendre service ? Je ne rends service à personne, puisque personne ne me demande plus rien.

– Tu ne rends pas le service, tu sers.

– Je sers ? Comme servir ? Première nouvelle. Et je sers à quoi ?

Pour Frieda Steigl, et d'après la somme de ses investigations récentes les plus fouillées, c'est le moment où les deux clans commencent à se parler, ce qui s'appelle se parler. D'autre chose que de la réservation d'une chambre d'hôtel, de sa prolongation, d'une possible excursion en montagne, d'un menu ou du retour d'une chaleur inhabituelle après des pluies d'orage. Chacun commence à se faire une idée plus précise de l'autre. Les questions que j'ai provoquées ont entraîné des doutes gravissimes dans le réseau, les Linek ne sont pas loin d'être grillés aux yeux de Johann Meili et de Steigl. Ils sont obligés de s'approcher les uns des autres, sans se trahir.

Les Linek l'ont vu venir : Meili décide le dimanche 22 août à dix heures précises de les aborder plus franchement, à l'issue de leur petit déjeuner, affecte d'abord sa politesse habituelle, avec toutefois des questions plus insistantes sur la durée de leur séjour ; une réservation antérieure de leur chambre actuelle menace leur éventuelle prolongation. Ils promettent une réponse rapide, Meili leur demande de quoi cette réponse dépend. Frau Linek réplique que seule la poursuite de la chaleur les retient en altitude. Elle est oppressante à 1560 mètres, elle doit être insupportable au niveau de la mer. Meili note que la chaleur au bord de la mer Baltique ne bat pas les records d'Europe. Il invite le couple à profiter de la fraîcheur matinale, qui ne durera pas, pour prendre une décision immédiate. Il l'entraîne vers le parc désert en poursuivant la conversation.

Les Linek ne s'attendaient pas à être conduits de force au jardin, sentent que Meili veut les tenir à l'écart de la clientèle. Ils ne résistent pas, pour comprendre ce que leur interlocuteur a dans le ventre, se déclarent, dans leur compte rendu, aussitôt sur leurs gardes. Quand l'hôtelier réfute leur argument de la chaleur persistante, ils ne cèdent pas, préfèrent se taire et le laissent se dévoiler, pour mesurer l'étendue de ce qu'ils sont obligés d'appeler des soupçons.

Meili ne sait pas encore à quoi s'en tenir, c'est la conviction de Brigitte L, selon son rapport. Il se montre néanmoins offensif en leur demandant s'ils travaillent en ce moment pour leurs organes de presse respectifs, leur fait répéter les noms de leur radio et de leur journal, assure n'en avoir jamais entendu parler. Les Linek s'en sortent avec une finesse provocatrice en suggérant que le patron d'un hôtel de standing suisse ne peut qu'ignorer la presse allemande de gauche. Comme il leur réclame le nom de leur rédacteur en chef, ils l'abreuvent de noms de confrères plus connus, allemands et suisses, d'acteurs de théâtre qu'ils disent fréquenter et fréquentent vraiment, tous progressistes. Si leur engagement dérange un conservateur, leur notoriété d'artistes devrait le rassurer.

Ils mesurent le danger de placer la conversation sur le terrain politique, puisque c'est l'enjeu véritable, Meili ne s'y risque pourtant pas, ou pas tout de suite. Il s'interroge sur l'inactivité prolongée de deux journalistes qui n'ont pas le droit de se tenir trop longtemps éloignés de l'actualité. Frau Linek assure qu'un journaliste écrit ses articles partout, y compris dans une chambre d'hôtel. Meili confie sur un ton qu'il s'efforce de rendre blagueur que le personnel chargé de faire les chambres n'a rangé jusqu'ici que des feuilles blanches, avouant au passage que la femme de chambre rend compte de ses observations à son patron.

Le couple expose à son officier ses premières inquiétudes : Meili est-il un amateur qui vient de se trahir en reconnaissant qu'il fait fouiller les papiers de ses clients ou un homme de réseau plus expérimenté prêt à les menacer ? Il les somme de quitter l'hôtel sous vingt-quatre heures, il n'exigera même pas le règlement de leur note.

À la suite de cet échange, chacun semble fixé sur

son interlocuteur et se retire non sans malaise, le premier dans son bureau, les deux derniers dans leur chambre jusqu'à midi.

Au déjeuner, les Linek, surtout l'homme, entreprennent d'animer la conversation avec leurs voisins de table, au point d'attirer l'attention de Rosa que ses chantonnements n'empêchent pas de percevoir les échanges des clients. Elle alerte le patron sur les questions insidieuses que le journaliste pose aux mangeurs de toutes nationalités : Connaissez-vous bien Herr Meili ? Savez-vous vraiment qui il est ? Ce qu'il fait dans son hôtel ? Les réponses restent évasives ou naïves, Linek ne pousse pas plus loin. Herr Meili se sent obligé de paraître au dessert pour mettre fin à ces interrogatoires qu'il juge intrusifs. La tension monte de nouveau entre eux.

La salle de restaurant s'est vidée. Il est possible que ma tante Judith et moi soyons passés à côté du dernier couple assis dialoguant avec le patron de l'hôtel, sans rien percevoir de l'hostilité de leur discussion.

L'informateur de la Stasi souligne devant Johann Meili la rapidité avec laquelle il est intervenu, révélatrice de son inquiétude. Aurait-il à se reprocher des activités sans rapport avec la bonne tenue d'un hôtel de qualité ? Le couple est prêt à aider son hôte à sauvegarder les apparences, s'il consent à collaborer avec des journalistes amateurs d'informations exactes. Herr Meili se retire décomposé, selon le mot des archives que me montre et me traduit Frieda Steigl. Les informateurs se sentent à ce moment en position de force à l'hôtel Waldheim.

Ils affirment aussi avoir renforcé leur bonne entente avec moi, obtenu la confirmation de comportements anciens de l'hôtelier. Je leur aurais révélé que Johann Meili me tenait à l'écart depuis deux jours, ce qu'ils notent comme un indice intéressant.

Qu'est-ce que j'avais à révéler ? Rien à confirmer ni à infirmer ; rien dit du tout, je le jure. Je me creuse le crâne deux minutes pour en extraire une image qui correspondrait à ce que nous lisons, le vide, aucun changement spectaculaire dans mes relations avec les Linek. Une vague familiarité acquise au jeu... pas excessive... pas ce que j'appellerais une amitié. Je ne me vois pas comme l'ami d'un couple de vingt ans plus âgé que moi... des vieux, qui ne baisent même plus, j'en suis témoin... La froideur de Frau Linek ne m'excite plus du tout, je n'ose pas m'attarder sur mon balcon depuis le soir où je l'ai surprise en chemise de nuit rose à dentelles finalement anti-érotiques. Ce sont mes seules pensées quand je les croise, je suis capable de les retrouver aujourd'hui, alors que nos conversations se perdent dans l'insignifiance des bavardages de fin d'été. Alors mes révélations oubliées, à quoi ressemblent-elles ? Ils les exposent à leur chef, les Linek ?

Pas encore. Ils attendent une information décisive demandée à un plus haut niveau. Jusque dans les services de la Confédération helvétique, ils trouvent quelqu'un pour leur donner accès à des dossiers personnels.

– Parce que tu veux me faire croire que la Stasi est introduite au sommet des États étrangers, même en Suisse ?

– Je ne le dis pas, mais elle trouve toujours quelqu'un qui croit comme elle et aime son petit peu d'argent. Pas au sommet, à la moitié de la pente, toujours quelqu'un. Ça suffit pour le dossier de Meili.

Quoi, le dossier sur Meili ? Jamais entendu parler de ce dossier... Il est consultable ? Meili ne va pas en prendre connaissance tout de suite. Linek le fait mariner, c'est ce qui fait du mal à l'hôtelier.

À moi aussi, ça fait du mal aujourd'hui... Un peu de patience, il arrive... Plus vite que je ne le crois... que je ne le crains... Parce que je devrais le craindre ? Au point où j'en suis, je suis prêt à tout entendre. Tu y comptes bien ? J'ai parfaitement saisi, enfin, pas parfaitement du tout.

Et puis, je ne tiens pas à ce qu'on parle exclusivement de moi. Je croyais que tu te préoccupais avant tout du sort de ton père, le sens de ta venue, il me semble. Or tu t'acharnes un peu trop sur Meili et sur moi depuis quelques minutes.

J'ai pourtant l'impression que les Linek avaient tout intérêt à déstabiliser Friedrich Steigl simultanément. Je n'ai pas tort ? Tu vois. Ils ont aussi un dossier sur lui ? Non ? Ils procèdent autrement ? Comment ? Je ne dis pas ça pour éviter je ne sais quel sujet, comme tu pourrais le penser... Tout viendra à son heure ? Dans ces conditions...

Frieda accepte de le confirmer : son père est aussi l'objet des plus grandes pressions. L'historien s'est montré attentif aux conversations plus nombreuses qu'à l'ordinaire entre le joueur d'échecs et l'hôtelier, sensible au fait qu'elles se développent à l'écart de la clientèle, en particulier loin de lui, intrigué par leur intensité apparente. De leur côté, les Linek observent que les deux hommes ne communiquent plus autant qu'on l'attendrait de complices. Si la confiance n'est plus totale entre eux, il est possible d'en profiter, de les monter l'un contre l'autre.

Les échanges entre Steigl et Linek sont marqués

depuis le début par la rivalité. Le joueur de go n'a jamais manqué de souligner la supériorité de son jeu sur les échecs, sa plus grande complexité, ses possibilités plus nombreuses. Sans savoir qui étaient les Linek, d'instinct, il ne se gênait pas pour leur montrer qu'il ne les aimait pas. Le seul lien entre eux, jusqu'ici, c'était moi, le petit Français curieux de tout, passant d'un jeu à l'autre, d'un joueur à l'autre, sans préjugé ou sans scrupule, selon le point de vue qu'on préfère.

Comme Steigl s'inquiète ouvertement auprès de Meili de ces apartés animés avec les Linek, qui ne se développent avec aucun autre client, hormis moi, et comme le patron de l'hôtel ne semble pas s'étendre sur le sujet, les informateurs décident de se rapprocher de lui, puisqu'il tente de surprendre leurs conversations. Ils insistent immédiatement sur la richesse de leur dialogue avec Meili, laissent entendre qu'il leur confie des anecdotes surprenantes sur la vie de l'hôtel et précieuses pour des journalistes comme eux.

Ils lui font remarquer en passant qu'ils ont reconnu en lui des traces d'accent des régions les plus orientales de l'Allemagne, donc de RDA, preuve d'un passage à l'Ouest pas si ancien. Ils observent ses réactions d'homme qui se sent découvert et doute de ses interlocuteurs.

Il les identifie à son tour comme deux compatriotes de l'Est, bien qu'ils n'aient pas le même accent, s'interrompt au moment de leur demander s'ils ont suivi le même itinéraire que lui. Il prend visiblement conscience à cet instant que leur indiscrétion n'est pas celle de transfuges.

Son embarras est fugitif : il a du mal à admettre,

s'ils n'ont pas fui la RDA, que des informateurs politiques puissent se trahir aussi ouvertement, sauf s'ils ont une bonne raison. N'oublions pas que c'est un joueur de go de niveau honorable. Il signale aux Linek qu'ils se trouvent en territoire helvétique. Tout étranger, de l'Est comme de l'Ouest, est tenu de respecter la neutralité de la Confédération. Si une police politique se déplace en terrain neutre, elle a toutes les chances de se retrouver isolée. Ils sont bien seuls ici, contrairement à un professeur d'histoire accueilli avec chaleur par plusieurs pays voisins.

Les Linek l'incitent à ne pas se méprendre sur eux. Ils n'ignorent pas que, s'ils étaient des membres de la police, ils n'auraient pas leur place en territoire étranger. Aucune attache de ce genre, on perdrait son temps à en chercher une preuve. En revanche, homme et femme d'influence, progressistes, on n'est pas seul, l'esprit traverse les frontières plus facilement que les transfuges. Et des alliés, on en trouve partout, même parmi les citoyens d'un pays neutre. Si on enlève une pièce maîtresse, la partie bascule. Linek défend la supériorité du jeu d'échecs, plus universellement reconnu que le go.

La discussion est suspendue, semble-t-il, à cause de mon arrivée. Je ne garde aucun souvenir de mon intrusion dans ce premier échange prolongé entre mes deux partenaires de jeu. Les Linek prétendent, dans leur compte rendu, m'avoir utilisé, entre autres, comme une preuve que beaucoup de gens à l'hôtel leur témoignent plus de confiance qu'à Steigl lui-même. J'ai passé quelques minutes en leur compagnie, mises à profit par Steigl pour s'esquiver.

Les informateurs se félicitent d'avoir, par leurs

insinuations, introduit le doute sur Meili dans l'esprit de Steigl. Ils enregistrent deux visites prolongées de l'historien à l'hôtelier dans l'après-midi du lundi, dont il ressort tendu la première fois, plus apaisé la seconde. Ils se promettent de relancer chacun des deux hommes avant la nuit, pour vérifier ce qu'ils ont pu partager et tenter de les désaccorder de nouveau.

Frieda me montre des notes manuscrites en rouge : l'officier qui collecte les données en provenance de Davos critique les initiatives de ses informateurs. Le mot négligence apparaît à plusieurs reprises en marge, par exemple quand Brigitte L est obligée d'avouer que le contact avec Steigl et Meili a été perdu toute la soirée du lundi 23 août, l'un ne se présentant pas au dîner, l'autre ne faisant pas, après le repas, sa tournée habituelle de la clientèle, pour s'assurer du bien-être de chacun, donner l'illusion de s'intéresser à tous.

Elle tarde à interroger la vieille Rosa qui finit son service probablement en chantonnant et affirme que, si son patron n'est pas dans son bureau, c'est qu'il prend l'air avec son frère. Comme, plus tard, elle redescend des étages avec deux plateaux empilés contenant en double bols de soupe, assiettes, assiettes à dessert, pièces de couvert et verres sales, un plat ayant été à peine entamé, Brigitte L en déduit que la routine des derniers jours se poursuit : Esther Finkel se fait servir ses repas dans sa chambre pour ne pas se mêler aux estivants incultes de la salle de restaurant, de même que le transfuge Uli, mis à l'abri par le patron de l'hôtel, sans doute depuis que des doutes lui sont venus sur l'origine des Linek, à moins que son état de santé ne se soit dégradé. Sa présence est attestée jusqu'ici, en dehors d'une consultation à la clinique du Dr Christian Meili.

Le passage de ces deux plateaux attribués à deux utilisateurs bien identifiés n'intrigue pas Brigitte L jusqu'à ce qu'elle me voie errer seul du hall d'entrée au salon de jeu, puis devant l'hôtel, à la recherche d'une compagnie ou d'un joueur qui ne se présente plus. Elle a l'habitude de me voir flanqué de celle qu'elle considère comme ma mère, se fait la réflexion que j'ai dîné sans elle pour la première fois à notre table près de la baie du fond. Elle me demande de ses nouvelles en passant, je confirme que Judith s'est sentie trop fatiguée pour descendre au restaurant, a préféré se faire servir le repas dans sa chambre, auquel elle a à peine touché ; le manque d'appétit ; la déprime, je semble avoir pris des mines pour m'essayer à une expression allemande dont je n'étais pas très sûr : *total deprimiert*. J'accompagne ces mots d'un geste visant à en diminuer l'effet, une petite déprime sans importance, pas durable.

Cette notation anecdotique, dont je n'ai pas gardé un souvenir plus précis que ça, déclenche une réaction chez Frau Linek. Elle me laisse à mon errance pour prévenir Linek que quelque chose ne va pas : le premier plateau est bien celui de la vieille dame, le second, presque intact, est celui de la Française. Il en manque un troisième, celui d'Uli. Le couple interpelle Rosa dans la cuisine, lui demande si tous les reclus ont eu droit à leur collation. Les deux dames, oui. Et le monsieur ? Le monsieur ? Il n'y a plus de monsieur. Elle se rattrape : le monsieur a mangé plus tôt, il dort. Les Linek sont convaincus à cet instant que la vieille gouvernante a mal retenu les consignes de silence de Johann Meili, vient de se vendre. Herr Doktor Uli a probablement été une nouvelle fois exfiltré, preuve de l'inquiétude du groupe mené par Steigl. Les Linek se rendent dans la nuit jusqu'à la clinique de Christian Meili, ne relèvent la présence d'aucun véhicule suspect, pas le moindre mouvement.

L'officier souligne en rouge les passages manifestant à ses yeux les insuffisances du faux couple qui a laissé filer, sans percevoir un seul indice des préparatifs de départ, deux historiens est-allemands en fuite et leur meilleur soutien suisse. Les Linek atténuent plus loin leurs responsabilités en signalant le retour vers deux heures du matin de Herr Meili dont ils observent la présence dans le parc de l'hôtel. Sa silhouette mouvante, le bruit d'un transat traîné, d'un jaune éclatant dans le noir, leur paraissent des signaux volontaires à leur intention. Linek fait un tour dans les couloirs des étages, observe de la lumière sous la porte de Steigl, l'obscurité sous celle d'Uli. Il estime leur absence à six heures, évalue leur parcours possible à trois cents kilomètres, un aller et un retour de cent cinquante kilomètres, soit la distance qui sépare Davos de Zurich. Ils alertent tôt le matin leurs correspondants dans cette ville et ne doutent pas d'y retrouver le fuyard, même si l'officier mentionne de sa grosse écriture rouge qu'ils se sont encore trompés.

Les Linek se dispensent désormais de toute précaution, abordent avec Johann Meili, puis avec Friedrich Steigl, la question de leur absence de la veille. Cela ressemble à un interrogatoire, répond Steigl, ceux qu'il a subis en RDA ne l'ont pas impressionné, ce n'est pas en Suisse qu'il cédera. Frieda me lit plusieurs fois ce passage, avec la fierté d'une fille découvrant le courage de son père.

Johann Meili se montre direct et se revendique comme un citoyen suisse soucieux, comme ses parents, de protéger les persécutés du monde entier. Herr Doktor Uli était son invité ici, il le demeure ailleurs, en convalescence, en altitude, là où le bon air le protège. Que veulent-ils savoir de plus ?

L'assurance de Meili n'impressionne pas Linek : il conseille à l'hôtelier de ne pas se laisser emporter par la joie d'avoir mis à l'écart Uli. Il attend en poste restante aujourd'hui même le dossier qui les intéressera tous, surprendra peut-être M. Steigl. L'entretien est, une fois de plus, interrompu par mon arrivée.

J'annonce la fin de la dépression de Judith, remise de ses déceptions et de ses peurs récentes, une femme courageuse qui n'allait pas se laisser abattre plus de deux jours. Herr Meili me désigne d'un geste les Linek :

– Ils sont sur le départ, me dit-il en français. Si vous voulez battre M. Linek aux échecs, c'est maintenant ou jamais.

– Pas si vite, le coupe Linek, à ma grande surprise, car je ne savais pas qu'il comprenait le français.

Il poursuit en allemand et me promet des revanches jusqu'à mon propre départ. Je n'ai pas relevé, sur le moment, les contradictions des deux hommes et, si ces propos relevés dans les archives de la Stasi sont exacts, ils n'ont laissé aucune trace en moi. Ce n'est pas la première fois que je me creuse pour rien. Me suis-je donné la peine de proclamer le retour à la santé de ma tante Judith ? C'est probable, mais, dans mon esprit, cela ne va pas plus loin qu'un ça va mieux échangé dans une conversation de petit déjeuner. Je suis troublé de découvrir tant de détails insignifiants transformés en manœuvres et manipulations par des agents pas toujours finauds.

Herr Meili me retient un moment devant la porte de son bureau, pour éloigner les Linek, comme ils l'assurent. Ma mémoire reconstitue la scène autrement, les Linek en sont absents, je remarque la porte ouverte, passe la tête dans le bureau, comme je le faisais familièrement, Herr Meili me hèle, je m'apprête à le rejoindre, heureux de le retrouver moins hostile à mon égard, c'est lui qui sort et me barre l'entrée. J'en conclus que nous ne sommes pas encore réconciliés, mais, comme nous n'avons jamais été fâchés, je considère, avec ma bonne humeur de l'époque, que cela n'a rien d'alarmant.

C'est sûrement le moment que je choisis pour saluer le rétablissement de Judith.

Herr Meili me conseille, si Judith a retrouvé ses forces, de profiter de nos derniers jours à l'hôtel et dans la région. Il me rappelle que nous avons promis à Frau Finkel de l'accompagner dans une grande virée autour de Davos. Des jours, bientôt des semaines, qu'elle attend notre réponse à sa proposition de visiter en sa compagnie les sites évoqués dans *La Montagne magique*, les vestiges des sanatoriums transformés en hôtels, le Berghof, Clavadel, des lieux de promenade, même imaginaires, d'Hans Castorp et de son cousin.

Je reconnais avoir, dès le début de notre séjour, dit à Frau Finkel mon enthousiasme pour ce projet, sans lui donner suite à cause de ma tante Judith, que Thomas Mann ennuyait et qui ne voyait pas l'intérêt de visiter des endroits, si on n'était pas certain qu'ils correspondaient à des lieux réels. Herr Meili m'invite à monter immédiatement chez la vieille dame pour lui confirmer mon accord et lui remettre par la même occasion une lettre. Il insiste sur ce point, je n'y prête pas attention sur le moment, aujourd'hui, c'est différent.

Cette lettre, avec beaucoup d'efforts, je crois la voir resurgir ; dans une enveloppe plutôt épaisse, comme si elle en contenait une autre, une lettre dans la lettre, j'en suis presque certain ce soir ; je monte la remettre à sa destinataire, qui l'ouvre et la met de côté sans prendre le temps de la lire vraiment. Nous convenons, Frau Finkel et moi, pour l'après-midi, d'une marche dans les alentours. Elle me promet des découvertes artistiques et historiques que je n'imagine pas, avoue sa déception des derniers jours. Elle attendait plus de curiosité de ma part, m'a trouvé lointain, comme n'importe quel ignare de l'hôtel. Je reviens en grâce. Je devine que ce n'est pas elle qui a, ce matin, renouvelé sa proposition, mais que c'est Herr Meili qui m'a contraint à la relancer. Je ne vois, à ce moment-là, que la perspective de réaliser notre projet commun, ma dernière chance de tout comprendre à *La Montagne magique*, comme me le promet bruyamment Frau Finkel, à défaut de comprendre ma propre existence.

Les informateurs de la Stasi, eux, ont du mal à croire à notre obsession de l'œuvre de Thomas Mann, soupçonnent plutôt une organisation parallèle visant à porter secours à Uli ou à d'autres individus du même genre installés depuis des mois ou des années dans le voisinage, dont la découverte permettrait de démanteler totalement le réseau d'aide aux historiens fuyards de RDA, à défaut une manœuvre destinée à les éloigner de l'hôtel Waldheim. Dans le doute, et pour ne rien laisser au hasard, ils se séparent. Linek se charge de harceler Meili, maintenant qu'il a en mains les pièces du dossier qui lui manquait, accessoirement Steigl, tandis que sa fausse épouse rendra compte des déplacements du jeune Français, de sa mère et de la vieille réfugiée allemande de la guerre, des lieux visités, éventuellement de leurs rencontres.

Ces révélations rassemblées par Frieda provoquent en moi un nouvel afflux d'images, encore confuses, mais que je pressens essentielles. Pourtant, leur arrière-fond de manœuvres supposées me révolte. Je préférerais laisser de côté le tas d'archives empilées sur la petite table devant nous, qui grossit, à mesure que Frieda en extrait des liasses de son sac, et oriente de manière malsaine les reconstructions de ma mémoire, sûrement imparfaites et insuffisantes, mais authentiques et sincères. Laissons tomber les archives de la Stasi, l'anti-vérité absolue.

Frieda y voit une clé de mes histoires, moi un obstacle entre nous. Cette mémoire parallèle bouffe la mienne, comme si une moitié de mon cerveau était remplacée par cette machine à souvenirs totalitaire. Ça en devient oppressant.

Je me lève, m'agite dans le salon, pour mettre de l'ordre en moi, y parviens difficilement. Nous nous envoyons deux ou trois verres coup sur coup, et encore une gorgée, de toutes les couleurs. Je provoque un peu Frieda, je ne le cache pas, conscient qu'elle aura du mal à en ingurgiter beaucoup plus. Le serveur et le gérant s'immobilisent derrière nous.

Frieda veut me rejoindre, sûre que ce qui va sortir de moi à cet instant est décisif, l'explication définitive, elle ne veut pas la rater ; une tentative hasardeuse ; dressée sur ses longues pattes, qui ne la soutiennent plus. Elle n'a pas d'autre solution que de me tomber dessus, de se raccrocher comme elle le peut à mes épaules, à mes bras. Quelques secondes où ses seins se collent à moi, puis une reculade farouche, ne pas laisser penser qu'elle s'abandonne, un accident furtif, me montrer qu'elle maîtrise son ivresse, malgré les apparences. Libre de ses mouvements, elle basculerait, si je ne la contraignais pas à s'allonger sur les coussins d'une banquette.

Le gérant s'inquiète, m'assiste, me suggère de prévenir par précaution un médecin ami. Je me méfie des médecins amis, en ce moment, lui dis-je.

L'homme s'étonne de la brusquerie de mon refus. Qu'est-ce que je cherche à obtenir de sa cliente ?

Il ne va tout de même pas me soupçonner de mauvaises intentions ou de violences contre elle... Oui, nous avons trop bu, oui, nous avons trop parlé, cela nous est monté à la tête, pas la peine d'aller chercher plus loin. Je vais encore prouver, pour le calmer, mes bonnes dispositions, m'asseoir près d'elle, par terre s'il le faut, pour l'empêcher de tomber de sa banquette, et lui parler encore. Un homme de mon âge dans cette posture, auprès d'une femme mal en point, rien de rassurant pour le responsable d'un hôtel. Frieda prend mon visage entre ses mains, l'attire à elle, nos lèvres s'effleurent, elle les éloigne, une glissade maladroite qui fait se croiser et se frotter nos mâchoires.

– Qu'est-ce tu me veux ? Tes images ? Plutôt tes images ? Tu ne les aimes plus mes preuves d'archives ? Si tu m'en dis le plus tout seul, alors d'accord, je me l'en fous des papiers. Je me l'en fous si tu me le dis tes vraies images.

– Tu risques d'être encore déçue...

– Je me l'en fous. Tu le dis plus que tu le crois, même quand tu le dis autre chose.

– Bon, où j'en étais ? Oui, le plus important pour moi, la grande marche avec Frau Finkel.

Elle se révèle une marcheuse exceptionnelle, si je songe à ses quatre-vingt-cinq ans. Elle nous fait parcourir à grande allure la Promenade unissant Davos Dorf et Davos Platz, la partie de la ville où descendent régulièrement les malades de *La Montagne magique*. Nous empruntons le funiculaire de Schatzalp, les mêmes wagons, prétend notre guide, ont été occupés par Thomas Mann lui-même, en 1912. Nous mettons nos pas dans ses pas, en sommes-nous conscients ? Peut-être notre postérieur où il a déposé le sien. Je me dis impressionné, ma tante Judith beaucoup moins. Elle a déjà eu le plus grand mal à suivre le rythme imposé par Frau Finkel, m'en veut de l'avoir laissée à la traîne pour ne pas paraître en difficulté face à une vieille femme. Les sièges du funiculaire sont inconfortables, nous n'allons pas nous laisser impressionner par le derrière de Thomas Mann.

À Schatzalp, Frau Finkel nous met à l'épreuve. Elle suppose que nous sommes montés plusieurs fois jusqu'ici, sans nous interroger sur l'hôtel monumental dominant tout l'espace. Nous ne valons pas mieux que nombre de touristes poussifs qui ne viennent admirer que le luxe vieillot sans mesurer la richesse du regard d'un auteur comme Thomas Mann, capable de transformer ce qu'il a vu ici.

J'approuve Frau Finkel, non sans émettre une critique de mon âge : j'ai lu que ce Berghotel Schatzalp ne doit son prestige qu'au nom fictif du sanatorium de *La Montagne magique*, le Berghof. Emprunt peut-être abusif, nous sommes en pèlerinage devant une construction rattachée de loin au livre et à son auteur. Judith, même si elle partage ma pensée au point de se désintéresser de l'hôtel, trouve pourtant que j'exagère : nous sommes les invités de Mme Finkel, ne dénigrons pas ce qu'elle nous montre avec émotion.

– Non, non, notre Jeff n'a pas tort, laissez-le exprimer ses doutes. Ils sont fondés. Seulement, il est là pour apprendre. Je lui montre tout. Les fesses de Thomas Mann se sont posées sur un siège du funiculaire, c'est vrai, mais on ne sait pas lequel.

On est obligé de reconnaître qu'aucun personnage de *La Montagne magique* n'a mis les pieds dans ce hall, puisqu'ils sont tous fictifs. Mais à force de relire ce livre depuis quarante ans et de vivre à la fois dans les lieux du livre et dans le livre, j'ai acquis le droit de croire à sa fiction, de l'incarner dans ce lieu ressemblant et d'y trouver mon seul plaisir. Vous êtes trop jeune, Jeff. Tant que vous n'aurez pas découvert ce plaisir, vous ne serez rien.

Je demande à Frau Finkel si elle pense vraiment que je pourrais être quelque chose ou quelqu'un grâce au plaisir dont elle parle. Je ne le dis pas, mais le mot plaisir, ce jour-là, dans ma tête, éveille d'autres perspectives. Découvrir le plaisir, oui, mais pas par la fiction, je voudrais du charnel pour devenir quelqu'un, rien d'autre, et je suis obligé d'écouter déblatérer une vieille et une tante peut-être vierge devant un monument tape-à-l'œil, ancien sanatorium international, avec ses dizaines de balcons tournés vers le soleil, où sont venus crever de toute l'Europe des riches qui croyaient trouver la guérison grâce à l'air de l'altitude. Je repense au désir du personnage de Hans Castorp et de la Russe Clawdia Chauchat, intense quand je l'ai lu, le seul qui m'attire.

– Vous avez lu ce livre, Jeff, je crois qu'il vous a bouleversé, et je crois, si vous avez une ombre de talent, qu'il vous fera prendre au sérieux les inventions d'un auteur. Vous voulez me suivre ?

Comment ça, la suivre ? Frau Finkel tient à nous faire entrer dans le Berghotel Schatzalp.

– Comme ne l'a pas fait, mais l'a fait quand même notre cher Hans Castorp, à peine plus âgé que vous.

C'est curieux, cette paralysie, à cet instant, le

refus informulé d'entrer dans cet hôtel. Un malaise social, j'imagine aujourd'hui, devant l'apparence kitsch du luxe désuet de cet établissement. Je ne suis pas un client, que vais-je répondre si on me demande ce que je fous là, quel est le numéro de ma chambre ? Je me sens mal, et Frau Finkel qui insiste, ne comprend pas mes réserves, m'interroge sans relâche.

– Dites-moi ce qui vous retient. Allons, qu'est-ce que vous risquez ?

Mes raisons sont inavouables, liées à notre statut bâtard, à ma tante et à moi, dans ce milieu qu'elle me force à fréquenter pour se hausser sans y parvenir jamais. À la fin, poussé dans mes retranchements, je trouve une issue :

– Vous voulez connaître ma vraie raison ? C'est Hans Castorp. Je n'ai pas envie, comme lui, d'entrer dans un sanatorium pour une petite visite de rien du tout à son cousin malade, et d'y rester coincé comme lui, pendant sept ans, après avoir contracté la même maladie pulmonaire.

– Ah, vous êtes superstitieux, c'est très bien. Je suis contente : c'est la preuve que vous croyez enfin à la fiction, vous avez peur qu'elle ne se reproduise et ne vous fasse vivre la même expérience. Le talent commence à entrer en vous. C'est troublant, non ? Allez, nous allons expérimenter cela, suivez-moi. Ce que fait une vieille femme, vous n'aurez pas peur de le faire.

Elle se dirige vers le comptoir de l'hôtel. Je prends sur moi, lui emboîte le pas, me mets dans son ombre, pour échapper aux éventuelles questions du personnel. Elle aborde le concierge avec familiarité, à croire qu'elle passe le voir tous les jours, pratique avec lui ce que je crois identifier comme le dialecte local, une conversation incompréhensible. Je disais tout à l'heure que je me sentais pris dans une masse confuse d'images, j'ai l'impression, à cet instant, mais je n'en suis pas sûr, peut-être un faux souvenir en train de se fabriquer, sous influence, pourtant non : l'impression que Frau Finkel tend une lettre au concierge, probablement la deuxième lettre de Johann Meili, celle qu'elle a sortie de l'enveloppe plus épaisse.

Après ce que je viens d'apprendre, ai-je le droit de supposer que la vieille Frau Finkel était mêlée, elle aussi, au réseau Steigl ? Modestement sans doute, vu son âge, mais avec conviction, si je repense à son statut d'exilée en Suisse depuis l'avant-guerre. Il semblerait qu'elle ait joué, aussi bien que moi, mieux que moi, un rôle de messagère. Des résidents du Berghotel Schatzalp seraient en attente de consignes, pour se mettre à l'abri des menaces en cours, à cause de la présence des Linek ? Et nous les transmettions, tout en parlant obstinément des œuvres de Thomas Mann ?... Tout se mélange, je ne sais pas si c'est l'effet de mes derniers excès ou du nouveau regard que me suggère Frieda Steigl... Un changement de perspective, tout événement impliquerait une nouvelle lecture... Je ne me laisse pas emmener trop loin dans l'interprétation ? Enfin, je suis prêt à certifier que le concierge a rangé la lettre sous le comptoir, en assurant Frau Finkel qu'elle trouverait sa destination.

Nous empruntons alors un ascenseur inquiétant : un mécanisme d'apparence antique n'est pas fait pour rassurer, j'ai honte de paraître plus timoré qu'une vieille personne, nous arpentons les couloirs et les étages, saisissons une vue intérieure si un client ouvre sa porte, errons un moment dans le restaurant panoramique presque vide à cette heure de l'après-midi, sans être importunés par les serveuses, comme si notre visite était prévue et habituelle.

Frieda reste inerte sur ses coussins, je la secoue, peur de la trouver inconsciente ou morte. Entend-elle ma voix ? Elle pense sûrement qu'il se passait quelque chose de plus important à l'hôtel Waldheim au même moment et que Meili nous avait envoyés au Berghotel pour distraire l'attention des Linek. Elle réagit à peine, tant mieux, je ne vais pas lui épargner la suite de notre randonnée, un moment lumineux, essentiel pour moi, peut-être même pour elle. Elle me croit ?

Elle n'est décidément plus en état de me contredire, l'œil hagard, la main ballante. Je me sens dominateur. Plus rien ne m'arrête, j'oublie que la femme allongée près de moi attend autre chose que ce que je lui donne à entendre. Elle ne s'en offusque pas : je suis surpris de me sentir presque encouragé, d'une caresse. Je rapproche mon visage du sien, nos bouches se contournent, mouvantes, se stabilisent, presque au bord.

C'est le moment où nous avons entrepris la descente vers Davos Platz, course effrénée vers Clavadel, un des lieux de promenade préféré des « Russes bien » dans le roman de Thomas Mann, en voiture, avec le lac que je connais forcément, je me souviens ? Moyennement. Mais il faut apprendre à lire, me dit cruellement Frau Finkel, peut-être pour se venger de ce qu'elle a perçu de mon ironie. Personne ne sait lire comme il faut, croyez-moi, absolument personne, c'est la tragédie de tous les livres. C'est sa deuxième leçon de la journée, pas la moins importante, pas la dernière. Et je sens nettement ce soir que je ne l'ai pas mise assez à profit depuis tout ce temps.

Si j'avais lu comme il faut, j'aurais été sensible à ce cours d'eau que nous longeons, émouvant de le voir couler à la fois dans un livre et à nos pieds, comme à ces rails étroits, à voie métrique, que nous enjambons au mépris du danger, sans vérifier à droite ni à gauche si le train rouge ne va pas surgir. Puisque ce train figure dans un livre, il ne peut pas nous écraser.

– Il faut avoir confiance dans les livres, si on veut les sauver, ceux de Thomas Mann surtout, ajoute Frau Finkel.

Encore une leçon du temps. Je n'en perds pas un mot, bien que je m'inquiète d'avoir laissé Judith cinquante, puis cent mètres en arrière. Elle va replonger dans sa déprime, en constatant qu'elle n'est pas en état de suivre une octogénaire ni de se faire entendre d'un adolescent.

Frau Finkel me demande si nous avons déjà visité le cimetière du village.

– Pittoresque cimetière, comme il est présenté dans le roman. Vous pourrez toujours dire que ce n'est peut-être pas exactement le cimetière du livre, ce ne sera pas grave. Il faut y croire. Je cherche toujours la tombe de la femme du Dr Behrens, un des médecins qui soignent Hans Castorp, même si elle ne peut pas s'y trouver. Vous voulez le visiter avec moi ? Nous allons peut-être la découvrir, vous et moi, cette tombe imaginaire.

Elle revient sur ses pas, avec la même énergie qu'en début d'après-midi : quittons Clavadel, vite reprenons la direction de Davos, nous l'apercevrons sur notre gauche ; le Waldfriedhof, un cimetière des bois, nous comprendrons vite.

Nous croisons ma tante, heureuse de nous voir rebrousser chemin, emportée par Frau Finkel qui ne lui lâche plus le bras et la force à prendre sa cadence. Le plus étonnant de notre course est à venir, quand nous atteignons un muret moussu encerclant ce cimetière des bois, littéralement Waldfriedhof.

Seize ans, peu habitué aux cimetières, je venais pourtant de mettre en terre ma grand-mère, dans un lieu minéral. Je ne m'attendais pas aux cimetières végétaux du monde germanique, à celui de Davos, en particulier, avec son gazon et ses sapins, ses bosquets, ses clairières, ses sous-bois, une sorte d'enclave forestière entre les villages. Les tombes herbues, aux contours mangés par la végétation, indiquées par de courtes pierres debout, me font demander si les morts sont déposés directement sous l'herbe, privés des parallélépipèdes de marbre ou de granit auxquels j'étais habitué.

– Où voulez-vous qu'ils soient ? me répond Frau Finkel. Oui, les morts ici sont près de nous.

Elle arpente les allées... grands pas... les quitte un instant pour se rapprocher d'une pierre... tourne autour... se précipite vers une autre. Des connaissances ? Pas exactement, même si la fréquentation du lieu lui a rendu tous ces noms familiers. Alors qu'est-ce qu'elle cherche ? Elle espère que je vais vite comprendre, si elle tombe sur ce qu'elle espère. Pas dans ce coin, c'est certain, peut-être au fond... les tombes près du mur le plus moussu... le gazon le plus abrité du soleil, bien humide, avec juste ce qu'il faut de rayons...

– Le coin des malades pulmonaires, c'est le meilleur. Ils sont là, les incurables...

Un cimetière international, ce Waldfriedhof, des étrangers venus de partout pour guérir à Davos et, finalement, y mourir, l'alphabet cyrillique sur des pierres, des consonances des pays de l'Est, anglo-saxonnes aussi, méditerranéennes un peu. Assez proche de la population de notre hôtel, comme je le fais remarquer à Frau Finkel.

– Les effets de *La Montagne magique* se font sentir jusqu'à nous, c'est son pouvoir...

Je retrouve mon mauvais esprit sceptique de jeune Français du temps : le roman de Thomas Mann, dont la lecture est toute fraîche pour moi, place l'histoire de Hans Castorp à Davos entre 1907 et 1914, l'auteur a séjourné dans la ville vers 1912, or toutes les tombes indiquent des dates de décès postérieures aux années 1920. Nous avons peu de chance de rencontrer ici un malade croisé par Thomas Mann ou sorti de son livre dans un de ces cercueils évacués du sanatorium dans la plus grande discrétion, pour ne pas assombrir ou désespérer les autres patients.

Frau Finkel n'ignore pas que le cimetière n'a été créé que vers 1920. Mann a publié son livre en 1924, la concordance lui suffit. La vérité factuelle vaut moins que l'analogie romanesque. Si je comprends encore ça ce soir, j'aurai grandi, j'aurai un espoir de devenir à mon tour un artiste.

– Je vais y réfléchir, mais qu'est-ce que vous cherchez en piétinant si fort toutes ces tombes couvertes de gazon, de mauvaises herbes, de fleurs ou de lierre ? Des analogies romanesques, mais à quoi ça ressemble des analogies romanesques ?

Ma tante Judith trouve que, cette fois, je dépasse les bornes. Je vais encore donner l'impression à Mme Finkel de me moquer d'elle. À mon âge. Au sien. Une femme heureuse de nous faire découvrir un endroit à la fois célèbre et secret et je me permets de casser ses rêves.

– Laissez-le dire, ma chère petite dame, il a raison, je suis une vieille folle et tous les livres sont morts aussi bien que tous les malades pulmonaires enterrés sous nos pieds. Mais je cherche encore un peu de vie, nous allons la trouver, si vous m'aidez.

Je vois, à la tête de ma tante, que la vieille Finkel

lui paraît aussi cinglée qu'elle le dit elle-même ; moi, ça me plaît de plus en plus. Je veux bien aider à trouver les traces de vie que nous cherchons, à condition de comprendre ce que ça cache. Je ne dois pas encore être l'artiste qu'elle imagine. Elle court, elle crie :

– Là, j'en vois... Trois tombes pleines... Et derrière... Nous en aurons plus que je ne l'espérais.

Je ne vois rien de spectaculaire, aucun zombie ne soulève la terre engazonnée, trop tôt pour espérer l'arrivée d'un comte Dracula, malgré le nom roumain inscrit sur la petite pierre qu'elle contourne. Je cours à mon tour dans le Waldfriedhof, je ris fort. Tordante, la vieille. Elle déplie un grand mouchoir à carreaux, comme on en utilisait encore à la fin des années 1970, le dépose dans l'herbe d'une tombe et cueille les champignons qui s'y trouvent en petits cercles.

– Comment dites-vous en français ? Le nom m'échappe, *Pfifferlinge* chez nous, et chez vous ?

Je me sens bête, incapable de reconnaître des champignons autres que ceux de Paris, inculte des villes. Judith me sauve, elle identifie des girolles.

– Des chirolles, bon. Alors aidez-moi à ramasser ces chirolles dodues. Je savais que les pluies d'orage de l'autre jour suivies du retour de la grosse chaleur nous donneraient les plus belles pièces dorées sur les tombes. Vous voyez la vie à présent ?

Je commence à voir, oui, mais ma tante cherche à me dissuader de donner la main à une sorte de profanation. Risqué en plus : si les girolles ne poussent que dans la verdure des anciens tubards, même morts depuis trente ou quarante ans, ce n'est peut-être pas un signe de vie. Ce serait plus sain de les laisser pourrir là où elles poussent.

– Non, non, je les prends pour vous, les *Pfifferlinge* du Waldfriedhof, vous ne trouverez rien de meilleur ici.

Je me laisse emporter par l'enthousiasme de notre guide, remplis son mouchoir de ma cueillette, non sans avoir lu le nom et les dates des défunts, issus des divers sanatoriums de la région, des morts encore très productifs, comme le souligne Frau Finkel, peut-être parce qu'ils sont jeunes, pour la plupart. Une Hongroise de mon âge, je ne ris plus. Judith refuse de participer à la cueillette, à quelques centimètres au-dessus des crânes, des côtes et des tibias d'anciens malades ; vraiment dégoûtant.

– Je n'ai jamais été aussi proche d'eux, dit Frau Finkel, nous avons le droit de partager une certaine familiarité. En plus je suis bien plus vieille que la plupart. Ils sont proches de vous aussi, seize, trente, quarante-deux ans, regardez, ce serait dommage de refuser les dons naturels de nos amis inconnus.

Elle noue les quatre coins de son grand mouchoir à carreaux rouges et me le confie sous forme de balluchon. Nous quittons le carré herbu des tuberculeux pour reprendre la route de Davos Dorf, au même pas de course qu'au début de notre promenade. Frau Finkel est impatiente de retrouver l'hôtel, pour ne pas arriver trop tard. Six heures, ce sera encore une bonne heure pour une collation.

Quelle collation ? Elle marche droit sur les cuisines, s'étonne de n'y trouver personne, une heure avant le dîner. Elle frappe de grands coups à la porte, pousse des cris de gamine capricieuse, veut secouer le personnel, la direction, ne décolère pas de ne trouver personne, ni à la réception, ni au bureau. Qui est-ce qui nous a fichu un hôtel pareil ? Où on ne trouverait personne pour nous donner une chambre.

Je me formalise moins qu'elle de cette situation, elle m'arrange même plutôt. Une après-midi à courir derrière une vieille folle, c'est amusant un temps, à la fin on a envie de prendre congé.

Frieda a une lueur, comme pour me montrer qu'elle m'écoute attentivement, malgré son air perdu dans le vague : dans un souffle, nos lèvres flottantes n'étant pas loin les unes des autres, elle me demande si je ne trouve rien de singulier dans cette absence de Herr Meili, à une heure où l'hôtel tout entier pourrait le réclamer.

Comme elle insiste, je suis forcé d'imaginer qu'il s'est passé quelque chose d'inquiétant en notre absence. Mais non, sur le moment, je considère les circonstances comme anodines. Chacun prend son temps, après une nouvelle journée de chaleur éprouvante, même à près de 1 600 mètres d'altitude ; éprouvante pour tous, moi compris, sauf pour Frau Finkel, qui ne lâche pas son projet, avant de l'avoir réalisé, finit par retrouver le cuisinier en conversation avec Meili et d'autres dans le parc de l'hôtel. Elle le somme de regagner ses cuisines, tout juste si elle ne l'insulte pas. Ma seule surprise est de le voir obéir comme un enfant. Frau Finkel semble coutumière de ce genre de scène, ses exigences culinaires sont connues. La protégée de Herr Meili, on lui passe tout.

Nous ne nous attardons pas longtemps auprès de l'hôtelier, visiblement de mauvais poil, comme j'ai été obligé de le constater depuis quelques jours ; une agitation inhabituelle chez lui, un homme si placide. Frau Finkel est trop préoccupée par ses champignons pour prêter attention à ses sautes d'humeur. Elle le suppose débordé, il a dû faire face à un imprévu quelconque, inévitable dans un hôtel, des dégâts constatés après le départ d'un client, les réclamations de quelques prétentieux incultes, nombreux en cette saison. Elle, elle ne réclame jamais rien, sauf le dévouement du cuisinier que nous poussons devant nous jusqu'à ce qu'il nous ouvre ses cuisines.

Frau Finkel me prend son mouchoir des mains, en déverse le contenu sur un plan de travail, dicte sa recette, girolles à faire revenir sur-le-champ et à glisser dans la plus baveuse des omelettes bien roulée. Que le cuisinier la monte lui-même dans sa chambre avec trois assiettes pour ses invités.

– Deux assiettes, murmure ma tante Judith, qui se dit de nouveau malade et s'excuse de ne pas participer au festin de girolles annoncé.

Je me trouve perdu sans Judith, je ne sais pas quel prétexte inventer à mon tour pour échapper à ce monceau de champignons luisants, charnus, gonflés de l'humidité du sous-bois et de la chaleur de la journée, nourris, surtout, comme je l'imagine, des chairs pourries et du souffle haletant des malades pulmonaires des cinquante dernières années à Davos.

Frau Finkel me fait asseoir sur une chaise pliante dans sa chambre, débarrasse de sa lampe sa table de chevet destinée à faire office de table à manger. Nos deux assiettes se touchent, les parts baveuses en débordent. Je suis sommé de me saisir de mes couverts et de m'en servir au même rythme qu'elle.

Obligé aussi de répéter à l'infini que je ne me suis jamais autant régalé de toute ma vie.

– Vous distinguez bien la chair des *Pfifferlinge* ? Vous dites comment déjà ? Chirolles, oui, vous sentez la finesse de leur chair mêlée à l'onctueux des œufs battus, le piquant de l'ail associé au poivre du moulin, le persil haché menu pour la couleur ? Rien de plus simple, rien de plus grand.

Je réponds tout bas :

– Oui, un délice, mais j'avale son omelette par petits bouts, avec des haut-le-cœur contenus, incapable de me défaire de l'image morbide que réveille chaque apparition de girolle surnageant dans les œufs battus. Je tâche de mettre les dernières sur le rebord de l'assiette, sous un morceau de mie de pain.

– Vous en avez oublié un peu, me dit Frau Finkel. Si jeune et la vue déjà faible.

Je suis obligé de saucer, sur ses recommandations. Pour elle, le savoir-vivre permet de lécher une assiette pareille jusqu'au dernier *Pfifferling*.

Je me réfugie dans ma chambre ; de longues minutes au-dessus de mon lavabo, les doigts dans la bouche, sans parvenir à me débarrasser des girolles. Je finis par me dire que je suis idiot et que les morts n'ont rien d'écœurant, en tout cas pas leurs girolles. Je me dispense néanmoins du dîner, non parce que je suis malade (je ne voudrais pas le reconnaître devant ma tante Judith, encore moins devant Frau Finkel), mais parce que notre omelette était si copieuse que n'importe quoi de plus me ferait vomir.

La tête de Frieda Steigl, quand je suspends mon récit. C'est elle la plus écœurée, pas à cause de mes girolles, plutôt de ce qu'elle appelle mon éternelle légèreté. Vraiment ce qu'elle pensait : ce que je raconte n'est jamais ce que je crois, ce que j'accepte de montrer révèle de mieux en mieux ce que je cherche à cacher.

Qu'est-ce que je cache encore ? Elle me parle d'un dossier en attente, me fait comprendre que son père et Meili sont dans la situation la plus délicate depuis des semaines, que le truc décisif se déroule sous mes yeux, et je persiste, comme si de rien n'était, à lui faire avaler mon repas complet avec une vieille cinglée, comme dans ce film et cette pièce de théâtre à la mode dans les années soixante-dix, *Harold et Maude*, le jeune homme et l'ancêtre... Au moment où nous abordions la question la plus grave... L'instant de la rupture... Avec moi, vite fait, plus trace de la rupture en cours... Je ne le ferais pas exprès des fois ? En contradiction avec les archives auxquelles nous devrions revenir.

Je me défends : je me suis laissé emporter par mon histoire, oui, mais c'était justifié. L'impression de retrouver quelque chose de fondamental pour moi, qui a joué un rôle dans ce que je suis devenu plus tard, tout ce que j'ai réussi à écrire, compris par la grâce d'une vieille folle... Et c'est Frieda qui m'a permis cette découverte... Je ne sais pas mieux dire, fondamental, rien de caché.

– Fondamental, oui, ton truc à toi, c'est tout ce que tu le trouves à dire... Ne me dis surtout pas le merci en plus... Trop content, ton truc à toi, ta petite vérité, parce que ça te le permet de l'évacuer l'autre vérité, pas la glorieuse de ton destin futur... La plus gênante vérité, celle que nous pouvons la lire...

Une vérité gênante... Qu'est-ce qu'il y aurait de

gênant pour moi dans tout ça ? Désolé pour elle si je trouve plus importante ma découverte, à seize ans, des cimetières suisses remplis de verdure et de girolles que les désastres de son père et de sa bande à l'hôtel Waldheim. Je me contrefous de leur déconfiture, si elle veut savoir, aujourd'hui encore plus qu'à l'époque.

Je parle fort, nous devenons agressifs. Le gérant ne sait plus quoi faire. Il nous rappelle que l'établissement n'est pas un grand hôtel ouvert à toute heure. La nuit avance, nous avons déjà dépassé l'horaire habituel. Il n'attend que notre départ pour l'extinction des feux. Il anticipe, éteint les appliques, ne nous laisse qu'une lampe de table.

Frieda se redresse, moi aussi. Nous faisons front comme nous le pouvons, sans savoir si c'est contre le gérant ou l'un contre l'autre. Je me croyais maître de mon état, je m'aperçois que je ne vaux guère mieux que la grande femme incertaine qui cherche son assise sous mes yeux. Je gueule que je ne veux plus rien entendre, surtout ne pas revenir à ces archives dont elle me menace de nouveau, où mon nom figure abusivement.

Dans les marges, comme elle le prétendait avant de boire, seulement dans les marges. Mais voilà, après quelques verres, trop de verres, j'ai l'impression de me retrouver partout dans ses sales pages, comme si j'avais foutu plus que le bordel jusque dans sa vie à elle, en même temps que dans l'hôtel Waldheim, et maintenant dans ma propre vie. Ce n'était pas moi, erreur sur la personne, fausses preuves, je ne veux plus entendre parler de ces saloperies d'archives de la Stasi.

Ceux qui ont décidé de les déchiqueter en 1989

avaient bien raison. Ils savaient que leur paperasse ne contenait que du malheur. Normal, ils l'avaient organisé. Mais les soi-disant amis de la vérité historique et démocratique ne valent pas mieux. Ils ont dépensé des millions pour reconstituer des dossiers invraisemblables, avec pour seul but de ruiner la vie de gens comme nous, comme moi, le projet le plus stupide du siècle.

Je vais les envoyer retrouver les sacs-poubelles qu'ils n'auraient jamais dû quitter, ces putains de papelards de merde, et tout de suite. Je m'empare des feuilles que nous avons déjà épluchées ensemble, vide la sacoche fatiguée de Frieda du stock de pages que nous n'avons pas encore abordées. J'éparpille le tout autour de moi, le plus loin possible, déchire en quatre ce qui me reste dans les mains, rattrape ce que je peux pour lui faire subir le même sort. J'y vais en rythme, et un et deux, dix pages à la fois, et un et deux, quatre morceaux par feuille, et trois et quatre, quarante fragments propulsés dans les airs.

Je ne me retiens plus, tout en sentant, dans un coin en arrière-fond, que je vais trop loin. Cela ne me ressemble pas, mais trop de choses racontées sur moi depuis hier ne me ressemblent pas.

Les bouts de papier volent, me retombent dessus, m'encombrent vite. Je m'épuise, la violence de Frieda démarre à son tour, concurrence la mienne, la dépasse. Ce que j'ai osé faire. Foutre en l'air et piétiner à terre des papiers contenant des pans entiers d'histoire. Comme piétiner la mémoire de son père, son père lui-même. Pas loin d'un autodafé. Mon mépris de l'écrit ; moi qui prétends mettre les livres au-dessus de tout, les aimer, en écrire, en lire, être l'admirateur de Thomas Mann, être celui qui a tout compris à la création depuis ma rencontre avec Frau Finkel ; jeter des feuilles de papier en l'air, promettre d'en faire des confettis, pour me défouler. En m'en prenant à des documents écrits, je m'en prends à son intimité. Le mot s'approche, un viol, un viol d'intimité, un viol tout court. J'éventre un sac qui ne m'appartient pas, j'en répands le contenu, j'en déchiquette une partie, sa chair, la chair de sa chair.

Tout de suite les grands mots. Si son sac contenait vraiment son intimité, il me semble qu'elle me l'a pas mal exhibée, depuis des heures, son intimité. On est à poil, tous les deux, là, plus possible d'y échapper. Alors une feuille de plus ou de moins... Et n'exagérons rien, ce qu'elle appelle des écrits, ce ne sont que des photocopies de la Stasi, rien à voir avec un livre digne de ce nom. Des putains de photocopies vicelardes. Si c'est ça son intimité violée...

Je ne la calme pas, au contraire. Le personnel de l'hôtel est appelé en renfort : tout ce scandale dans un établissement honnêtement réputé, même bien insonorisé, à l'heure de la fermeture, qu'est-ce que c'est que ce chantier dans le salon ? Qui va nettoyer ? Si nous ne rassemblons pas nos papiers, et dans le calme, ils finiront à la benne. Le gérant proposait tout à l'heure d'appeler un médecin ami, cette fois ce sera ses amis de la police. En cellule de dégrisement tous les deux, ça va nous calmer.

Je ne sais pas si je suis particulièrement lâche, je n'ai plus d'autre idée que de sortir d'ici. Je ne suis pas du genre à créer des histoires, une famille m'attend. Je me suis déjà octroyé trop de libertés, c'est fini.

Le gérant salue ma décision, me raccompagne

vers la sortie, non sans m'avoir demandé de régler la note des innombrables consommations qui nous ont mis dans l'état lamentable où tout le monde peut nous voir.

La porte de l'hôtel coulisse derrière moi, la fraîcheur de la nuit me ranime, puis me soulage. Je dois me concentrer : de quel côté chez moi ? Je m'apprête, après quelques instants d'effort intense, à lancer mes pas vers la droite, quand une main s'abat sur mon bras gauche et m'oblige à faire un demi-tour sur moi-même.

– Montons par le là-bas, l'air de mer nous aidera au réfléchir mieux.

Sûrement trop de degrés alcooliques en circulation dans le sang pour analyser correctement la situation. Je suis dehors, c'est assez pour me sentir libre. Mais cette main insistante n'est pas sans me procurer un certain plaisir, même inquiet. C'est incroyable, nous étions prêts à nous mettre sur la gueule il n'y a pas cinq minutes et nous commençons, comme si cela n'avait jamais existé, en nous protégeant l'un l'autre du vent de février, une montée vers les hauteurs de Sainte-Adresse.

Je me sentais écrasé sous la masse des archives, je me sens fier d'en être sorti grâce à un coup de sang imprévu. Ou je m'en crois sorti, parce que la pression de Frieda Steigl se poursuit en changeant de forme : pour maintenir son équilibre, elle est forcée de s'appuyer sur moi, a passé son bras autour de ma taille, à laquelle elle se tient fermement, au point que, par un effet naturel d'appariement des corps, ma main passe sous son bras pour aller chercher sa hanche bien marquée, puis remonter son dos pour coincer son épaule.

Après avoir atteint les hauteurs, nous amorçons une descente à laquelle nous ne sommes pas en état de résister. Une force d'entraînement heureuse nous fait glisser jusqu'aux premiers galets, comme emboîtés et même pas étonnés de l'être. État flottant, nous les longeons un moment, jusqu'à dépasser les dernières constructions, enlacés comme des amoureux, que nous ne sommes pas du tout.

Nous hésitons à avancer encore. Dans cet état stationnaire, et puisque nos rapports ont pris la voie de l'apaisement, j'en viens à rappeler à Frieda que j'ai une femme et qu'elle doit s'impatienter. Si je consultais mes messages, je serais malheureux.

– Tu te crois toujours le seul, me dit Frieda. Moi aussi j'ai le partenaire, ou le compagnon, comme ils le disent les Français. Et il n'a pas la patience aussi, parce que je vais partout pour mon père et les frères Meili et tout le reste en ce moment des semaines dernières. Et il en a le marre, parce que j'ai l'obsession... ce que tu appelles leur confiture... il a le mépris comme toi... et que je m'occupe plus comme il veut de la galerie de lui dans Zurich.

– Galerie, tiens, tu acceptes enfin de dire qui tu es aujourd'hui. Au moins ce que tu fais, parce que tu la protèges ton intimité que je suis supposé violer... Parlons-nous comme des amis, pour une fois...

Études d'histoire de l'art, galerie d'art, je vois la logique. C'est son métier ? Et elle ne m'en a pas dit un mot, alors que je lui ai donné rendez-vous, sans rien savoir d'elle, au musée... Du mal à le croire : elle n'a pas eu un regard pour les tableaux exposés... Une galeriste... Je ne voudrais pas avoir encore l'air de contester... Qu'est-ce que je dois penser ? Pas plus spécialiste de l'art que les Linek n'étaient de Lübeck ? Elle me balade... C'est pas gagné, l'amitié entre nous.

– Tu le penses comme tu veux. Tu me l'as proposé ton musée, parce que tu avais la grande intuition de moi et que le destin de se parler était fait pour nous. Ou je n'ai rien vu dans ton musée, parce que j'avais trop grand le malaise de me trouver devant l'homme un des derniers à l'avoir vu mon père dans son action et dans le danger. Et j'avais peur si tu savais le dire.

– Et la peur l'a emporté ? Ne me dis pas que tu as toujours la trouille devant moi à cette heure-ci, je ne te croirais pas.

– Si, tu dois le croire. L'art, en ce moment, il ne vaut pas pour moi.

– Tu vends de l'art à Zurich, quel art ?

– Le pop art et les continuateurs jusqu'à l'aujourd'hui, Jasper Johns, Warhol, Rauschenberg, Keith Haring, tu connais ?

– Un peu. Décidément, même en art, tu t'accroches aux années soixante et soixante-dix. Toujours les années de ton père. Tu t'es bloquée là-dessus, un cas... Je crois bien que tu n'as pas réussi à dépasser cette époque, c'est incroyable.

Je n'obtiens plus aucune confidence, l'impression que j'ai touché juste et que j'en ai appris plus sur elle en quelques secondes qu'en deux jours : une femme à l'aise dans son monde social et corsetée dans un temps immobile que je serais le seul à pouvoir remettre en mouvement. Du moins, c'est ce qu'elle semblait espérer en arrivant jusqu'à moi.

L'impression aussi que le vent vif, après avoir revigoré Frieda, la bouscule et l'affaiblit. Ou c'est moi. Au lieu de la remettre en mouvement, je l'enfonce dans son malaise ou ce qu'elle appelle sa peur, et plus rien ne la tient. Une petite fille terrorisée, je ne l'aurais pas vue comme ça il y a moins d'un quart d'heure. Si je ne la soutenais pas fermement, je crois bien qu'elle me glisserait des bras et s'effondrerait là. Petite fille malheureuse... Je me sens en position de force, mais, si elle ne me pressait pas contre elle, je ne suis pas sûr que je tiendrais mieux qu'elle la ligne droite.

Nous avons atteint l'extrémité bétonnée de la plage, appelée ici le Bout du monde. Alors le pop art, la Suisse, c'est très loin, on a le droit de s'en moquer. Si nous continuons le long de la falaise, nous n'aurons plus sous nos pieds que de gros galets inégaux, sur lesquels nous trébucherons sans cesse, encore plus dans une nuit dont toute lumière urbaine s'est échappée. La ville s'est effacée au tournant de la falaise, trop de nuages, le vrai noir sur la mer. Sans le ressac, nous ne saurions pas que nous longeons un littoral.

La vérité, c'est que je ne sais plus du tout où j'en suis ni où je suis. L'influence mêlée de notre dernière dispute de la soirée et de notre marche forcée, je suis replongé, avec le silence que Frieda nous impose, dans une autre nuit aussi sombre et pas mal alcoolisée, une de mes dernières à l'hôtel de Davos, le soir des girolles, je crois. Le tournoiement des souvenirs en moi ou autour de moi, aussi violent que des papiers qui voltigent ; des souvenirs aussi difficiles à rattraper au vol. J'en aurais bien besoin pourtant, à cet instant, de les rattraper.

– Tu m'entends, Frieda ? Encore un truc vrai, mais vraiment vrai... Pas un truc pour m'échapper, comme tu le crois tout le temps... Tu me croiras ?... Ma dernière nuit là-bas... Tout le monde avait beaucoup bu aussi... Le hasard sûrement... Ou pas le hasard... C'est peut-être la nuit où se sont passées les « drôles de choses » de ta deuxième carte... Tu auras sûrement une meilleure explication que moi... Tu m'entends ?

Elle ne lâche pas son silence. Tant pis si elle reste dans le cirage, moi, j'ai mes images de noir dans la tête, envahissantes une nouvelle fois, je me fous de savoir ce qu'elles cachent ou pas, je suis prêt à les balancer à la mer, qu'elle m'écoute ou qu'elle ne m'écoute pas.

Une soirée plutôt extravagante, si j'y repense, pas moins que celle d'aujourd'hui. Mon seul étonnement est précisément d'avoir laissé passer tant d'années sans y repenser. Hier, j'aurais été incapable d'en former une image, je l'aurais niée, comme tout le reste, si on me l'avait proposée. Cette nuit, elle est là, incomplète, mais déjà consistante.

Paradoxalement, si c'est la nuit la plus intéressante de notre séjour, j'ai failli en manquer l'essentiel, en m'abstenant de me montrer au repas. Nous avons inversé les rôles des jours précédents, ma tante Judith et moi. Elle a repris sa place à notre table, tandis que j'ai quitté la mienne pour m'enfermer dans ma chambre et lutter contre des spasmes sporadiques.

Elle monte prendre de mes nouvelles vers vingt et une heures. Fin août, le jour baisse plus vite, surtout à l'est de la Suisse. Je pense que la nuit est tombée, pas envie de bouger de mon lit. Judith me force à me lever, il se passe des choses en bas... Quelles choses ? Enfin, des choses, elle ne sait pas trop ce qu'il en est, mais Herr Meili a profité de la fin du repas pour interpeller la salle d'une manière inhabituelle. Une proposition surprenante de la part d'un hôtelier : faire quitter à chacun sa chambre pour la nuit.

La chaleur des dernières semaines, après une pause d'à peine quelques jours, a repris, plus forte que jamais. Des clients montent des vallées étouffantes avec l'espoir de trouver la fraîcheur en altitude. Elle est à peine sensible, surtout dans les chambres du haut surchauffées depuis des jours, et même celles des étages inférieurs, toutes exposées au sud. Pour le rafraîchissement espéré, il faut attendre le matin ou passer la nuit dehors. C'est ce que notre hôtelier a fait la nuit dernière, une expérience et même des rencontres qui en surprendraient plus d'un. Quelles rencontres ? Il n'a pas voulu en dire plus. Il invite tous les amateurs de vent léger et d'air frais à passer quelques heures en commun sous les sapins du parc. Des fauteuils en osier, des chaises longues en toile permettront de trouver le repos et d'attendre. Si une pluie bienvenue, mais improbable, nous fait la grâce de nous humecter, nous en éprouverons un bonheur inouï.

La promesse n'a pas été entendue par tous, les frileux, les peureux, les amateurs de confort rechignent à abandonner leur lit. Judith ne résiste pas à l'appel de Johann Meili, mais tient à ce que je l'accompagne. Toujours sa crainte des ambiguïtés, peu propice à la réalisation d'un projet sans cesse repoussé... Je ne crois pas lui avoir épargné quelques phrases moqueuses, j'ai consenti pourtant à descendre au jardin, à m'approprier un de ces transats jaunes mis à notre disposition.

Nous sommes une douzaine vers dix heures, parmi les plus jeunes, pour commencer, entourant Herr Meili, plutôt surexcité, comme l'a noté ma tante, parlant haut, ouvrant des discussions géographiques, historiques que je croyais jusqu'ici réservées à nos entretiens privés. Je ne dirais pas que j'étais jaloux de partager pour un soir un privilège de plusieurs semaines avec des anonymes visiblement peu empressés de soutenir une conversation d'un niveau élevé, à une heure tardive et dans un hôtel où ils n'avaient pas d'autre but que de passer des vacances. Des échanges s'installent néanmoins en allemand, parfois en français, notre animation est contagieuse, attire des couples sur leurs balcons. Herr Meili crie leur nom, les incite à nous rejoindre, puisque le chaud ne tombe pas.

Nous nous trouvons une vingtaine, peut-être une trentaine, bientôt encore plus nombreux. Le joueur de go se glisse à la gauche de Johann Meili, sans parler à personne. Le joueur d'échecs nous rejoint plus tard, sans sa femme, ou celle que je supposais telle encore et que je considérais comme une grincheuse depuis la scène saisie sur mon balcon. Linek a apporté l'échiquier et les pièces du jeu, propose des parties à tous les présents, sauf à moi. Je cherche à me convaincre qu'il ne m'évite pas, mais qu'il considère que nous avons fait suffisamment de parties depuis trois semaines pour que je n'en aie pas l'exclusivité. Pas jaloux non plus, mais pas loin. Je ne m'explique pas de ne plus être l'interlocuteur privilégié des deux personnalités les plus marquantes, à mon goût, en dehors de Frau Finkel, à l'hôtel Waldheim, sans pousser plus loin ma réflexion, me forçant simplement à rire de la situation inédite créée par Herr Meili dans son hôtel.

Les bavardages prennent de l'ampleur, m'échappent, les Suisses privilégiant leur dialecte, les Allemands se regroupant et engageant entre eux des dialogues familiers que je m'épuise à décrypter, avant d'y renoncer. Notre hôtelier reprend ses distances, garde à présent le silence, satisfait d'avoir attiré dans son parc, en pleine nuit, presque la totalité de ses clients. La plupart le félicitent de sa proposition jugée au départ saugrenue, qu'on s'accorde à trouver désormais euphorisante.

Le vin du Valais apporté par Rosa, toujours en service à près de minuit, malgré ses soixante-quinze ans, sans que personne ne s'indigne de son sort d'esclave, renforce la joie contagieuse, probablement des bouteilles de fendant, puisque le mot remonte tout seul à la surface de ma mémoire. En dépit de mes seize ans et d'une tante corsetée par un sens excessif des responsabilités, je crains d'avoir profité de la situation, de l'agitation du groupe, de la nuit, pour en descendre une tout seul et en partager une autre avec mes voisins, peut-être même une troisième avec Judith, excitée par l'atmosphère et déjà honteuse de prendre part à ce qu'elle considère comme un début d'orgie.

Si j'ai réussi à soutenir des conversations en allemand, je suis incapable de l'affirmer nettement. J'en doute, ou alors des bribes, au mieux des commentaires sur l'état plus ou moins alcoolisé des uns ou des autres, rien de suivi. Linek ne se laisse pas entamer par l'alcool, je dirais même qu'il est le seul à ne pas se servir de fendant. Il écrase l'un après l'autre ses adversaires aux échecs, de moins en moins nombreux à accepter l'échange.

Je note une image qui me revient aujourd'hui, bien qu'elle ne m'ait inspiré aucune réflexion sur le moment : la femme de Linek s'est présentée sur son balcon, le seul éclairé pendant quelques minutes. Si, une réflexion, je me suis demandé si elle portait sa tenue de nuit rose, vaguement vaporeuse ; même pas, mon dernier élan érotique pour elle, permis par le vin du Valais, prêt à vibrer pour des dentelles plutôt mémères, est retombé aussitôt ; en tenue de jour, rien d'une apparition sensuelle dans un halo de lampe sur fond de chambre d'hôtel, une femme décevante de bout en bout. Je crois qu'elle a adressé un signe à son mari, une protestation d'épouse trop sérieuse peut-être, et qu'il lui a répondu, fausse soumission, comme je l'ai pensé, avant de passer à autre chose.

Je gratte la situation en cours, je sens revenir un instant privilégié avec Herr Meili... Quelque chose de fugace... Une tentative de discussion... morcelée... Je me rapproche de lui, sous prétexte d'aider la vieille Rosa à rassembler les cadavres de fendant. Je crois être le seul à prendre en considération son statut de pauvre vieille réduite au service des riches à minuit passé, ramassant les bouteilles vides sans renoncer à son chantonnement d'arrière-gorge, continu et insupportable. Je devais avoir un bon fond. Sauf si je ne propose mon aide que pour renouer une conversation impossible ce soir-là avec ceux que je considère depuis trois semaines comme mes mentors ; ce qui n'est pas à exclure.

Nous parlons quelques minutes, Johann Meili sur son transat jaune, moi debout à côté, puis accroupi à sa droite, tandis que Linek a tiré son siège à sa gauche. J'essaie de placer l'entretien à une certaine hauteur, comme nous le faisons d'ordinaire, pour montrer que le vin suisse n'entame pas mes facultés que je présume élevées, encouragé sur ce point, depuis deux ans, par l'hôtelier et Frau Finkel. Il est possible que j'aborde la question de mes découvertes de la journée, en compagnie de la vieille dame, le Berghotel, puis le cimetière végétal propre au monde germanique, dont j'ai eu la révélation, le défi que j'ai relevé, manger des girolles supposées contaminées par les malades des sanatoriums réels ou fictifs. Je fais le malin, selon ma désastreuse habitude de l'époque (je ne laisse pas à Frieda le temps de glisser que cette habitude a persisté jusqu'à aujourd'hui).

Herr Meili ne tient pas à poursuivre longtemps notre conversation, il m'invite à reprendre ma place le plus tôt possible sur mon transat, comme tous les autres, de plus en plus abattus par le fendant du Valais, allongés dans la nuit, enfin détendus. Les conversations retombent, nous devons respecter la paix de la nature, elle nous réserve des surprises. Je ne me soumets pas tout de suite, sensible à la singularité du moment, pensant à notre prochain départ. Je ne quitte pas ma place avant d'avoir remercié l'hôtelier pour les perspectives historiques et artistiques qu'il a ouvertes devant moi au long des trois dernières semaines. Il fait le modeste et me demande d'abréger... rien d'intéressant... Je vaux bien mieux que lui... Rien à apprendre d'un hôtelier. Linek secoue la tête, n'a rien perdu de nos derniers mots. Meili en semble mécontent et me presse de m'éloigner. Ma tante Judith, sentant de loin que je m'incruste de manière excessive, me fait signe d'obéir. Si elle croit que je défends ses intérêts et que, comme toujours, ça ne marche pas, elle va être déçue.

Il me semble pourtant que Herr Meili m'a rappelé, au moment où je me suis écarté de son transat. Un regret de me donner l'impression de m'exclure ? Il me glisse qu'il n'était vraiment pas fait pour diriger un hôtel, un accident de la vie, le destin que des parents imposent, non, j'ai raison, il était fait pour partager son savoir avec des jeunes gens de ma trempe.

Je reprends ma place, heureux de ces derniers mots. Ils me font oublier la distance installée entre nous depuis le début de la soirée et même depuis plusieurs jours, une réconciliation que je n'analyse pas plus que ça. Mon ego d'adolescent s'en trouve flatté, cela me suffit largement.

Madame Linek reparaît à son balcon, toujours habillée de la même façon. La seule à avoir rallumé dans sa chambre. Elle doit s'impatienter, si j'interprète correctement (sans doute pas) le nouveau signe qu'elle adresse à son mari. Il incline plusieurs fois la tête, ce que je décrypte comme une marque de lassitude devant les exigences trop conventionnelles de sa femme, incapable d'endurer la fantaisie même modeste d'un soir. J'efface aussitôt de ma pensée ces considérations pas assez réjouissantes sur la sensualité des couples installés, frappé d'un seul coup par le silence du parc.

Des dizaines de personnes avachies et avinées sont capables de se taire en même temps. Se sont-elles toutes endormies, sauf moi ? Se sont-elles toutes mises d'accord, sauf moi, pour partager un moment de contemplation face à la nature presque sauvage ? J'ai du mal à me souvenir si la fraîcheur est arrivée alors et les apaise ou si le poids du chaud persiste et nous écrase.

Frieda Steigl lâche ma taille, je ne la distingue plus, la mets en garde. Un écart infime, l'eau glacée qu'elle ne sentirait même pas, dans l'état où elle est, une vague invisible pourrait l'emporter. Qu'elle se méfie de tout, même de moi, je sens que je serais capable de la pousser. Elle est déjà tombée ? Réponds-moi.

Sa voix me rattrape par-derrière, son rire même : si j'ai cru que Meili nous imposait le silence et l'immobilité, sous prétexte de ne pas déranger la vie nocturne si intense à cette heure de la nuit dans la forêt contiguë au Waldheim, je me suis bien gouré. Elle pense qu'il avait pour seule intention d'empêcher Linek de poursuivre un dialogue qu'il jugeait dangereux avec ses partenaires successifs au jeu d'échecs.

Vérité ou pas, le résultat est le même, pas un souffle d'air au creux du noir, même les respirations humaines semblent retenues, comme si nous étions tous morts sur nos chaises longues alignées comme des cercueils, nos corps inertes masquant les taches jaunes des toiles où nous nous enfonçons. Les autres, je ne sais pas, je ne vois rien, moi, je ne dors pas. Le manque d'habitude de l'alcool, un tournoiement de voie lactée au-dessus de ma tête, il ne me reste rien d'autre.

Si : un frémissement de l'air, un instant, personne ne s'est levé, pourtant un corps se déplace parmi nous, plus massif que le plus gras des clients. Et puis cette paire d'yeux terrifiants au-dessus de moi, ces globes luminescents, comme hagards, immobilisés et inquiets, et ça dure, ça dure. Et ça s'arrête. Ou ça démarre, les yeux jaunes basculent à droite et à gauche, s'abaissent et foncent droit devant. En trois sauts plus rien. Je suis prêt à mettre ma vision sur le compte de la boisson.

– Vous avez vu comme moi ? me demande Herr Meili. Nous sommes les deux seuls. Les autres ne sont que des dormeurs. Toute leur vie, ils dorment. Nous sommes des veilleurs, nous valons mieux qu'eux.

– Oui, j'ai vu, mais qu'est-ce que j'ai vu ?

– Un cerf, le grand cerf qui passe toutes les nuits, un dix cors. Déjà hier. Je l'attendais encore cette nuit. Je voulais le montrer à tout le monde. Je craignais qu'il nous sente et nous évite. Mais vous l'avez aussi remarqué ? Pas de vent, une chance inouïe pour nous, il n'a pas repéré l'odeur humaine, il s'est retrouvé au milieu de notre campement sans rien comprendre. Ça valait le coup, non ?

Je partage avec lui le plaisir d'avoir été le seul à faire cette expérience (sauf si Linek veillait aussi, ce qui est probable, mais je n'y ai pas prêté attention). Un regret toutefois : j'ai fait cette expérience déjà sans la comprendre. Mon sort de cette époque, manifestement. C'est après coup, et grâce à Johann Meili, que je peux certifier avoir senti passer un monstre errant dans notre obscurité ; à la fois dominateur et affolé. Piégé tout seul dans notre forêt de transats ;

enfui en deux coups de reins ; nous n'avons pas idée d'une telle puissance.

Je sens le souffle de Frieda se rapprocher de moi. Elle est là ? Je cherche ses yeux, pas jaunes, gris bleu, je crois, et larges aussi et bombés, un rien de clarté dans le sombre, je ne les trouve pas. Elle ne doit pas être loin pourtant, son déplacement fait glisser sur moi un air plus chaud et parfumé de cuir. Nous nous arrimons l'un à l'autre pour ne pas rouler sur ces galets qui nous font déraper.

– Il dit beaucoup ton grand cerf, je l'aime bien. Il disparaît et c'est juste là que tu sais qu'il était bien là.

Je me demande si elle ne se fout pas de moi. Elle va bientôt me dire que je fais tout un fromage de mon cerf pour mettre de côté le principal que j'ai forcément aperçu, même avec retard. Bien sûr, le principal, il est là, je suis conscient qu'il est temps de l'aborder.

– Surtout que le principal alors c'est personne autre que toi.

– Moi ? Cette nuit-là, je suis définitivement hors-jeu. Tu m'as prouvé que Meili, Linek et ton père se bouffaient le nez loin de moi. Je visitais les sanatoriums et les cimetières de Davos en compagnie d'une vieille folle, j'étais mis à l'écart dans une soirée arrosée. Sans ce grand cerf aux yeux protubérants et jaunes pour me distraire, je me serais senti abandonné.

C'est pour ça que je suis le principal, selon Frieda, parce que ma présence est devenue gênante pour tout le monde, à commencer par Johann Meili. L'affaire du dossier.

Je ne vais pas faire celui qui a déjà oublié le dossier attendu par Linek ? Pour être franc, notre errance dans une nuit absolue et froide et arrosée, mélangée au souvenir d'une autre nuit trop chaude et tout aussi arrosée dans le parc de l'hôtel Waldheim, je n'y pensais plus, à ce dossier. Tant mieux pour elle, s'il est enfin arrivé. J'ai l'air de blaguer, doucement, Frieda n'apprécie pas mes tentatives d'humour aviné.

Elle a reconstitué ce qu'elle a pu du dossier. Et, si j'ai balancé ses fiches en l'air, tout à l'heure, c'est bien parce que je sentais qu'on s'approchait du dossier. Je n'avais pas tellement envie d'en entendre parler, de son dossier. Il est clair que j'ai fait le maximum pour retarder sa présentation. Elle devine mes raisons... Le dossier Meili, ce ne serait pas un peu aussi le dossier Valdera ? Je rigole ? Pas de quoi rigoler.

Linek a exhibé son dossier devant Johann Meili le matin du 24, lui a demandé s'il acceptait d'en parler seul à seul ou s'il préférait le décortiquer en présence de témoins comme Steigl ou le jeune Jeff

Valdera, qui serait très intéressé d'en savoir davantage sur son ami hôtelier. Herr Meili a pris peur, d'où mon éloignement et celui de Friedrich Steigl qu'il a envoyé passer une partie de l'après-midi, sans qu'il comprenne pourquoi, auprès de son frère Christian, dans sa clinique de Davos Platz.

Ce dossier constitué par la Stasi, depuis que Johann Meili a été identifié comme un des financiers du réseau et un membre actif chargé de l'accueil des fugitifs de l'Est, établit que Herr Meili n'est pas devenu directeur de l'hôtel Waldheim seulement par héritage ou pour complaire à ses parents vieillissants. Hôtelier, un métier qu'il a fui une partie de sa vie. Études prolongées, goût de l'histoire, ses parents trouvaient qu'il perdait son temps. Et l'enseignement, quand il suffirait de reprendre l'affaire familiale, trente chambres remplies été comme hiver... Le cadet a voulu faire médecine, passe encore, mais l'aîné fourré dans des livres, puis dans des classes, incompréhensible. Alors comment est-il revenu à eux ? Par obligation.

Il a occupé plusieurs postes dans le second degré du niveau secondaire suisse, dans le canton de Lucerne, principalement, y compris dans des internats, jusqu'à ce que sa hiérarchie s'inquiète de rumeurs. Comportements douteux avec des adolescents, convocations prolongées, sans motif clair, manifestations excessives de sentiments affectueux, demandes de caresses. Plusieurs mises en garde lui ont été faites par des directeurs d'établissement, pas de sanctions, plutôt des invitations à la prudence, suivies d'effet pendant plusieurs mois, puis négligées.

Les directeurs, si des parents se manifestaient tout en promettant de ne pas saisir la justice, afin d'éviter que la honte ne retombe sur leur fils, proposaient au jeune professeur Johann Meili un éloignement de quelques dizaines de kilomètres, dans un établissement ami, en échange de la promesse de ne plus se laisser conduire par ses mauvais penchants ; repartir sur des bases saines. Il y parvenait six mois, rarement plus. Un directeur lui a fait obtenir un congé de fin d'année, pour raisons de santé, le temps de se faire oublier des élèves et de leur famille. Son retour à l'automne a été immédiatement suivi de la première plainte, aussitôt retirée, grâce à un nouveau déplacement. À la fin, les chefs d'établissement ne tenaient plus à l'accueillir, pour ne pas voir fuir leurs internes ni ternir la réputation de leur maison. Leur protection ne lui a pas manqué pour autant : ils ont convaincu, année après année, les familles de ne pas multiplier les soupçons impossibles à prouver ni de défendre des causes humiliantes pour leurs propres enfants et ruineuses pour elles. Johann Meili devenait un errant, apprécié pour la qualité de son enseignement, qu'on tolérait quelque temps chez soi, avant de l'évincer en douceur, aux premiers bruits. Ses années étant souvent incomplètes, il en a profité pour préparer un doctorat et voyager, y compris à l'Est. Cela lui permettait de se faire oublier, il revenait, ne pouvait pas s'empêcher de céder à ce qu'il appelait, devant ses supérieurs, d'infimes tentations, jamais menées aussi loin qu'on ne le craignait.

Un directeur lui a parlé plus fermement que les autres, lui a montré une série de fiches accumulées sur son compte par ses collègues, proposé un entretien médical, menacé de le livrer à la justice au prochain écart. L'écart n'a pas manqué d'arriver, le professeur Meili, convoqué une dernière fois, a eu sous les yeux trois plaintes rédigées, pas encore déposées. Le directeur lui a répété qu'il ferait tout ce qui était en son pouvoir pour convaincre les familles d'en rester là. Une seule condition, quitter l'enseignement, démission immédiate.

Johann Meili s'est dit, selon le témoignage de ce dernier directeur, soulagé d'avoir à obéir à une telle sommation, a quitté le canton de Lucerne pour se réfugier chez ses parents, à l'hôtel Waldheim de Davos, après douze ans d'enseignement, dont la moitié marquée par des scandales inaboutis. Il devait avoir dans les trente-cinq ans, ses parents vieillissants et malades ne l'espéraient plus pour leur succession. Ce retour inattendu a été leur dernière joie, une joie ambiguë : un fils aimant se conformait à leur souhait le plus ancien, renonçait à une vocation factice, reprenait enfin l'entreprise familiale, mais pour quelle raison ? Ils l'ont formé en urgence, avant de disparaître tous les deux à quelques mois d'intervalle, en se forçant à faire semblant d'ignorer ce qui leur avait ramené leur fils.

Les Linek mettent sous les yeux de Meili les documents rassemblés par leurs services. Ils reconnaissent qu'ils n'ont aucune valeur juridique, puisqu'ils n'ont abouti à aucune condamnation et sont trop anciens pour donner lieu à des plaintes. Ce n'est pas ce qu'ils cherchent. Ces faits enregistrés sont néanmoins la matrice possible de nouvelles rumeurs qui ruineraient plus sûrement la réputation d'un hôtelier de 1976 que celle d'un professeur des années soixante.

C'est là que j'entre de nouveau en jeu dans les manœuvres des Linek. Là que le dossier Meili pourrait devenir le dossier Valdera. Ils ont étudié nos comportements depuis trois semaines, suivi mes visites du soir dans le bureau de l'hôtelier, son bureau prolongé en appartement privé, appartement privé composé principalement de sa chambre. Ils savent, par mes premières confidences, que, depuis deux ans, j'ai fait plusieurs séjours à l'hôtel Waldheim, en hiver comme en été ; que des liens étroits se sont créés entre nous : le jeune Jeff Valdera vante les cours d'histoire de l'ex-enseignant. Le retour de la vocation professorale semble indiscutable en présence de ce nouvel élève qui a déclenché l'intérêt du maître. Les clients du Waldheim ont tous été témoins de mes entrées et de mes sorties, proximité inhabituelle de l'un d'entre eux avec le patron, personne ne serait étonné d'apprendre le passé de Herr Meili, confirmé par ses perversités actuelles.

Linek estime qu'il n'aura aucun mal à faire circuler les sous-entendus, en particulier parmi ceux qui ont de jeunes enfants. Un ancien professeur chassé de l'enseignement pour ses agressions sexuelles aurait retrouvé un terrain de chasse possible dans son hôtel. Le seul adolescent présent aurait subi ses avances, sous les yeux de sa mère, une femme seule elle-même aveuglée par des procédés de séduction manipulatrice utilisés pendant des années en toute impunité dans le système scolaire suisse.

Ces révélations suivies de menaces secouent Meili, raison pour laquelle, le 24 août, il m'envoie chez Frau Finkel, en compagnie de ma tante Judith, pour nous mettre à l'écart, espère-t-il, de cette histoire, empêcher Linek de créer un premier scandale en attirant l'attention sur moi. Si j'ai cru que l'hôtelier était en froid avec moi, c'est qu'il voulait recréer une distance publique apparente entre nous.

Linek ne compte pas utiliser trop rapidement ses fiches ; chantage progressif. Il souligne devant Meili que mon éloignement actuel constitue un aveu propre à convaincre une première personne qui pourrait être intéressée par l'histoire de son ami. Le Dr Friedrich Steigl a-t-il connaissance des perversions anciennes et présentes de Johann Meili ? C'est douteux, ce ne sont pas des souvenirs de carrière dont on se vante entre collègues. Il serait surpris d'en apprendre autant sur un complice. Comme ancienne figure respectée de la société des historiens de RDA, Friedrich Steigl ne manquerait pas d'être choqué par l'immoralité occidentale d'un homme qui prétend l'aider à attirer en Suisse d'honnêtes citoyens est-allemands ainsi trompés. Linek est prêt à éclairer un compatriote qui, malgré ses erreurs, ne saurait être aussi mauvais que cela. Rien ne l'empêchera de lui parler, à moins que Meili ne décide de faire preuve de bonne volonté et de collaborer immédiatement en livrant les noms de tous les membres du réseau, en Suisse comme en RDA, puisque tous ceux qui parviennent à sortir sous la protection de Steigl le font grâce à des complicités locales forcément connues des responsables.

Meili se montre abattu quelques minutes, mais réagit plus vigoureusement que prévu. Il minimise son rôle dans le réseau, assurant ne faire office que d'hôtelier offrant des chambres pour faire plaisir à un vieil ami ; aucune liste de noms à fournir. La dénonciation du passé serait vaine. Steigl a vécu suffisamment longtemps en RDA pour connaître les vices du régime et sa pratique de la délation. L'utilisation des conduites sexuelles les plus fantaisistes ne surprendra personne, allons en discuter tout de suite avec Steigl.

Linek reconnaît que cette méthode directe convaincrait dans un premier temps l'historien que les services ont entrepris leur déstabilisation par un procédé mensonger, mais les documents à leur disposition auraient vite fait de prouver le contraire. Documents fabriqués pour la circonstance, aurait assuré Meili, Steigl n'y croira jamais. N'y croira jamais, sauf si un témoignage actuel et indépendant des services confirme ce passé douteux. Ce témoignage, selon Frieda, c'est moi, Jeff Valdera, qui le fournis.

L'informateur de la Stasi assure avoir recueilli mes paroles, les tenir à la disposition de Meili, de Steigl, des clients, de la justice helvétique s'il le faut. Je me suis engagé à déposer contre l'hôtelier, dès qu'on me le demandera, à exposer les invitations nombreuses auxquelles je me suis soumis, les propositions indirectes, puis de plus en plus insistantes, que j'ai subies, les gestes que j'ai décrits dans le détail. De nombreux témoins seraient prêts à attester ma présence quotidienne dans le bureau appartement de Herr Meili.

Frieda Steigl se tait, s'étonne de mon absence de réaction. Un aveu, si je la suis. Pas si simple. C'est dur de se sentir accusé sans voir nettement qui accuse. Elle a repris le large. Je n'ai même pas son ombre pour me rassurer ni l'odeur de cuir de son parfum, et je n'ose plus bouger, en équilibre instable sur deux gros galets prêts à basculer, devant le délire d'une accusation. Face à une calomnie inattendue, la révolte instantanée est impossible. L'incrédulité paralyse notre cerveau, nos terminaisons nerveuses, notre être, je ne sais pas comment appeler ça, tout tombe en rade d'un coup, l'espace d'un instant, d'un instant seulement, parce que je suis remonté maintenant.

La fille d'un homme comme Friedrich Steigl peut-elle se permettre de relayer des allégations fabriquées pour l'occasion ? A-t-elle retrouvé un seul document où figurerait mon témoignage ? De ma main ? Bien sûr que non. Du bluff, tout ça. Une promesse de collaboration de ma part avec la justice ? Foutaise. La justice helvétique saisie par un membre de la Stasi... Rigolade... Le membre de la Stasi serait coffré avant d'avoir eu le temps de me désigner...

Et ma collaboration personnelle avec les services secrets est-allemands... Sous prétexte d'un vague gauchisme... Franchement, mon gauchisme adolescent de l'époque, il aurait fondu de trouille, si Linek m'avait demandé de travailler pour lui. Et puis je n'aurais pas accepté de m'en prendre à un homme comme Johann Meili. Je l'estimais, Herr Meili, comme j'estimais les gens de culture, les personnalités pas ordinaires. L'historien derrière l'hôtelier, c'était ça, le pas ordinaire chez lui, ce qui me séduisait, oui, mais sans aucun trouble.

Je me défends trop, selon Frieda, pour qu'il n'y ait pas un fond de vérité là-dedans. Non, je ne me défends pas encore assez, je vais gueuler jusqu'au cap de la Hève, je ne peux pas laisser passer des trucs pareils.

– Si c'est le vrai, pourquoi tu t'obstines à le cacher que tu t'es engagé par écrit à dénoncer, si nécessaire, M. Meili comme le pédéraste ?

– Chantage, rien d'autre que du chantage de la Stasi, et au bluff. Je suis sûr que Meili ne s'y est pas laissé prendre. Passé la paralysie devant l'incroyable, il s'est ressaisi, comme moi, c'est forcé. Il savait qu'il n'avait rien fait de suspect avec moi.

Deux ans de conversations, d'échanges intellectuels... Je ne peux même pas dire que j'étais naïf et que je n'aurais pas remarqué ses avances. Il me parlait comme il parlait à la vieille Frau Finkel ou à son égal le joueur de go, ceux avec lesquels il avait des affinités, sans considération d'âge ou de sexe. Il me vouvoyait, même quand j'avais quatorze ans, me serrait la main le jour de notre arrivée et le jour de notre départ. Je ne revois aucun frôlement physique, même accidentel, pas une phrase personnelle ou floue.

– Nous nous sommes bien plus touchés ce soir, toi et moi, que l'ado que j'étais et ce vieux. Je commence même à me demander si tu ne l'as pas fait exprès, tout ce cinéma, te coller à moi, me frôler le ventre, ne pas lâcher mes hanches, réclamer ma main sur ton épaule, presque m'embrasser, toute cette ambiguïté sensuelle que j'ai laissé se développer entre nous, sans déplaisir, pure saloperie de ta part. Tu voudrais prouver que j'étais prêt à accepter tes attouchements, des attouchements joués, comme j'aurais accepté, à seize ans, ceux bien réels d'un vieux type. Tenté à tous les âges, ce Jeff Valdera, il n'a pas changé, ce serait bien d'en faire la démonstration. Je vois le truc complet d'un seul coup.

Non, non et non, avec Meili, nous parlions de montagnes, des usages suisses, de nourriture, de Guillaume Tell, de Voltaire, de Frédéric II de Prusse, de Frau Finkel et de sa passion pour

Thomas Mann, nous en plaisantions. Mes dialogues avec lui me sauvaient de l'ennui que ce style de vacances imposé par ma tante Judith me procurait.

– C'est peut-être ça, l'ambiguïté que tu l'avais, reprend Frieda. Tu avais le plaisir d'aller dans la chambre du Herr Meili. Tu le croyais une chose, il en croyait une autre. Il a été chassé de l'enseignement, ça ce n'est pas l'invention de la Stasi.

– Je ne pouvais pas le savoir.

– Sur le point, je te la donne raison. Il se cachait son histoire. Mais il ne s'est pas empêché de se rapprocher de toi, tu te l'en es aperçu alors, tu l'as fait la confidence à Linek. Et puis tu as préféré le rayer de la mémoire, parce que ce n'était pas le glorieux pour toi. Reconnais ça, au moins, parce que je le crois la vérité. Je t'aimerais le mieux, si tu disais oui. Tu ne sais pas comment ça me ferait le bien.

– Je ne demande pas mieux moi non plus. Te faire du bien, oui, mais je n'ai rien de ce genre à reconnaître, pas eu besoin non plus de rayer quoi que ce soit. Je n'étais pas un adolescent flou.

– Il suffit pas de te le dire pour que ce soit sûr.

– Moi, je ne cherchais, partout où je passais, que la vision de seins, de peau de filles, je me repassais dans la tête les images de vulves, de lèvres gonflées, celles que j'avais vues dans le train de nuit de Paris à Zurich. Alors, un vieux type aux cheveux gras et aux yeux usés par la myopie, avec des verres de lunettes abominables, voûté à cinquante ans, cardiaque, je ne lui aurais pas imaginé l'esquisse d'une sexualité.

Je ne dis pas qu'en l'imaginant vingt ou trente ans plus tôt je ne lui aurais pas prêté un caractère sexuel possible, mais, à ce moment-là, vraiment non. Je me moquais de ma tante Judith, tout aussi désexualisée que lui à mes yeux, et de ses sentiments si délicats, mais si lointains, pour un homme aussi moche. Je reconnais que cette passion désincarnée n'était pas réciproque. Ma tante était loin d'être aussi laide que lui. J'aurais trouvé plus légitime qu'il s'intéresse à elle et qu'elle le repousse comme trop horrible. Il est possible qu'une fois j'aie émis devant Judith une hypothèse qui l'a révulsée. Je ne sais plus si c'est pendant ou après notre séjour à Davos que, pour la consoler de son absence totale de succès auprès de Herr Meili, je lui ai suggéré que ce célibataire pouvait avoir été homosexuel autrefois, ce qui aurait expliqué à la fois son célibat et son indifférence pour une femme comme elle.

– Tu le vois que tu le savais un gay.

– Non, je disais ça pour que ma tante n'ait pas de regrets, je n'en croyais pas un mot.

– Tu le disais pourtant, tu te le trahis.

– Si tu veux, mais homosexuel, je ne connaissais pas le mot gay alors, ça ne voulait pas dire pour moi qu'un homme de cinquante ans se serait intéressé à un garçon de seize ans... Surtout moi...

– Tu venais de la lire *La Mort à Venise* de Thomas Mann, tu l'avais compris, un adolescent aussi intelligent que toi, la passion d'Aschenbach, sur la plage du Lido, à Venise, pour le blond Tadzio...

– Franchement, je ne suis pas sûr de l'avoir compris cette année-là. Et Meili n'avait pas le charme d'Aschenbach et moi, j'étais très loin d'incarner la beauté efféminée d'un Tadzio. Un brun un peu brut plutôt, corps empoté, aucune délicatesse.

– Différences entre la vie et les vieux romans, mais à la fin...

– Tu ne crois toujours pas à ma sincérité, ni à l'innocence de Herr Meili ? Tu préfères accepter les abominations des ennemis de ton père ? Tu te fais du mal toute seule.

J'ai formulé cette hypothèse de son homosexualité passée, mais qu'est-ce que ça prouve ? Je pourrais ajouter que j'ai perçu chez lui une certaine affection pour moi. C'est vrai, mais une affection paternelle. Nous avions évoqué, un jour, en compagnie de Judith, ce point qui leur était commun, l'absence d'enfant. Elle avait dit son regret de ne pas être mère, il lui avait fait remarquer qu'elle avait au moins la chance d'avoir un neveu comme moi, contrairement à lui, qui n'avait ni fils ni neveu, son frère Christian étant resté célibataire comme lui.

Je garde l'image fugitive d'une émotion partagée. Probable que Judith aurait aimé la faire durer. Elle avait en tête de m'utiliser comme un possible fils adoptif dont Johann Meili aurait pu, à son tour, devenir le père. Un rêve en forme d'infime caillot circulant en secret dans son cerveau, je dois être le seul à l'avoir radiographié. L'intéressé n'en a pas soupçonné l'existence.

Qu'il ait considéré que j'avais les qualités d'un fils qui lui manquait, je ne cache pas que l'idée ne m'était pas désagréable, mais ce n'était qu'une idée, aussi infime que les rêves de Judith. La réalité, c'était nos quarts d'heure de discussion, légers plus souvent que sérieux, nos moqueries adressées à notre entourage, pas excessives, parce qu'un hôtelier en exercice ne se permettait pas d'aller trop loin.

Même en allant chercher loin jusqu'au fond de mes pensées les plus ambiguës, je n'extrairai rien de plus que cette affection paternelle, le soupçon d'une homosexualité latente. Admettons que je l'aie pressenti, cela ne me donne aucune raison de faire la promesse à un étranger de dénoncer devant la justice des comportements imaginaires. Bluff, bluff et encore bluff. Dossier monté en épingle à partir de presque rien, même pour les années d'enseignement de Herr Meili, méthodes policières des services de l'Est pour abattre un adversaire du régime, intoxication, j'en suis persuadé, bluff total.

Johann Meili était un homme trop subtil pour se faire avoir, il ne m'a pas ôté sa confiance, j'en suis convaincu. Les dernières paroles qu'il m'a adressées dans le parc ne sont pas celles d'un homme qui se croit dénoncé. Il sait qu'il est forcé de me tenir éloigné pour empêcher les Linek de m'utiliser, il me garde son amitié, il résiste au bluff.

Frieda a retrouvé assez de maîtrise et de finesse pour ne plus me harceler avec le dossier Meili-Valdera que je préfère balayer comme un pur montage des services de renseignement. Je résiste trop fort ? Elle essaie un autre angle... S'il n'y avait que le passé de Meili... Friedrich Steigl a eu droit à son chantage, au même moment. Qu'est-ce qu'on attendait de lui ? La même soumission. Et qu'est-ce que j'ai à voir avec sa soumission ? De mon point de vue, rien, même si j'ai reconnu m'être assez illustré par mes confidences, même fautives, dont les informateurs de la Stasi ont su faire leur profit.

Cette fois, ils s'en servent directement : deux femmes et deux filles dans deux pays, une sorte de bigamie, le père de Frieda se voit menacé de révélations bilatérales auprès de ses deux familles secrètes, s'il ne livre pas les noms de tous ses contacts ou complicités en Suisse, en RFA et en RDA. Qui, à Berlin, Leipzig ou Dresde ou ailleurs, fixe les lieux de rendez-vous entre les savants est-allemands et leurs accompagnateurs ? Qui sont les relais et les passeurs ?

Steigl prétend ne pas craindre les révélations d'un côté de la frontière ou de l'autre. Sa femme officielle, bonne communiste, a perdu toute estime de son mari, depuis sa fuite solitaire et probablement avant. La nouvelle, avec laquelle il ne mène pas une vie régulière, se morfond depuis longtemps et se doute de quelque chose. Il n'aura aucun mal à la prévenir avant que des services mal intentionnés ne s'en chargent. Une bonne occasion d'éclaircir sa vie avec elle, les conséquences en seront limitées. La tentative de chantage s'effondre d'elle-même.

Si Steigl pense que la révélation de sa double vie n'affectera aucune de ses deux femmes, songe-t-il à ses deux filles, pas aussi préparées que leurs mères à apprendre ce genre de nouvelle ? Ni l'une ni l'autre n'est à l'abri d'un accident. Si la première a suivi les traces de sa mère, elle est devenue une jeune adulte communiste, aucun intérêt de s'en prendre à elle. La seconde... Autre affaire, plus grave, une enfant... Oui, mais s'attaquer à une mineure, ressortissante d'un pays neutre, selon Steigl, est inimaginable pour le gouvernement est-allemand. D'ailleurs, il a ici des raisons légitimes de s'interroger : comment les services sont-ils arrivés à l'hôtel Waldheim ? Ensuite, qui, à l'hôtel, a eu intérêt à les aiguiller sur un homme comme lui ? Un doute insupportable lui vient : son propre ami Meili ? Il ne veut pas y croire. D'autres ? Quelqu'un qui lui aurait causé beaucoup d'ennuis ? Peut-être un bon ami de Johann Meili, lui est-il suggéré, une alliance perverse des deux, avec tous les sous-entendus possibles... Je sers toujours...

La voix de Frieda me paraît de plus en plus lointaine, comme couverte par les mouvements de la mer invisible et le brassage des galets à mes pieds.

Le principal est là : même si j'ai du mal à le reconnaître, je suis devenu, le soir du 24 août, un instrument entre les mains d'un informateur de la Stasi, destiné à faire pression sur deux hommes. Il ne faut pas chercher ailleurs l'explication de la soirée dans le parc de l'hôtel. Attirer le maximum de clients au même endroit pour réduire la mauvaise influence possible des informateurs, empêcher la diffusion de leurs calomnies. Si les Linek se montrent trop ouvertement en public, ils sont grillés.

Frieda est persuadée, puisque j'étais installé tout à côté, que je pourrais retrouver le souvenir de l'hôtelier serrant le bras de l'informateur, lui assurant n'avoir plus rien à craindre ni à perdre, le menaçant à son tour de le présenter, lui, Linek, ainsi que sa femme, pour ce qu'ils sont, des agents de la Stasi détenteurs d'un dossier bidon sur le patron de l'hôtel Waldheim. Un dossier fabriqué par les services de renseignement est-allemands (je suis content de voir que désormais elle me donne raison sur ce point), chacun ici saura aussitôt à quoi s'en tenir. Personne ne voudra en écouter le premier mot. En revanche, Linek peut imaginer comment il va être reçu par la foule. Qu'il bénisse Dieu ou Lénine s'il échappe au lynchage.

Cette scène ne me revient pas précisément, elle n'a probablement jamais eu lieu. En revanche, je peux garantir que Meili a semblé sortir triomphant de cette nuit hors les murs de l'hôtel.

– Ça confirme, non ?

Et le père de Frieda, il s'en tire comment ? Il ne s'en tire pas, c'est la conviction de Frieda. Est-ce que je l'ai vu triompher ? Pas du tout, je l'accorde, pas vu non plus décomposé. Il rejoint sa famille suisse rapidement, avoue sûrement sa situation et ses activités occultes à la mère de Frieda qui, elle aussi, nie tout cela encore aujourd'hui, blocage incompréhensible, tristesse supplémentaire pour la fille, et plus rien.

Mais nous n'y sommes pas encore, entre-temps, les Linek choisissent de se faire discrets. Ils ont conscience de ne pas avoir les moyens, en territoire suisse, compte tenu de leur origine, d'utiliser davantage les dossiers même authentiques que leur a adressés leur officier. Une mesure de rétorsion, à caractère physique, contre Frieda Steigl et sa mère, semble tout aussi difficile à exécuter en territoire étranger, comme l'a laissé entendre Steigl lui-même. Leur seule et dernière ressource, méthode élémentaire des services, celle qui semble avoir le mieux fonctionné, est de faire passer les deux hommes pour des traîtres aux yeux l'un de l'autre. Ils pensent y avoir pleinement réussi : la méfiance s'est installée entre eux, pas encore la brouille, mais elle vient. Ils ne se parlent plus jusqu'au départ de Steigl, le 25 août.

– Il ne répond plus à personne, me dit Frieda. C'est qu'il ne pense plus qu'à moi. Il va nous rendre visite. Seulement, ce sera la dernière fois. Tu le comprends ? La dernière fois.

Je ne sais pas ce que je suis capable de comprendre. Je dois à la vérité de dire que le départ du père de Frieda, pour moi, à l'époque, rien d'autre que le joueur de go, est passé inaperçu. Avant ma rencontre avec Frieda, si quelqu'un m'avait forcé à parler de ce monsieur, j'aurais aussi bien pu dire qu'il avait quitté l'hôtel Waldheim depuis huit jours. Ce n'est pas vrai des Linek. J'aurais pu certifier qu'ils étaient partis en voiture le même jour que ma tante Judith et moi, après leur petit déjeuner. Ils sont venus nous saluer alors que nous nous installions à notre table. Nous, nous n'avons quitté l'hôtel que dans l'après-midi, en taxi, pour rejoindre la gare de Davos, le train de montagne rouge, direction Landquart, puis Zurich et le train de nuit pour Paris.

– Tu vois, tu le dis aussi qu'ils sont passés te le saluer à ta table, devant tout le monde.

– Je ne le cache pas, qu'est-ce que ça prouve ?

– Ça le prouve.

Puisque j'en suis aux adieux, il est encore temps de noter une déception qui me revient pour la première fois à l'esprit. La vieille gouvernante de Herr Meili, Rosa, est chargée de nous accueillir au salon, une heure avant notre départ, pour nous faire partager le plateau usuel de viande des Grisons. Je ne m'en étais jamais fait la réflexion, il me semble que les Linek n'ont pas eu droit à cet honneur. Aujourd'hui seulement je comprends que je n'aurais pas eu besoin de m'en étonner. Ce qui nous étonne davantage, à cet instant, c'est l'absence du patron de l'hôtel. Notre quatrième séjour depuis deux ans, sa présence ne nous a jamais manqué, le matin de l'arrivée comme le soir du départ. Il avalait quelques tranches pour tenir compagnie à ses hôtes, premières ou dernières conversations, un rituel heureux.

Le monticule habituel de viande séchée nous attendait, bien plus qu'il n'était possible d'en avaler, symbole de l'abondance suisse et de la générosité de l'accueil à l'hôtel Waldheim. Nous attendons poliment l'arrivée du maître, avec, en fond, le chantonnement ininterrompu de Rosa, respectueusement postée à l'entrée.

Elle s'interrompt une seconde pour nous inviter à nous restaurer. Nous déclinons, nous comprenons le retard du directeur, un jour de nombreux départs. Nous avons du temps devant nous. Rosa poursuit son ronronnement de gorge, une sorte de basse continue bientôt insupportable, si bien que nous nous résignons à attraper deux ou trois tranches, pour montrer notre bonne volonté et la laisser libre de ses mouvements, plutôt la laisser libre d'aller chantonner dans une autre pièce. Elle nous donne satisfaction.

Nous picorons sans enthousiasme, ma tante Judith et moi, nous nous interrogeons enfin sur la défection de Johann Meili. Judith m'en rend, puis s'en rend responsable. Elle m'a poussé à évoquer devant lui ses sentiments intimes, croit que je l'ai fait trop lourdement, il se sent gêné depuis. Elle s'en veut, elle m'en veut. Je n'ai pas le courage de lui dire que j'en ai fait beaucoup moins qu'elle ne le croit, sans me disculper de tout. Je me dis que j'ai déplu, vacancier désœuvré, mangeant le temps d'un homme au travail, que j'ai tanné avec mes questions illimitées. J'ai fini par prendre un ton de familiarité qu'un homme d'une cinquantaine d'années, Suisse de surcroît, pour cette raison plus conventionnel que je ne l'avais supposé, jugeait sans doute déplacé. Puis, le sens de la culpabilité n'étant pas mon fort à cette époque-là, je balaye toutes ces hypothèses laborieuses. Herr Meili s'est mal remis de sa nuit improvisée au parc, sa clientèle entière sur le dos jusqu'à cinq heures du matin, il préfère retrouver sa tranquillité.

Nos réflexions sont interrompues par la visite de Frau Finkel. Elle vient d'apprendre de la bouche de Rosa notre départ imminent, et nous ne l'avons pas prévenue, alors que nous avons marché ensemble une journée entière de Schatzalp à Clavadel.

Nous ne voulions pas la déranger, connaissant son goût de la solitude. Elle proteste, la solitude, c'est tout ce qu'elle déteste et c'est le plus dur à rompre. On tombe rarement sur des personnes capables de la faire oublier aux autres. Nous, un peu. Pas tous ces aliborons de l'hôtel Waldheim.

Elle aperçoit derrière nous le plateau entamé de viande des Grisons, s'étonne que nous n'y ayons pas touché plus que ça, se jette dessus comme sur des girolles, nous incite à l'accompagner. Judith murmure que la perspective d'un long voyage lui noue l'estomac.

– Pas vous, Jeff. Un voyage doit vous ouvrir l'appétit et l'estomac alimente votre cerveau.

Je ne tiens pas à passer, aux yeux d'une femme comme Frau Finkel, pour un rétréci du cerveau, sous prétexte que j'aurais l'estomac coincé. Je regrette d'avoir laissé paraître, la veille, ma répugnance pour ses girolles des morts. Si un garçon de seize ans a moins de cran qu'une octogénaire, pas de quoi être fier. J'ai envie de me rattraper : je m'empiffre, comme le jour de notre arrivée, de plusieurs poignées de lamelles. Mon élan lui fait plaisir, elle plonge une main dans le monceau de viande, en prélève une bonne épaisseur. Je ne peux pas la laisser me ridiculiser. Ses mains menues et décharnées ne sont rien à côté de mes longues paluches d'ado en pleine croissance, j'en prends plus qu'elles ne peuvent en contenir, déchiquette soigneusement cinq tranches à la fois, sous les yeux horrifiés de Judith. Je ne donne pas une image bien raffinée de la famille. Frau Finkel laisse filtrer un rire enfantin, laissez-le faire, entreprend de rivaliser avec moi. Ses dents ne suivent pas. Cette viande des Grisons, c'est délicat, mais un peu élastique. Si on s'en tapisse trop l'œsophage, on s'expose à l'étouffement. Qu'est-ce qu'on risque ? Si on n'est pas gourmand à quatre-vingt-cinq ans, ça ne vaut pas la peine de durer. Et si on ne l'est pas à seize ans, on ne le sera jamais, ça ne vaut pas la peine de commencer.

Je m'étonne, entre deux bouchées qui me paralysent les joues, qu'elle ne m'ait pas encore parlé de Thomas Mann.

– J'attendais que vous commenciez, Jeff, pour que vous ne me preniez pas, comme tous les autres, pour la folle de Thomas Mann. J'espère que vous vous rappelez le déjeuner complet à six services du Berghof, dans *La Montagne magique*, avec toutes les appétissantes gamelles servies aux malades. Vous vous en souvenez, n'est-ce pas ? Vous vous souviendrez toujours de ce livre ?

– Je me souviendrai encore plus de la femme qui me l'a donné à lire.

Ma tante Judith est outrée. Il faut m'excuser, depuis que j'ai seize ans, je dépasse toutes les limites...

– Mais non, dit Frau Finkel, il ne passe aucune limite, ce sont les paroles d'un enfant.

Je ne suis pas sûr que ce compliment me flatte autant qu'elle le pense. Enfin, je lui pardonne et m'enfourne deux dernières poignées de viande séchée.

Herr Meili vient de surgir pour nous annoncer l'arrivée de notre taxi. Il remercie Frau Finkel de sa présence. À la lumière de ce que Frieda Steigl m'a fait découvrir ce soir, je suis tenté de considérer que c'est lui qui nous l'a envoyée, sa complice en tout, la veille pour faire passer du courrier, le lendemain pour se dispenser de nous tenir compagnie. Nous en sommes réduits à de rapides adieux, une poignée de main formelle, bon voyage, etc. Nous quittons l'hôtel Waldheim, sans savoir si nous devons nous sentir amers ou réconciliés.

– Parce qu'il pense que tu l'as fait le témoignage contre lui, c'est la preuve, me dit Frieda.

– La preuve que non : Linek était parti, Meili pouvait me parler franchement, il ne le fait pas...

– Il n'osait plus, il connaissait l'esprit de ta tante, il n'aurait pas pu parler trop clair devant elle. La honte pour elle comme pour lui.

– Il pouvait s'adresser à moi à part, il n'a pas cherché à le faire.

– Trop de honte pour lui.

– Ou Linek ne lui a jamais parlé de moi. Il se vante de l'avoir fait devant son officier pour essayer de se faire mousser. Même avec sa hiérarchie, il y va au bluff.

– Le bluff il peut être le vrai.

– Avec des énormités pareilles tu ne vas pas me convaincre longtemps.

Le coup de fatigue brutal, l'impression que toute mémoire s'arrête là.

– Je te raccompagne à ton hôtel, ça ira comme ça.

Nous cahotons sur les galets instables, Frieda est obligée de se raccrocher à moi pour éviter la chute. C'est reparti entre nous, l'agitation extrême, même roulis que dans un vieux wagon-couchettes, avec une Suissesse prête à se déshabiller tout près de moi ? Non, ne pas se laisser embarquer par le retour de sensations passées. Les roulements sous nos pieds nous font nous encastrer l'un dans l'autre et nous empêchent d'échanger une parole jusqu'à retrouver l'asphalte d'une rue ; réapparition des lampadaires de Sainte-Adresse et des scintillements tremblotants, en face, de la Côte de Grâce.

Nous nous lâchons. Les effets de l'alcool se sont atténués, nous sommes capables de nous déplacer sans assistance, comme si nous émergions d'un cratère qui se serait ouvert sous nos pas. Les dernières vibrations de nos déviances sensuelles s'effacent doucement aussi.

Frieda se reproche d'un seul coup sa faiblesse. Comment a-t-elle pu s'autoriser sans répulsion à rester collée à moi si longtemps ? Aucune provocation de sa part ni test de ma résistance à la tentation, comme j'en ai émis l'hypothèse tout à l'heure. Pas d'attirance non plus, comment dire ? Une évolution inexplicable et inexcusable de notre attitude mutuelle, de la sienne surtout, elle se demande encore ce qu'elle espérait, se sent dépassée, honteuse surtout. Un autre mot français encore pire, elle ne le trouve pas... Je ne peux pas l'aider ?... Humiliée ? Oui, c'est ça, elle s'est humiliée devant moi, avec moi... Avoir été vue dans un état comment ? Un état second ? C'est moi qui l'ai forcée à boire... Je l'ai bien eue... Ma petite idée derrière la tête, elle la sienne... Nous nous sommes entraînés l'un l'autre bien trop loin. Elle s'accable tout au long de notre retour vers l'hôtel.

Quand elle aperçoit son entrée, elle fait une pause, nouvelle bouffée d'angoisse : il lui revient que j'ai mis la pagaille dans ses feuillets d'archives. J'ai tout fait pour l'humilier à ce moment-là, pour effacer les traces. Elle espère que le gérant de l'hôtel aura rassemblé le tout, même dans le désordre.

Elle a repris le dessus, ça ne m'arrange pas. J'aime moins quand elle a l'esprit clair, elle est vite imparable. Je ne vais surtout pas proposer mes services pour classer ses papiers. Je ne veux plus les voir ses papiers, des photocopies de mensonges.

– De toute la façon, me dit Frieda, l'original il reste à Berlin. Tu ne pourras pas l'effacer. La catastrophe est arrivée. Personne ne l'a été épargné, même les Linek. Ils ont fait trop les erreurs en territoire étranger, mis dans le danger les services de leur pays.

Frieda Steigl me montrerait, si j'acceptais de rentrer dans le salon de l'hôtel, en bas d'une page, une dernière mention en caractères rouges et gras : « Tout est rentré dans l'ordre. » Cela veut probablement dire que les Linek ont été arrêtés à leur retour forcé à Berlin-Est. Les recherches de Frieda ne lui permettent pas de l'assurer. Elle doit dire qu'elle n'a obtenu du BStU, cet organisme qui traite les archives de l'ancienne Allemagne de l'Est, que les documents où figure le nom de son père. Il est évident que, Friedrich Steigl n'ayant plus rien à voir avec les Linek, à partir du 25 août 1976, son nom n'apparaît plus dans les archives. Du moins celles qui sont connues ou ont été restaurées. Alors impossible de savoir si ce « Tout est rentré dans l'ordre » pourrait aller jusqu'à lui.

Elle m'a expliqué tout à l'heure que ses investigations personnelles menaient à une impasse peu de temps après. Elle a retrouvé le nom de Steigl dans la liste des professeurs invités pour le premier semestre 1976-1977, à l'Université de Tübingen, sans trace connue de sa présence effective ; ni publication, ni bulletin de salaire. Elle n'est pas sûre qu'il ait assuré tous ses cours, peut-être même pas un.

Si la mère de Frieda, une menteuse et dissimulatrice elle aussi (pourquoi elle aussi ?), lui a fait croire pendant quelques années aux appels téléphoniques de Friedrich Steigl, elle a reconnu plus tard ne pas en avoir reçu un seul. Il est possible de fixer sa disparition dès la fin du mois d'août ou courant septembre, au plus tard au début de l'automne, si bien que je suis un des derniers encore vivants à avoir eu des relations avec lui.

Des relations, c'est vite dit, fugaces et plutôt fraîches, franchement distantes, à la date de notre séparation. Comment saurais-je mieux qu'elle s'il est mort à la fin de l'été ou s'il a mené une bonne petite vie tranquille ailleurs ?

– Tu le dis ça... Tu le permets à toi... Tu ne veux pas savoir ce qui est arrivé à lui en septembre... La distance, d'accord... Mais Meili, il était le proche de toi, tu le dois savoir ce qui lui est arrivé... Au moins lui...

– Herr Meili, proche, façon de parler... J'ai perdu le contact. Enfin, pas complètement. Chaque fois que je ne sais rien, tu me remues tellement la cervelle qu'un petit truc remonte. Alors, Johann Meili, c'est vrai, ma tante Judith m'a reparlé de lui.

À l'approche de l'été 1977, elle m'a demandé si j'étais disposé à lui consacrer mon mois d'août, comme tous les ans depuis ma première enfance. Elle me proposait la Suisse, Davos naturellement, l'hôtel Waldheim, encore plus naturellement.

J'avais dix-sept ans, jouer le rôle de chevalier servant ou de caution filiale pour une tante que je jugeais vieillissante ne m'amusait plus du tout. Retrouver Frau Finkel ou Herr Meili ne m'aurait pas déplu, mais des vieux de l'année précédente devenus encore plus vieux l'année suivante, c'était au-dessus de mes forces. La seule chose qui m'aurait convaincu ? Si j'avais été sûr de passer la nuit dans un compartiment couchettes avec deux Suissesses toutes nues m'ouvrant trois secondes leur entrejambes. Pas la peine d'y penser, j'ai prétexté le bac.

Les épreuves passées avec succès, Judith a insisté. Ma réponse devenait urgente. Je me suis senti obligé de lui dire oui, en espérant qu'il serait trop tard, début juillet, pour réserver deux chambres. Je ne m'attendais pas à un échec aussi radical : elle avait envoyé une demande de réservation à l'hôtel

Waldheim, elle a reçu une réponse en forme de circulaire annonçant que l'hôtel ne prenait plus de réservation, étant fermé jusqu'à nouvel ordre, suite au décès du propriétaire et gérant Johann Meili.

La nouvelle nous a affectés, je le reconnais, même si je l'admettais comme naturelle pour un homme de cet âge, dont je me rappelais les problèmes cardiaques.

– Tu as donc raison, je possédais, sans m'en soucier, une information certaine : Herr Meili était mort en juillet 1977.

– En septembre 1976, le 10 exactement.

Frieda Steigl tient la date de la main du Dr Christian Meili, cette fois, un des derniers survivants probables, avec moi, de la période. Un retraité de plus de quatre-vingts ans, le cadet de l'hôtelier, une recherche a permis de retrouver son adresse à Davos, du moins celle de la clinique privée où il n'exerce plus, mais dont il est toujours un des propriétaires. Elle lui a écrit.

– Ne me dis pas que tu lui as envoyé une carte postale de l'hôtel Waldheim, à lui aussi ? Avec ta phrase énigmatique pour le titiller comme moi, en allemand, j'imagine ?

Frieda ne relève pas. Elle s'est présentée comme la fille de Friedrich Steigl, dont elle espérait des nouvelles par l'intermédiaire des frères Meili. Elle a trouvé sa réponse décevante, aucun mot sur son père, un ton décourageant. Trop tard pour revenir sur des temps effacés par la réunification de l'Allemagne, écrivait-il... Qui, en Suisse, ou dans le monde, se préoccupe encore de la guerre froide et des petites migrations de l'Est vers l'Ouest ?... Même pas lui... Ce qui le rattachait à l'époque a disparu depuis si longtemps... À commencer par son frère Johann... Une attaque cardiaque, le 9 septembre 1976.

Un de ses échecs de cardiologue, la plus grande déception de sa vie. Sans doute Rosa n'a-t-elle pas pris conscience assez vite de l'état de l'hôtelier. Elle n'avait plus une conscience bien claire de ce qui l'entourait. Elle s'est décidée dans la soirée à appeler Christian. Le temps qu'il rejoigne l'hôtel, ausculte son frère, lui prodigue les premiers soins, le transporte lui-même jusqu'à la clinique, tente de le sauver par une opération mise en place en urgence dans la nuit, l'état du malade s'est aggravé sans retour. Le matin du 10 septembre, il a constaté la mort clinique de son frère sur la table d'opération, ne s'en est pas remis lui-même, l'écrit pour la première et dernière fois à quelqu'un, n'aura rien à ajouter.

C'est cette fin de non-recevoir qui a décidé Frieda à m'écrire à mon tour. La mort de Johann Meili, exactement contemporaine de la disparition de son père, cela la faisait réfléchir, comme l'attitude fuyante du premier témoin survivant. Comme elle venait de retrouver mon nom dans les archives, elle a eu la curiosité de s'adresser à moi, le plus jeune témoin, le plus vraisemblablement vivant, pas le moins fuyant, un nouvel étonnement. De plus en plus troublant pour elle, ces témoins qui ne veulent rien reconnaître, y compris sa propre mère, frappés d'une pseudo-amnésie, qu'il faut forcer à se rappeler un petit « queqchose ».

Nous nous retrouvons devant l'entrée de l'hôtel, comme deux inconnus mal à l'aise. Avons-nous prononcé les phrases qui nous ont sidérés ou fait tant de mal ? Avons-nous réellement ressenti l'attraction qui a rapproché nos corps étrangers quelques minutes ou tout ce qui nous a tenus serrés l'un contre l'autre n'était-il que l'effet d'un excès de vin ?

Frieda me conseille de ne pas me faire de cinéma. Attraction, pas attraction, pour elle, cela n'a pas de sens. Ce n'est pas la question entre nous. Trop de choses nous séparent.

Pas la peine de me le dire deux fois. Je poursuis mon chemin loin d'elle. Elle a seulement le temps de passer sa main sous mon bras.

– Je ne suis pas la sûre que nous avons fini, toi et moi.

Et elle voudrait que je ne me refasse pas tout un cinéma.

Chez moi, ma femme se retourne, tu as vu l'heure ? Je repousse les explications à plus tard. Je cherche le sommeil, dans un état d'effondrement et d'excitation digne de mes seize ans. Incapable de m'expliquer ma propre agitation : une femme d'une taille impressionnante, d'une détermination impressionnante aussi, ce regard posé sur moi, qui creuse, qui creuse, ça travaille comme du désir... Cette masse de cheveux lumineux, torsadés sans relâche sous mes yeux, si ça n'est pas excitant... Et cette proximité de nos visages et de nos souffles, de nos corps spontanément ajustés, cette fragilité par instants, qui me donnait envie de... de quoi ?

L'impression que j'ai fait tout le contraire de ce qu'elle espérait et qu'elle m'en veut. Ses intentions réelles en venant jusqu'à moi ? De moins en moins claires. Le principal résultat, c'est qu'elle a remué en moi des tas d'images imprévues... Incroyable, ce bouleversement d'une époque que j'ai vécue, ou pas vécue comme j'aurais dû. Difficile de dire qu'elle ne m'a pas secoué. Ce n'est pas rien de ne plus maîtriser qui on est, au moins qui on a été, ce qu'on a fait ou pas fait, ce que d'autres ont fait de soi. Nous avons vécu la même histoire et une autre, comment est-ce possible ? Ou alors c'est toute notre vie qui est comme ça, on se goure jour après jour sur ce qu'on croit vivre, la plupart du temps sans s'en apercevoir. Quelquefois, ça bascule, comme aujourd'hui.

J'en arrive à concevoir la possibilité suprême, à laquelle cette fille a semblé croire : ce que des archives assurent que j'ai fait, je l'aurais vraiment fait, puis totalement effacé, une amnésie inconsciente mais efficace. Si j'y pense, les creux se remplissent malgré ma résistance. Comme l'impression de revoir des scènes, même celles que je nie, d'éprouver physiquement ce qu'elle m'a donné à lire et à entendre.

C'est inacceptable, une illusion, certainement bien connue des spécialistes, faux souvenirs suggérés, écrans, tout ce qu'on voudra. Je résiste, je cède, je proteste, je craque, non, pas encore, demain, demain. Enfin, tout ça me dépasse, je ne sais même plus de quoi j'ai envie.

Je m'acharne, un peu avant midi, sur le directeur de l'hôtel. Comment ça, pas encore levée, Mme Steigl ? Do not disturb, le panneau est toujours accroché à sa porte ? Vérifiez au moins qu'elle n'est pas morte... Après ce qu'elle a avalé... ce qu'elle m'a raconté... Elle me rappellera dès qu'elle sera levée ? Oui, mais quand ? On me préviendra...

Je rappelle tous les quarts d'heure, on me renvoie, je n'y tiens plus. Je me présente à la réception de l'hôtel. Désolé, Mme Steigl vient de régler sa note, a commandé un taxi pour la gare. Le train de treize heures roule depuis quelques minutes.

Mme Steigl n'a pas eu le temps de vous téléphoner... Un impératif professionnel... Professionnel ? Une blague. Cette femme n'a pas d'autre impératif que de mettre la pagaille dans ma vie, ce n'est pas un métier. Pourquoi je m'accroche, si elle met la pagaille dans ma vie ? Parce que seuls ceux qui mettent la pagaille quelque part ont les moyens d'y mettre fin, s'ils sont honnêtes.

Comme je la suppose en route pour Zurich, sans outil de communication contemporain, une plage temporelle vide s'ouvre devant moi, autant retrouver mon calme. Raconter le principal à ma femme, me contenter de résumer les énigmes soulevées par mon interlocutrice suisse sur une période de ma vie, sans conséquences aujourd'hui.

– Tu en es certain ? me demande ma femme.

– De quoi ?

– Que ça n'a pas de conséquences sur ta vie d'aujourd'hui.

Elle a le flair. J'aurais tort de m'arrêter au milieu de l'histoire, même si c'est mon intérêt. Ma femme est surprenante, c'est elle qui m'encourage à ajouter ce qui me manque. Elle me reconnaît bien dans la peau de celui qui pratique l'art de l'esquive et s'échappe toujours quand quelque chose le dérange. Elle ne va quand même pas croire les mêmes idioties que cette Frieda Steigl ? Me suspecter de « drôles de choses » ? Elles se liguent toutes contre moi, pas croyable.

Tout ça me donne de nouveaux regrets ; de ne pas être allé au bout avec Frieda. Au bout de quoi ? De son histoire ? De la mienne ? De la nôtre ? La nôtre, non, ce n'est plus de la présomption, c'est de l'autosuggestion. Si j'attends qu'elle me rappelle, c'est que je n'ai rien compris à sa personnalité. Pas le genre à s'abaisser.

Je me réfrène un moment, en consultant toutes les cinq minutes mes répondeurs, mes mails, au cas où elle aurait accepté les règles de la communication contemporaine. Elle semble, comme pour ses goûts artistiques, être restée bloquée à la communication du temps de son père. Sur ce point non plus, elle n'a pas réussi à franchir le mois de septembre 1976.

Je cherche sur Internet une galerie d'art de Zurich

spécialisée dans le pop art, un courant artistique de cette époque, dont les effets, comme l'assure aussi ma femme, se sont fait sentir jusqu'à nos jours. Il arrive que le passé ne s'arrête jamais, en art, mais pas seulement.

Je n'ai plus l'esprit à discuter à un tel niveau. Redescendons au plus bas, ça m'arrangera.

Je trouve un site qui pourrait correspondre, une adresse à Zurich, un numéro de téléphone. Une voix d'homme justifie l'absence de Frieda Steigl à la galerie. En voyage.

– Oui, je sais, en voyage en France.

– Non, de France, elle est rentrée. Repartie aussitôt.

– Pour Davos ?

– Elle ne m'a pas parlé de cette ville précisément. Comment le sauriez-vous ?

– Une hypothèse évidente pour moi. Faites-lui savoir, par le moyen que vous voudrez, que Jeff Valdera s'est souvenu de « queqchose » de nouveau et d'important pour elle.

L'homme, que j'imagine le « partenaire » de Frieda, me rappelle le soir.

– Le 2 mars, c'est possible ? Un train qui arrive vers vingt-deux heures. Vous reconnaîtrez ?

– Je ne sais pas... Reconnaître quoi ou qui ? Frieda ou la gare ? Quelle gare d'ailleurs ? Celle de Zurich ou celle de Davos Dorf ?

– Débrouillez-vous, elle ne m'a rien dit d'autre.

M'attendra-t-elle dans cette gare ? C'est ce qu'elle semble m'annoncer. Pour me conduire à l'hôtel Waldheim ? Ce serait troublant. Le 2 mars, c'est demain. Pas d'autre choix que de me lancer, si je veux aller au bout de ce qui m'agite.

Et ma femme, comment lui annoncer un voyage improvisé et en solo, alors que nous avions réfléchi, sans nous décider, à quelques jours de vacances ? Je m'embrouille... Ces recherches actuelles... la Suisse... des révélations impressionnantes... Ce qui s'est passé d'invisible... invisible pour moi... Cette affaire de mes seize ans... Une expérience inouïe, cet hôtel, l'hôtel Waldheim... la Stasi et moi...

– Je vais te croire...

Je lui demande de ne pas se tromper. Une facilité, le cliché attendu de l'extra-conjugal. Même les gens intelligents préfèrent le cliché, dans la vie, dans l'art, partout, c'est exaspérant, cette préférence. Un homme qui s'en va. Je te jure que je ne cherche à retrouver personne.

– Je crois que tu cherches tout de même quelqu'un, mais pas la personne que tu crois.

Elle m'impressionne toujours, une sorte de science des gens... Je prends sa réaction pour une marque de confiance et un encouragement au voyage.

Pour se donner l'illusion de rejouer son passé, ne pas trop compter sur le présent, il avance de travers. Les wagons-couchettes, c'est aussi démodé que les cartes postales. Pas moyen de trouver un train de nuit de Paris à Zurich.

Je ne croyais pas à la possibilité de revivre le strip-tease ferroviaire de ma nuit du 1er août 1976 ; peut-être que si, dans une circonvolution inaccessible de mon cerveau ; exclu, avec le TGV Lyria pour la Suisse. Mon seul espoir de voir se superposer deux strates temporelles repose sur la dernière correspondance, le trajet ascensionnel entre Landquart, à cinq cents mètres d'altitude, et Davos, à 1 560 mètres, mille mètres de dénivelé, au rythme de quatorze stations, dans des wagons toujours rouges. La stabilité suisse ouvre cette possibilité.

Je m'apprêtais à revivre le choc de l'ascension, l'impression de survol des précipices rocheux, l'ahanement excitant de la machine, le vertige de courbes rasant des alignements de résineux de plus en plus rares. J'ai négligé un détail : mon dernier train pour Davos quitte Landquart un peu avant vingt et une heures, pour une bonne heure de montée. Un soir d'hiver, à la pointe est de la Suisse, dans ce trajet nocturne, le paysage a disparu, je n'aperçois que les lumières des quatorze petites gares qui me séparent de Davos, pas de quoi perdre le souffle ni s'exalter comme le garçon de seize ans que je recherche. Seules, mes oreilles bouchées et douloureuses, au-delà des mille mètres d'altitude, me rappellent que j'essaie de revivre une expérience.

J'y suis, Davos Dorf, c'est écrit, un panneau de gare suffit à ressusciter ma tante Judith. Elle roule sa valise bruyante quelques secondes à mes côtés. Mon regard en biais la fait disparaître en arrière, remplacée par une montagnarde énergique, qui me dépasse sans un regard.

Je guette, dans le petit hall, l'apparition plus vraisemblable de la haute silhouette blonde que j'attends ; qui ne m'attend pas. Je sonde les chevelures féminines à ma portée, en mesure l'épaisseur flottante ou les spirales pénétrées d'une baguette. Déçu à chaque fois, des petits cheveux raides, sans reflets, sans effet, une tristesse de cheveux.

La gare se vide, prochain train dans une heure, alors quoi ? Mes doutes me reviennent. Je savais que la proposition de Frieda Steigl, transmise par son compagnon zurichois, ne se laissait pas interpréter aussi clairement que je l'aurais souhaité. J'y ai entendu l'injonction de me trouver à la gare de Davos ce 2 mars à vingt-deux heures, or le nom de Davos n'a jamais été prononcé. Et à aucun moment elle ne m'a annoncé sa présence à un rendez-vous. Je m'en étais rendu compte, je n'en ai pas tenu compte, ma désinvolture la plus désastreuse, Frieda n'a pas hésité à me la signaler plusieurs fois. J'ai préféré faire comme si elle allait m'ouvrir les bras à ma descente du train rouge. Franchement... Je me reposais entièrement sur elle, rien préparé, contrairement à mes habitudes de voyage. Ni réservation d'hôtel, ni plan de ville. J'allais me laisser conduire par la femme qui sait tout de moi, mieux que moi, presque autant que la mienne.

Une demi-heure de va-et-vient aux abords de la gare, obligé de reconnaître que Frieda Steigl m'a attiré à Davos pour m'y abandonner. À moins qu'elle ne m'attende ailleurs. Premières minutes où je me sens perdu. Perdu, non, une ville que j'ai fréquentée quatre fois, je ne devrais pas me sentir désorienté et je n'ai plus seize ans. Grand garçon ; je vais me débrouiller, n'importe quel hôtel, dans une ville qui en compte beaucoup, fera l'affaire.

La sensation de familiarité avec la ville n'est pas durable. L'axe central, oui, parce qu'il ressemble à n'importe quel axe central, rectiligne. Plus vitré, plus métallique, plus contemporain que dans mon souvenir. Le Kongresszentrum, au loin sur ma gauche, n'a-t-il pas été remodelé, rhabillé, pour honorer son statut de référence mondiale du capitalisme que la ville commençait seulement à incarner en 1976 ? Je glisse vers la Promenade, le funiculaire de Parsenn, sur ma droite, constitue le premier repère rassurant. Pas longtemps, je piétine un monticule de neige subsistant. Pas pensé à m'équiper pour la neige. Dans ma précipitation, quittant mon littoral, je n'ai pas prévu qu'un 2 mars, à 1 560 mètres d'altitude, dans une des stations de ski les plus réputées de Suisse, j'allais trouver de la neige durcie dès que je quitterais les rues principales. J'erre dans une nuit enneigée, en chaussures fines et en tenue presque printanière. Je suis sûr qu'à seize ans je n'aurais pas été aussi imprévoyant.

Je m'engage dans des rues à flanc de montée, m'y trempe les pieds dans les paquets de neige, parce que j'avance tête levée pour reconnaître, s'il se présente à moi, l'hôtel Waldheim, dont j'ai l'image en poche, une des cartes postales de Frieda. Toutes ces constructions me semblent avoir moins de vingt ans, même quand elles miment l'ancien. Du vieux refait, du nouveau avec des matières traditionnelles, aucune façade ne me parle, aucun nom de rue, une ville jamais vue, silencieuse.

Il me semble que le tracé des voies est nouveau, des courbes perpendiculaires seraient venues se greffer sur d'anciennes lignes droites, de petits immeubles mangent de plus en plus la montagne jusqu'à ce qui pourrait être la Hohe Promenade. Ce n'est plus le bourg dont je croyais avoir conservé l'image.

Si je ne reconnais rien, ai-je le droit de dire que Davos a changé du tout au tout, quand la ville s'offre à moi comme ce qu'elle passe pour être aux yeux de chacun d'entre nous, une station cossue des Grisons déposée de toute éternité sur une montagne suisse ?

Je serais de mauvaise foi, si je le contestais. C'est peut-être moi qui ai le plus changé. C'en est inquiétant. L'angoisse qui me prend dans ces rues sans autre issue que la côte, que je suis obligé de redescendre après quelques dizaines de pas, est extravagante. Je n'imagine pas de marges urbaines plus rassurantes que celles d'une des plus riches bourgades suisses, pierres et boiseries soignées, voirie entretenue, abords qu'il n'est pas nécessaire de protéger, tout va bien, et j'ai la trouille.

Mais la trouille de quoi ? Comme si Frieda m'avait attiré là pour me lâcher dans l'inconnu et m'écrabouiller au premier carrefour. À peine si une berline me double ou me croise dans ces chemins vides. Je ne sais pas d'où je sors ces idées de menaces dans le pays le plus calme du monde, elles ne me lâchent plus.

Je devrais repiquer vers le centre, les restes d'animation dans une ville morte à onze heures du soir constitueraient une diversion rassurante, sauf si un homme de main de Frieda m'y attend pour me conseiller de la laisser tranquille ou me mettre une raclée. Comment, à mon âge, tenir des raisonnements aussi infantiles, surtout me faire des films d'ado parmi les plus primaires ? Pour la régression, c'est gagné.

Je longe de nouvelles routes méconnaissables, crains d'avoir dépassé la rue qui montait à l'hôtel. Quel nom de rue d'ailleurs ? Aucun ne me revient, sauf quand j'aborde la Friedhofstrasse. Un signe de reconnaissance léger, jusqu'à ce que la traduction du mot Friedhof me revienne, cimetière. C'est bien le moment, en pleine trouille, de s'accrocher à un cimetière. Sûrement un simple écho du Waldfriedhof, le cimetière des bois, et des girolles de Frau Finkel, les mots étrangers me guident abusivement vers cet endroit : rue du Cimetière, je n'ai jamais rien vu qui ressemblait à un cimetière à proximité de l'hôtel Waldheim, fausse route.

Si je ne peux plus compter sur moi, il est temps de m'en remettre à des gens du pays, avant qu'ils ne soient tous rentrés se coucher. Ce restaurant à l'heure de la fermeture... Un serveur me barre aussitôt l'entrée, fin du service, dehors. Je n'ai pas la tenue attendue dans un bon établissement de Davos, vexant. Je joue l'homme perdu qui ne retrouve pas son hôtel, l'hôtel Waldheim. Le serveur me fait répéter le nom plusieurs fois. J'ai un mauvais accent, je sais. Ce n'est pas que l'accent ; l'hôtel lui-même ; inconnu ; inconnu du serveur, comme du chef de rang, puis du directeur. Je me sentais méprisé pour avoir tenté de franchir la porte d'un restaurant huppé à la mauvaise heure et avec une allure douteuse, tout le personnel m'entoure pour me secourir et retrouver mon hôtel.

– Waldheim, vous êtes sûr du nom ?

J'exhibe ma carte postale, la photo de la façade, le nom imprimé derrière. Elle passe de main en main, personne n'est capable de situer l'établissement. Je signale, pour les rassurer tous, que ma carte date de quelques décennies, il est possible que des travaux de réfection, comme dans toute la ville, aient changé l'apparence du Waldheim, qu'un nouveau propriétaire lui ait donné un nouveau nom.

– Cela ne nous aide pas beaucoup.

Ils sont bien ennuyés de ne pas pouvoir résoudre ce qui ressemble à une énigme d'hôtel fantôme, jusqu'à ce que quelqu'un surgisse derrière moi, un client ou un passant, je ne sais pas trop d'où il est sorti. Il dit seulement avoir entendu notre conversation et le mot Waldheim répété par tous. Il est personnellement descendu au Waldhotel, la ressemblance des noms est frappante. Un ancien hôtel rénové, un rappel du nom précédent, il est certain que c'est l'endroit que je cherche. Si je tiens à m'en assurer, il est prêt à m'y accompagner tout de suite. Je prends la précaution de lui demander s'il connaît Frieda Steigl, le nom ne lui dit rien de plus que le Waldheim au personnel du restaurant. Nous montons dans sa Jaguar. Je me sens pris dans une nouvelle caricature de Davos station cossue, doute, comme à seize ans, de me trouver ici à ma place.

Herr Kunz, citoyen bernois, s'est retiré, me confie-t-il rapidement, trois jours à Davos pour prendre une décision importante qu'il repousse sans cesse, n'en peut plus de ne pas pouvoir prendre, au point de ressentir un ennui invraisemblable dans la ville qu'il aime le plus. Il est heureux de rendre service à quelqu'un qui semble encore plus perplexe et perdu que lui. Je le désennuie.

Il me présente à la réception du Waldhotel pour me faire attribuer une chambre, l'hôtel est complet. Il insiste, on voudrait bien faire plaisir à un client comme Herr Kunz, mais la haute saison d'hiver n'est pas terminée, la liste d'attente est longue. N'en parlons plus, mais, si je n'y vois pas d'inconvénient, et comme il dispose d'une grande suite pour lui tout seul, il ne sera pas difficile de m'accorder un couchage dans une des pièces. En attendant, faisons-nous servir du champagne au salon.

Je considère Herr Kunz. Qu'est-ce que cet homme en quête de distractions attend de moi, en m'offrant l'asile dans sa suite ? Mon histoire du Waldheim, vraiment ? Frieda a tenté de me persuader que j'avais échappé de peu, ou même, selon la Stasi, succombé à un prédateur pédophile nommé Johann Meili, est-ce raisonnable, ou n'est-ce pas une inquiétante répétition, d'accepter l'invitation d'un inconnu d'une quarantaine d'années dans un hôtel de luxe, dans sa chambre, même si c'est une suite ? Dans quelle affaire, malgré mon âge, mon expérience, suis-je en train de me fourrer ? Condamné à ne jamais comprendre ce qui m'arrive, on dirait.

Nous descendons notre champagne, Herr Kunz tient à me faire dire que je suis heureux d'avoir retrouvé grâce à lui l'hôtel Waldheim que je cherchais, transformé et embelli. Je ne veux pas le décevoir, rien pourtant ne me rappelle l'établissement tenu par Herr Meili. Enfin, si, ces alignements de balcons aperçus en arrivant, surplombant la vallée et tournés vers les sommets, ne sont pas sans m'évoquer ceux que j'ai connus. Mais c'est aussi l'architecture de beaucoup d'hôtels de montagne, en particulier dans la région, à l'imitation des sanatoriums de luxe qui ont fait la gloire de Davos, grâce en particulier à *La Montagne magique* de Thomas Mann.

– La suite que j'ai louée, note Herr Kunz, porte le nom de Thomas Mann. Vous ne m'avez pas encore dit si vous acceptiez ma proposition pour la nuit.

– La suite Thomas Mann... Cela donne à réfléchir, si je vous explique pourquoi je cherche l'hôtel Waldheim.

Mais le Waldhotel n'est plus et n'a probablement jamais été le Waldheim. Les résineux tout autour ne sont pas disposés comme dans le parc que j'ai connu, pas plus que les balcons beaucoup plus larges et profonds ici. Des boiseries dans les deux établissements ? Architecture montagnarde encore. Les essences de bois sont ici bien plus luxueuses que sur ma carte postale, regardez. Et la taille de la salle de restaurant... Quatre fois les dimensions... Et je vois qu'on se vante à l'accueil d'une piscine à colonnades et d'un spa. Mon hôtel, même si je le trouvais d'un bon standing à l'époque, était infiniment plus modeste que celui-ci.

Herr Kunz n'en démord pas, un homme habitué à régler les problèmes des autres, à défaut de résoudre les siens en ce moment, prêt à m'apporter son aide, si je veux retrouver des traces de l'ancien hôtel et de la femme que je semble chercher. Il s'adresse à la réception, qu'on lui envoie le directeur, qu'on lui propose une fiche avec l'historique du Waldhotel...

Le directeur se présente aussitôt, on ne refuse rien à Herr Kunz. Il est à la tête de son établissement depuis pas mal d'années, mais non, aucun lien avec mon Waldheim, jamais entendu ce nom ici. Il faudrait consulter des anciens. Où était-il installé, cet hôtel ? Davos Dorf ? Ici, c'est Davos Platz, première preuve. La déception de Herr Kunz est immense, mais c'est un homme qui n'aime pas l'échec. Il m'accorde quelques minutes pour lui préparer une fiche sur ce qui me pousse à retrouver cet hôtel disparu et Mme Steigl sur qui je l'ai interrogé dès la première minute de notre conversation.

Une fiche n'y suffirait pas, si je reprends au début, la nuit non plus. Je me trompe, selon lui, le monde d'aujourd'hui repose sur l'assemblage des fiches. Tout peut être réduit à une fiche, l'économie, les œuvres d'art, tout. L'amour aussi.

– Vous m'avez dit que vous avez vous aussi depuis

trois jours une affaire insoluble sur les bras. Je parie que c'est une affaire où une femme joue un rôle, vous largue, parce que vous êtes insupportable, vous pille pour vous punir.

– Qu'est-ce qui vous fait dire cela ?

– Une impression comme ça, parce que vous n'avez pas de fiche disponible sur cette question et, à mon avis, vous n'en trouverez pas.

– Vous m'intéressez, me dit Herr Kunz. Alors, si ça vous ennuie tant que ça, pas de fiche, racontez-moi tout, même si nous y passons la nuit entière. Cela me distraira et je verrai mieux que vous, à la fin, ce qui vous manque, comme vous voyez mieux que moi ce qui cloche dans mon existence actuelle. Vous êtes le premier à comprendre que je suis quelqu'un qui aime l'entraide.

– Ce n'est pas le plus évident en vous, c'est vrai.

Il commande une nouvelle bouteille de champagne. Sous son influence, en croyant raconter mon histoire de ces dernières semaines et celle de l'hôtel Waldheim, je résume, une sorte de fiche, il a obtenu ce qu'il voulait.

– Dans toutes vos données, m'interrompt-il un moment, je remarque un nom, le nom le plus important.

– J'imagine lequel, celui qui a compté le plus pour moi, c'est...

– Le Dr Christian Meili.

– Là, non, vous confondez avec son frère. Le même nom, Meili, mais le plus important c'est Johann. Christian, c'est sûrement le moins important de tous ceux dont je vous parle, tout juste entrevu, à peine si je lui ai adressé la parole. Il ne compte pas vraiment.

– Je ne me trompe pas de prénom. Nous parlons bien du Dr Christian Meili. C'est lui le plus important aujourd'hui.

– Frieda Steigl m'a appris qu'il est toujours vivant.

– Vous voyez.

– Un mort peut être plus important qu'un vivant.

– Vous faites partie du vieux monde. Dans notre monde, si on n'est pas vivant, on ne compte pas.

– Vous devez aussi penser qu'on ne peut être vivant qu'au volant d'une Jaguar.

– Qui vous dit que je suis vivant ? Je parle des autres. Je vous parle de ce Christian Meili. C'est un homme connu ici. Un philanthrope. Vous savez ce que c'est, un philanthrope ?

– Et vous ?

– Je fréquente la région depuis dix ans, j'y ai fait des affaires, je connais pas mal de notables. Christian Meili en fait partie. Je n'ai jamais entendu parler de ce frère dont vous faites grand cas, mais lui a bâti sa fortune sur une clinique privée. Il n'exerce plus sans doute, quatre-vingt-cinq ans au moins. Connu pour assurer le rayonnement de sa ville par ses financements. Un vieux monsieur sans famille, une sorte de mécène. Malheureusement pour vous, je ne suis pas de ses intimes. Il a dû penser comme vous que je ne pouvais pas faire partie de la caste des philanthropes. Je le connais surtout de réputation. Nous nous sommes rencontrés, pas plus de deux fois, dans des assemblées, voyez, pas de grande convergence. Pourtant, c'est lui que vous êtes venu voir.

– Possible, mais je n'y ai pas pensé sérieusement, pas cherché son adresse.

– Nous la trouverons. Mon ami le directeur du

Waldhotel va se faire un plaisir de nous apporter une fiche complète sur le Dr Christian Meili. Manager !

Nous n'attendons pas cinq minutes pour obtenir les sociétés, les bonnes œuvres et les coordonnées de Christian Meili. Il possède un chalet près du lac. Herr Kunz n'hésite pas, malgré l'heure tardive, à faire téléphoner au docteur, se présente à lui en quelques instants, évoque l'urgence de ma situation, sollicite un rendez-vous indispensable pour moi, l'obtient pour la fin de la matinée à venir.

Je n'ai plus le choix, j'accompagne Herr Kunz dans la suite Thomas Mann, il me promet de me conduire chez le Dr Meili tout à l'heure. Je suis à pied, le lac n'est pas à côté, j'ai besoin de lui.

– Je ne voudrais pas vous encombrer avec mes histoires... Vous faire perdre votre temps... Vous avez d'autres problèmes à régler... Je vais vous gêner...

– C'est tout le contraire. Vous ne savez pas comme vous m'arrangez. J'allais faire une bêtise, vous me distrayez comme personne. Je ne pouvais pas espérer mieux en ce moment que de tomber sur quelqu'un comme vous. Laissez-moi vous aider, ce n'est pas de la philanthropie, je vous rassure, cela m'aide encore plus.

Un lit est préparé pour moi dans une pièce de la suite occupée par Herr Kunz. Je me sens comme un domestique d'un autre temps, dans l'antichambre de son maître, avec la crainte d'être appelé à tout moment. Encore une nuit où je ne dormirai pas.

Il faut m'imaginer à la droite de Herr Kunz, dans sa Jaguar d'un vert presque noir, à l'intérieur cuir et bois, longeant au ralenti l'endroit où se déroulait, un mois plus tôt, le Forum économique mondial de Davos. L'art de se sentir déplacé, c'est toute ma vie. Déplacé, je l'étais déjà à l'hôtel Waldheim à seize ans, encore plus que je ne pouvais le supposer, si, comme m'en soupçonne Frieda Steigl, j'ai frayé sans scrupule avec des communistes est-allemands. Cette hypothèse fait se tordre de rire le capitaliste Kunz, il me trouve vraiment amusant. Accompagner en Jaguar un ancien allié des staliniens, ça le change. Il me fait répéter sans fin mes histoires de la nuit, excitantes pour lui, il revit, tandis que je m'inquiète de me retrouver devant un homme que j'ai connu encore jeune, aujourd'hui octogénaire avancé, qui n'aura gardé aucun souvenir de l'adolescent de 1976.

Mon chauffeur ne montre aucune hésitation aux abords du lac de Davos, à la sortie du village, s'engage sur une route à flanc de colline, vers un grand chalet isolé, surplombant l'étendue d'eau jusqu'au col de Wolfgang, à croire que l'endroit lui est familier.

Il ne se contente pas de me déposer, tient à saluer le propriétaire, puisque c'est une connaissance et qu'il s'est chargé de m'introduire auprès de lui. L'apparition du Dr Christian Meili me laisse perplexe. Je m'attendais à un homme vieilli, pas à un total inconnu. L'image que je me suis formée de lui est celle d'un homme de haute taille, presque aussi grand que son frère aîné, je découvre quelqu'un de rabougri, que je domine d'une tête. J'aurais bien du mal à rattacher ses traits flasques à ceux du médecin énergique que j'ai vu ausculter et soutenir le Dr Uli, victime d'un malaise dans le restaurant de l'hôtel Waldheim.

Je me reproche des considérations d'une extrême banalité sur les effets du vieillissement. Il me semblait qu'un reste de soi devait persister sous l'affaissement de la peau et des muscles, on dirait que non. Je n'ai pas le temps de justifier ma visite, ma propre métamorphose physique qui doit bien valoir la sienne, de m'excuser du dérangement matinal, comme j'en avais l'intention, je suis effleuré par un parfum familier, suivi d'un déplacement d'air sur ma gauche, légèrement en arrière, une masse soyeuse se déploie et s'extrait d'une chaise au dossier courbe, d'un design assez seventies, une haute silhouette, encore plus allongée que la semaine passée, talons bleus au lieu de ballerines, robe cintrée et ceinturée de la même couleur, coiffure blonde maintenue en hauteur, plus serrée et plus soignée que l'autre fois, Frieda. Le temps de penser qu'elle a jugé nécessaire d'avoir plus de considération, au moment de se présenter à lui, pour un homme comme le Dr Christian Meili que pour moi.

Elle s'interpose entre le docteur et moi pour prendre en charge les présentations.

– J'étais sûre que tu nous le retrouverais ici. Tu n'as pas trop perdu le temps depuis hier le soir, tu réfléchis plus correctement.

Je ne refuse pas le compliment, pourtant, est-ce qu'il n'aurait pas été plus simple qu'elle me prenne à la gare à mon arrivée et me conduise directement au chalet de Christian Meili, si elle tenait à nous voir ensemble ?

– J'avais queqchose à voir avec lui d'abord. Tu devines quoi.

– J'aurais pu tout aussi bien ne pas trouver son adresse, ni même penser à me présenter chez lui, sans Herr Kunz. Vous connaissez Herr Kunz ?

– Bien entendu, répond Christian Meili. Tout le monde le connaît.

– Sauf moi. C'est donc vous qui l'avez mis sur mon chemin pour m'attirer chez vous ? Je commençais à m'en douter. Plus rien ne m'étonne.

– Vous attirer ? Le mettre sur votre chemin ? Je n'avais aucune intention de ce genre, ignorant votre existence jusqu'à hier soir.

– Vous non plus vous n'aviez aucun souvenir de moi ?

– Vous me pardonnerez, je l'espère.

– Je vous en félicite plutôt. Vous l'avez bien dit à Frieda, que je n'avais aucune importance à l'hôtel Waldheim, client de votre frère aussi insignifiant que les autres ?

– Elle a fini par vous faire remonter à la surface,

non sans mal. Maintenant, je vous ai replacé dans le décor.

– Elle a réussi avec vous aussi... Avouez qu'elle exagère.

Le Dr Christian Meili ne sait plus quoi penser. Il n'avait aucune envie de se replonger dans une époque révolue, attachée pour lui à la mort de son frère Johann, un des échecs de sa vie professionnelle et familiale. Mme Steigl a tellement insisté pour le rencontrer qu'il a été obligé de l'entendre. Il a vécu pour de vrai tout ce qu'elle a retrouvé dans des papiers, naturellement, et même de trop près. Cela fait plus de mal d'y revenir que de vivre ses dernières années dans son chalet de solitaire. C'est le moment où l'héritage familial s'est brisé, le plus grave pour lui, plus que ces histoires de réseau et de fuites.

Frieda a des mimiques d'impatience, interrompt le Dr Meili. Il n'a pas le droit de donner moins d'importance à l'intrusion de la Stasi dans l'hôtel de son frère qu'au prestige familial lui-même. Il baisse la tête, un homme pris en faute. Cela me gêne ; l'impression qu'elle a pris l'ascendant sur un vieillard, pour le convaincre de je ne sais quoi. Un vieux a besoin de calme, il cède tout de suite. Il n'a pas intérêt à revenir en arrière, elle le casse aussitôt. Qu'est-ce qu'elle tient à lui faire dire, à celui-là ?

Nous nous regardons le temps d'un blanc, Frieda et moi. Nos yeux insistent, les uns dans les autres, l'inavouable complicité des deux de l'autre jour, qui se sont vraiment éprouvés charnellement, autant que mentalement, sans aller jusqu'au terme de leur trouble, et se retrouvent, prêts, sans le dire, à recommencer : Tu es allé plus loin ? Tu aimerais ? Tu as du neuf à partager ? Je t'attends. Moi aussi.

Herr Kunz interrompt notre échange muet en montrant sa présence. Il s'étonne que cet hôtel Waldheim qui semble nous avoir tous occupés ait laissé aussi peu de traces à Davos. Cela date, mais ce n'est pas si ancien, pourtant personne en ville n'a jamais entendu prononcer ce nom, ni celui du directeur. On a l'impression qu'on n'en retrouverait pas une pierre ni une facture. A-t-il au moins existé, ce Waldheim ?

Le Dr Christian Meili interroge aussi Frieda du regard. On dirait qu'il lui demande l'autorisation de parler, elle l'encourage. La fin de l'hôtel, les causes de la fin de l'hôtel, il peut y aller sans crainte. Cela a été plus vite qu'il ne l'aurait cru. La mort de Johann, elle-même imprévue, malgré la pathologie de son frère, suivi, protégé comme aucun autre patient, n'aurait pas dû aboutir à la faillite de l'hôtel, propriété de leur famille depuis des décennies.

Il a tenté d'en assurer la direction, avec l'aide des employés, les plus dévoués des employés, mais vieillissants, pour finir la saison d'été. Diriger en même temps une clinique et un hôtel, c'était au-dessus de ses forces. Il allait rejoindre son frère au cimetière. Il a préféré se résoudre à le mettre entre les mains d'un gérant. Mais le Waldheim était d'abord un hôtel de tradition familiale, avec des clients fidèles de génération en génération ou vite habitués à revenir chaque année, comme ma tante et moi. La personnalité de Johann n'y était pas pour rien, un homme aimé comme ses parents, serviable, bavard, drôle, capable de faire croire à chacun qu'il était le plus important des clients et sincère avec chacun d'eux. Le portrait plaît à Frieda, elle guette mes réactions.

Le nouveau gérant n'avait pas le quart de son charisme, la clientèle traditionnelle s'est retirée aussitôt, considérant qu'elle ne devait rien à cet homme si peu hospitalier, remplacée par peu de clients nouveaux, vite dégoûtés de la cuisine et du service. La saison d'hiver a été catastrophique. Le Dr Meili était trop occupé par ses activités à la clinique pour prendre la mesure du désastre à l'hôtel que le gérant a d'ailleurs pillé avant de disparaître.

Aucun candidat à la reprise ne se sentait en état de redresser un établissement dont la réputation était tombée si bas en si peu de temps. Il a fallu le mettre en vente et le céder pour une somme dérisoire à un promoteur qui s'est empressé de l'abattre pour bâtir à la place des immeubles de standing dont il a tiré le plus grand profit. Un cas rare à Davos, l'extinction totale d'une entreprise familiale, un bâtiment rasé jusqu'à la cave. Raison pour laquelle Christian évite la rue montante que dominait autrefois l'hôtel Waldheim et n'a plus voulu, jusqu'à hier soir, reparler avec qui que ce soit de cette année 1976-1977, sa catastrophe, la catastrophe du Waldheim.

– C'est le pourquoi je suis venue à le rencontrer, Herr Meili, parce que la catastrophe, elle commence avant la mort de son frère, elle provoque la mort de son frère. Et la disparition de mon père. C'est ensemble. Il le comprend aujourd'hui bien, Herr Meili, n'est-ce pas ?

Il acquiesce avec le même air de soumission, pour avoir la paix, comme je le pense, plus que par conviction. Il n'était pas aussi impliqué que son frère dans le réseau de passeurs organisé par le père de Mme Steigl, je me trompe ?

Je sens que ma question agace Frieda, elle n'a pas le temps d'empêcher Christian Meili de me répondre. Il reconnaît facilement que, sans les prières de son frère Johann, il n'aurait pas pris l'initiative de secourir des fuyards est-allemands. S'occuper d'un service de cardiologie dans une clinique privée et assurer la direction de l'établissement, cela vous mange déjà le double de vos capacités altruistes. S'il faut en plus, en pleine guerre froide, devenir le sauveur d'intellectuels est-allemands, on n'y pense pas tout seul, même si la famille Meili a accueilli d'autres fuyards avant et pendant la Seconde Guerre mondiale.

Son frère avait une culture historique, un sens de l'accueil lié à son métier d'hôtelier, une ouverture d'esprit comme ancien professeur, il était naturel qu'il accepte d'aider son ami Steigl à soutenir des historiens échappés de RDA. Au début, il ignorait les activités des deux hommes, jusqu'au moment où un de leurs protégés est tombé malade au cours du voyage. Un médecin ne refuse son secours à personne. La guérison de ce premier voyageur a donné l'idée à Johann et à Friedrich de privilégier la sortie d'hommes à la santé défaillante, si on avait la possibilité de les soigner en Suisse.

– On ne refusait rien à mon frère. Sa proposition m'a fait peur, j'ai dit non, puis oui une heure plus tard. C'est comme ça que les plus fragiles ont défilé dans ma clinique, pris en charge gratuitement, naturellement, ma contribution à leur cause. Ils se sentaient tout de suite protégés et en meilleure santé, parce qu'ils étaient dans une clinique suisse. C'est devenu une routine. Deux trois semaines chez nous et ils commençaient une nouvelle vie en RFA, parfois en Suisse. Je crois que nous avons tenu plusieurs années sans nous faire remarquer. Je n'y étais pour rien, médecin, je soignais, mon rôle s'arrêtait là. Quelques-uns ont échoué à passer la frontière, mais tous ceux qui l'ont franchie n'ont plus eu d'ennuis jusqu'à ce qu'ils sortent de chez nous, de la clinique et de l'hôtel. Je suis fier d'en avoir aidé autant, une douzaine, peut-être davantage, même si je n'ai fait que suivre mon grand frère. Je n'étais rien d'autre que son petit frère qui lui obéissait sur ce point.

Frieda Steigl l'approuve ouvertement, le pousse à aller plus loin :

– Oui, mais le secours, il s'est arrêté à la fin du mois d'août 1976...

Ils ont encore sauvé le Dr Uli, oui, ce doit être le dernier. Il doit être vieux, lui aussi. Frieda a retrouvé sa trace, il ne témoignera pas, mort à Berlin en 2002, après avoir retrouvé sa famille, sans avoir réussi à l'Ouest une carrière aussi brillante qu'à l'Est, avant sa mise à l'écart, sous prétexte de ses défaillances physiques.

– Lui au moins, ajoute Frieda, même de mauvaise santé, il l'a survécu plus de vingt-cinq ans. Pas votre frère, le mieux soigné, et mort tout de suite...

Elle tient à lui faire revivre le moment douloureux. Elle pourrait l'épargner, un vieux type qui ne voulait plus entendre parler de cette histoire. Elle n'épargne personne. Qu'est-ce qu'elle a dans le ventre, cette Frieda ? Encore plus remontée ce matin que les autres jours avec moi. Elle lui fait dire, comme médecin, faut que je l'entende, elle insiste, que Johann Meili ne peut pas être mort seulement à cause de sa fragilité cardiaque. Elle était connue, il était suivi, sous médicaments, apte à reconnaître les signes avant-coureurs d'un malaise. Usant de diriger un hôtel, mais il avait appris, avec l'assistance de son frère, à mesurer ses efforts, à prendre le repos nécessaire, rien n'aurait dû lui arriver.

La vieille Rosa a laissé passer trop de temps avant d'appeler les secours ? Pas si longtemps, le Dr Meili a repris hier le dossier médical de son frère, cause insuffisante ; sur ce sujet aussi, il est préférable de faire confiance à des archives. L'opération s'est mal passée ? Aucun geste délétère n'a été accompli. A-t-il fait alors l'hypothèse que le mal ne venait pas du cœur ? L'arrêt cardiaque peut-il être la conséquence d'un autre dysfonctionnement ? Il en est convaincu depuis hier, persiste à s'accuser : une faute de ne pas s'en être aperçu sur le moment.

Frieda prend le vieux Meili sous sa protection, le purifie de sa mauvaise conscience, il revit. Si son frère Johann est mort sur la table d'opération, il faut chercher la cause ailleurs. Où ? Commençons par la Stasi, sous la forme des faux époux Linek.

Je lui porte la contradiction. Les Linek lui ont fait du mal, l'ont angoissé, l'ont fragilisé, son cœur a cédé le 9 septembre. N'oublions pas qu'ils ont quitté l'hôtel Waldheim le même jour que ma tante Judith et moi, comme elle me l'a appris elle-même, le 25 août précédent, quinze jours plus tôt. Les fantasmes sur les services secrets de l'Est sont nourris de faits vrais, je n'imagine pas pour autant les Linek injectant, avant leur départ, une sorte de poison lent agissant pendant deux semaines avant de tuer leur victime.

Le Dr Meili penche de mon côté, pas d'action directe, l'action psychologique, en revanche, n'est pas à négliger. Frieda Steigl s'emporte contre moi, elle me trouve bien empressé à prendre la défense des Linek. Elle a remarqué, au cours de nos discussions en France, que je n'ai jamais eu un mot contre eux.

Je reconnais de nouveau mon erreur, liée à mon ignorance. Oui, les Linek, parmi les clients de l'hôtel, cet été-là, ont été les seuls à me témoigner ce que je prenais pour de la sympathie, lui surtout. Nos parties d'échecs acharnées, ses points de vue marginaux, moins conventionnels que ceux de la plupart des Suisses installés à l'hôtel, correspondaient mieux au garçon de seize ans que j'étais que les comportements conservateurs de son père par exemple.

– Tu étais le communiste comme eux...

– Communiste certainement pas, plutôt un garçon qui se voulait libertaire tout en étant respectueux de ses parents et plus vaguement de l'ordre établi.

– Vous le voyez, conclut Frieda, en prenant la main de Christian Meili.

Cette complicité recherchée avec un autre que moi me débecte. Elle ne va quand même pas jouer devant moi l'infirmière attentive avec le vieux médecin. Je les prends à partie, ce que je dis des Linek ne constitue pas leur défense. Je sais maintenant pourquoi ils étaient à l'hôtel Waldheim. Ils jouaient bien leur rôle, évitaient de déambuler dans une maison plutôt chic avec un couteau entre les dents comme dans les caricatures antibolcheviques, je n'ai pas à rougir de les avoir trouvés sympathiques. Le Dr Christian Meili les a croisés lui aussi, sans les identifier avant longtemps, il ne me démentira pas. C'est nous les témoins, pas Frieda.

– À te l'entendre jusqu'ici, tu disais toujours rien vu, rien compris. Je suis contente que tu dis maintenant : je suis le témoin. Si tu es le témoin, tu l'as tout vu, tout compris.

– Pas si vite, ce que voit un témoin, ce qu'il croit voir, n'est pas toujours ce qu'il devrait comprendre. As-tu demandé à Herr Christian Meili ce qu'il avait vu, lui, et compris ? Tu serais peut-être surprise.

Christian Meili confirme qu'il n'a entendu parler du comportement suspect des Linek que tardivement. La veille de leur départ, disons l'avant-veille, quand ils ont commencé à harceler son frère et Friedrich Steigl. Jusque-là, Johann avait évité de l'impliquer et de l'inquiéter.

– Vous étiez pourtant un membre du groupe chargé d'organiser les fuites de RDA et de suivre les candidats...

– Le médecin, un auxiliaire de santé, je ne décidais rien.

Son frère Johann connaissait sa prudence, ses craintes pour sa clinique. Christian n'approuvait pas ce mélange des genres, il avait des associés plus attachés à la rentabilité de l'établissement qu'à la liberté de penser et de circuler des pauvres intellectuels est-allemands. Ce qu'il consentait à faire, qu'il faisait du mieux possible, c'était pour son frère. Johann l'informait au dernier moment de l'arrivée d'un voyageur : un lit pour demain, telle pathologie, modérée, plus lourde, deux jours à prévoir ou plus. Il aidait, posait le moins de questions possible. Quelques visites à l'hôtel, pour s'assurer du bien-être d'un patient relâché rapidement, plus ou moins en convalescence au Waldheim, avant d'entamer une nouvelle vie en Occident, contrôler la tension de son frère. Une fois secourir un arrivant, comme le Dr Uli.

Son rôle n'était pas si grand, raison pour laquelle Johann n'a pas jugé indispensable de lui faire part de ses soupçons sur des clients comme les Linek. Il a eu affaire à eux le jour d'Uli, en passant, sans rien noter à leur sujet. Plus tard, il les a croisés en conversation avec Johann, ne leur a pas prêté plus d'attention qu'à n'importe quel client demandant des travaux de plomberie dans sa chambre ou des conseils d'excursion. Les nécessités de l'hôtellerie, pas son domaine.

– Les derniers jours d'août, c'est vrai, tout a changé, appel de Johann, une sorte de panique. Je devais veiller à faire disparaître le peu de traces que laissaient nos invités à la clinique, surtout me préparer à empêcher, je me demande bien comment, la diffusion de rumeurs sur notre compte, sur lui particulièrement, destinées à provoquer notre faillite. Il ne parlait pas clairement à ce moment-là. Je sentais sa peur. Je ne l'avais jamais vu affolé comme cela. C'est là qu'il m'a désigné le couple Linek. Des gens envoyés de loin, avec des dossiers épais comme ça.

Christian lui a demandé quel genre de dossier pouvait bien être épais comme ça. Leurs finances étaient contrôlées. Oui, ils avaient chacun des parts dans les affaires de l'autre, lui par héritage pour la moitié de l'hôtel, Johann par investissement d'une partie de ses bénéfices dans la clinique privée.

Ce n'étaient pas les doutes sur leurs finances qui l'inquiétaient, même si leurs participations croisées se trouvaient menacées à cause de lui. Il s'en voudrait de nuire à son frère indirectement. Ce n'était pas le plus grave, a-t-il ajouté. Le plus grave, c'était que leur réseau d'aide était découvert. Que des gens risquaient d'être arrêtés en Allemagne de l'Est, s'il craquait, d'autres ici, à Zurich, s'il ne trouvait pas le moyen de se débarrasser de ces deux agents introduits à l'hôtel depuis des jours, fouinant, trouvant, exerçant leur chantage sur lui.

Christian ne comprenait toujours pas de quel chantage il était question, ni ce que son frère attendait de lui.

– Que tu me donnes le courage de leur résister, a dit Johann.

– Je te connais, tu leur résisteras. Ce n'est pas si dur. Des Allemands de l'Est en Suisse, ils n'ont aucun pouvoir sur toi. Les maîtres chanteurs n'utilisent jamais ce qu'ils savent jusqu'au bout parce que ce qu'ils savent ne vaut plus rien alors. D'abord, qu'est-ce qu'ils savent qui vaudrait si cher aujourd'hui ?

Les deux frères s'enferment dans le bureau de l'hôtel. Un mauvais moment, dans le souvenir de Christian Meili, une révélation qu'il refuse d'accepter dans un premier temps. L'histoire qui a permis à son aîné de prendre la direction de l'hôtel Waldheim quinze ans plus tôt.

Le Dr Christian Meili est un médecin à l'esprit pratique. Les aveux atténués, clairs toutefois, de son frère, c'est brutal, mais c'est du vieux. L'immédiat, c'est l'utilisation criminelle que cherche à en faire une puissance étrangère. On n'a pas pour but de réparer des fautes ou de soulager des victimes, uniquement de salir une organisation humanitaire qui a libéré un certain nombre d'intellectuels du communisme. Il faut récupérer ces documents et les détruire, empêcher les Linek de diffuser des rumeurs.

C'était bien le projet de Johann Meili, mais ce n'est pas tout. Les Linek étaient conscients que les dossiers constitués sur l'hôtelier dataient de plus de quinze ans, jamais utilisés, frappés de prescription. Toujours bon pour la rumeur, insuffisant pour la preuve. Ils ont embobiné des jeunes de l'hôtel, pour actualiser leurs accusations, laisser entendre que les crimes sexuels du patron ne se sont pas arrêtés avec l'abandon de la profession enseignante. Ses pulsions criminelles ont trouvé un autre terrain propice dans l'hôtellerie. Tout jeune garçon qui s'y présentait, même accompagné de sa famille, était sous la menace de Herr Meili. Ils prétendaient avoir des dépositions sous la main.

J'attrape le regard de Frieda, l'intensité et la violence que nous sommes capables d'y mettre, quand nous voulons nous tenir l'un l'autre. Elle saisit le détail qui m'importe par-dessus tout : Le Dr Christian Meili ne me cite pas personnellement comme un témoin supposé des pratiques sexuelles de son frère. Il utilise le pluriel, plus vague que si son frère avait parlé de son client Jeff Valdera, comme le laissent entendre les archives mensongères de la Stasi.

Le Dr Meili n'est plus très sûr du pluriel, garantit cependant ne pas avoir entendu mon nom, ni fait le rapprochement avec moi, si j'étais présent au même moment à l'hôtel. Il ne m'a prêté attention ni avant cette date, ni après, aussi vexant que ce soit pour moi.

Il prend le parti de défendre son frère tout en imaginant qu'il ait pu s'attaquer à des petits clients, aussi invraisemblable que cela lui paraisse. Un directeur d'hôtel criminel dans son propre établissement ? Il se condamne sur-le-champ.

Je me déclare prêt à soulager la conscience du Dr Meili : il ne s'est pas trompé sur son frère, un homme d'une grande correction avec moi. Ni paroles, ni gestes déplacés. Accordons-lui des rêves déplacés, je n'en suis pas responsable et je n'en ai pas souffert. Je m'honore au contraire, des dizaines d'années plus tard, de ce que je n'identifiais pas encore comme une amitié désintéressée, qui devait l'être assurément.

– Devait l'être, dit Frieda.

– Si j'avais totalement occulté, de manière maladive, une relation honteuse pour moi, j'aurais été capable de la faire revivre depuis l'autre jour, comme j'ai fait resurgir bien des situations que je croyais oubliées. J'y ai pensé la nuit où nous nous sommes quittés, j'ai eu peur d'une vérité que j'aurais réussi à dissimuler par la force de l'esprit...

– Tu le vois.

– Oui, mais je n'ai absolument rien retrouvé. Ce délire ne tient pas, j'en suis convaincu. Nous sommes en présence d'un médecin, je veux bien subir une expertise psychologique.

– Ce n'est pas ma spécialité.

Frieda ne me laisse pas prendre le contrôle de la situation à la place du vieux médecin. Elle considère que ses échanges avec son frère et leur ami Steigl lui ont permis de s'approcher d'autres certitudes. C'est lui qui négocie entre eux pour contrer les menaces des Linek. Il apprend tout de chacun et à chacun.

Oui, c'est le rôle du Dr Christian Meili pendant quelques heures. Il rassure, tente de contrer la dérive en cours. Malheureusement, il ne sert à rien d'être médecin face au délire d'un État. Quant à la tentative de déstabilisation de Friedrich Steigl par les Linek, il constate, comme médecin, qu'elle a déclenché une réaction excessive chez sa victime.

Cette histoire d'abandon de deux familles, rien de glorieux, mais rien d'insurmontable. Friedrich en voulait à tous les dénonciateurs de l'hôtel.

J'essaie de retrouver le regard de Frieda : le pluriel, toujours le pluriel... Son père ne me nomme pas personnellement... Elle ne répond pas à mon appel, visiblement exaspérée par les critiques latentes du docteur contre son père : selon lui, Steigl était entré lui-même dans une forme de délire face à Johann dont il pensait qu'il se méfiait de lui, depuis que Linek ne le lâchait plus. Il commençait à son tour à douter de son ami hôtelier. Il le sentait prêt à céder aux Linek.

Christian a mis toute sa conviction de médecin pour atténuer l'ampleur des faiblesses personnelles de chacun, avec l'espoir de les rendre inoffensives et inutilisables par les Linek.

La nuit dans le parc de l'hôtel a été vécue par le docteur comme une folie dangereuse de l'hôtelier, une sorte de défi à Linek, pour l'acculer là, avec le risque d'être acculé par plus fort que lui. Il est triste aujourd'hui de ne pas avoir fait totalement confiance à son frère. Les pulsions de Johann, il ne savait plus où elles le mèneraient.

Ils ne se retrouveront qu'en fin de matinée, Johann lui paraîtra exalté, mais sûr de lui, pour annoncer la débâcle des Linek, leur fuite. Il se moque d'eux : il leur a proposé de ne pas régler leur note... des pauvres de l'Est, un État communiste bientôt en ruine... la charité, s'il vous plaît... Il a vu dans leur œil une hésitation, sa plus grande joie, cette hésitation. Finalement, ils ont déposé sur le bureau ce qu'il leur restait de francs suisses. Il en manquait vingt. Le bonheur de les obliger à accepter, malgré eux, cette aumône de vingt francs suisses.

Les deux frères se sont moins vus les jours suivants ; la tranquillité revenue ; la gêne aussi, la gêne de Johann surtout, ces vieilles histoires plus ou moins fausses ou plus ou moins vraies, cela ne passait pas.

La nuit du 9 au 10 septembre les a empêchés de s'expliquer davantage.

Frieda Steigl n'a pas l'intention d'en rester là. Les doutes du Dr Christian Meili ne la satisfont plus du tout. Elle croyait l'avoir mis dans sa poche, il en sort, sous ma mauvaise influence. Ce délire attribué à tous les camps ne lui plaît pas non plus, s'il touche son père et dilue les responsabilités. Les responsabilités doivent être établies, elle n'a pas fini de s'y employer. Nous ne nous quitterons pas sans y être parvenus.

Bien sûr la destruction du réseau Steigl a obéi à un processus mis en place à l'extérieur de la Suisse. Mais il est clair, si on écoute attentivement le Dr Meili, que ce processus a été accéléré localement. Par quoi ? Par les circonstances ? Peut-être. Qui est à l'origine des circonstances ? Les Linek, difficile de le contester, ils ont exercé une pression progressive, constante. Ils utilisaient les techniques de déstabilisation de leurs services, mais sur quoi se sont-ils appuyés, sur qui aussi ? Il faudrait que ce soit dit une fois pour toutes devant tout le monde.

C'est encore moi qu'elle vise ou je suis naïf ? Des suggestions au début, dès notre rencontre au musée, de plus en plus appuyées ensuite, malgré nos enlacements sur les galets de Sainte-Adresse, des tentatives d'étouffement de serpent python plutôt, pour être honnête. Aujourd'hui, j'ai l'impression qu'elle m'a convoqué ici une dernière fois pour me rentrer dedans plus directement encore. Ses dernières inhibitions viennent de sauter.

– Je ne te l'ai pas convoqué. Tu vois que le faux, c'est toi. Tu as fait l'invité toi-même. Tu l'as dit à mon partenaire que tu le savais le plus et que tu venais tout le dire. Et qu'est-ce que tu viens le dire ? Je l'attends encore. Tu recules toujours, alors que c'est le temps.

Je nie m'être invité. Elle dénature les propos que j'ai tenus à son compagnon ou employeur, le galeriste de Zurich. Je n'ai fait aucune promesse ou pas de cette manière. Si elle m'a attiré dans le chalet du Dr Meili, c'est pour me faire reconnaître plus que des erreurs, carrément des fautes, pas encore un crime, mais pas loin.

S'il faut dire les choses une fois pour toutes, je suis prêt : je n'ai rédigé ni signé aucun témoignage contre Herr Johann Meili. Linek a peut-être agité des papiers sous son nez, dénonciation fictive, moyen de pression parmi d'autres, aucun document ne le prouve. Si mes liens avec le directeur ont été utilisés contre lui, ça ne fait pas de moi un manipulateur.

– Tu ne le nies pas aussi que tu es entré plusieurs fois dans son bureau qui était aussi sa chambre sur l'ordre de Linek, pour que tout le monde voie le garçon toujours dans la chambre du directeur ?

– Pas sur son ordre. Qu'il m'ait chargé deux ou trois fois de demandes, c'est possible. Qu'il ait eu des arrière-pensées, il l'écrit dans ses rapports des archives, ça n'en fait pas une preuve. Si quelqu'un s'est fait manipuler, c'est moi. Je n'avais pas conscience de ce que chacun me faisait faire à l'hôtel. J'y mangeais, j'y dormais, j'y jouais aux échecs et au go, j'y lisais Thomas Mann, j'y pensais à des femmes nues. Dans ces cas-là, j'étais totalement libre. Pour le reste, accepte que j'aie pu être de bonne foi du début à la fin de ce mois d'août 1976, et aujourd'hui encore.

– Je n'arrive pas... Trop de choses trop visibles, tu n'as pas de droit d'être passé à côté sans te le dire une seule fois, c'est bizarre.

– Le bizarre ne choquait pas un garçon de seize ans de ces années-là. C'était bien vu, le bizarre. Les incidents bizarres que j'ai vécus sont ceux qui cassaient la routine, ils me plaisaient pour ça, je n'allais pas plus loin que le plaisir que je pouvais en tirer. Nous avons presque eu un accident de voiture, dans des circonstances bizarres, c'est vrai. J'ai trouvé ça amusant après coup, parce que nous nous en étions bien tirés. Frau Finkel a trouvé bizarre la méconnaissance de Thomas Mann chez des habitants de Lübeck comme les Linek. Je me suis amusé à monter l'histoire auprès de Meili, cela a eu des conséquences pour lui, moi je me suis contenté de trouver la situation rigolote. La nuit dans le parc était bizarre, mais tellement chaleureuse, jusqu'à l'arrivée de ce cerf. Pour moi, c'était du bizarre heureux.

– Du bizarre heureux qui fait tuer ou disparaître plusieurs personnes, parce que tu le trouves rigolo, finalement à cause de toi, je le dis bien tout à cause de toi, tu l'exagères.

– Je ne sais pas qui exagère... Plusieurs personnes disparues... La crise cardiaque de Meili, sa disparition incontestable, j'accepte... Mais qui d'autre est vraiment mort au même moment ? Ne t'en fais pas, je saisis très bien l'allusion. Un assassinat supposé de ton père... Et je serais dans le coup, même de loin... Cette fois, c'est de la folie.

Frieda se saisit de la version du Dr Christian Meili à propos de son père. Sans me nommer, et même en utilisant le pluriel, il suggère nettement la présence d'informateurs suffisamment bavards dans l'hôtel. Le fait est que les renseignements que j'ai fournis, si infimes soient-ils, se sont retournés contre son père et lui ont été particulièrement nuisibles, puisque des menaces sur sa famille ont été formulées et qu'il a été éliminé à son tour. Ce qui compte, c'est l'ampleur des effets, pas la petitesse de la cause. Et la petite cause, incontestablement, c'est moi. Je pose habilement ma pierre à toutes les intersections stratégiques, comme au jeu de go. Et elle s'y connaît. Elle a tout pesé dans tous les sens, avec moi, sans moi, elle n'est arrivée à aucune autre conclusion possible. Si je n'avais pas été présent et actif pendant ces journées du mois d'août 1976, rien ne se serait produit de cette manière. Tous ont été obligés de transiter par moi à un moment ou à un autre, le centre stratégique, c'est moi, Jeff Valdera.

Je prends à témoin les deux hommes présents. Ils ne peuvent pas laisser se développer un raisonnement aussi tordu, sorti d'un cerveau forcément malade. En plus fondé sur un postulat invérifiable : la disparition de Friedrich Steigl, qu'est-ce que ça signifie ? D'accord, il ne s'est plus présenté au domicile d'une ancienne étudiante avec laquelle il n'a jamais eu l'intention de vivre, à qui il a fait un enfant à une époque où la contraception restait floue dans les esprits. Il a reconnu cette enfant, Frieda

Steigl, bon fond, brave type, rigueur morale ancestrale, sans envie de s'embarrasser des contraintes de l'entretien d'une famille pour les vingt ans à venir. D'accord, il a donné à sa fille une éducation en accéléré totalement inadaptée à son âge. Bravo. Mais finalement c'est un père occidental contemporain, même sorti de l'Europe orientale, un père qui se tire. Il a foutu le camp, le père de Frieda, aucun indice de son élimination dans les archives sous lesquelles elle a tenté de m'écraser. Elle l'a considéré, pendant ses premières années et depuis, comme son adorateur, très bien. Elle était surtout son adoratrice. Ça rend dingue, visiblement, l'adoration.

Il ne s'agirait pas de me mettre sur le dos un assassinat qui n'aurait jamais eu lieu. Il a peut-être eu la belle vie, le père Steigl, ailleurs, loin de ses familles imposées. Si c'est inacceptable pour sa petite fille, je ne m'en sens pas coupable. Je demande l'aide du Dr Meili. Elle force ses propos, en extrait ce qui l'arrange, comme avec les archives.

Christian Meili baisse la tête, je devine plus qu'une gêne en lui. Il aurait envie de prendre parti pour moi contre elle, mais il en est comme empêché. Dites quelque chose, faites tomber la pression, comme avec vos malades au pic de leur crise. Il va la contredire, pas possible autrement ; dit seulement qu'il se sent dépassé, trop vieux. Il a peur de Frieda, ça saute aux yeux. Elle l'agrippe, sa méthode, comme avec moi, elle tient à le garder dans le camp des victimes, contre le seul survivant de l'époque, qui aurait collaboré avec l'ennemi est-allemand. Elle le relâche, quand elle est sûre de l'avoir fait rentrer dans le rang.

Comment le relancer ? Je reste en suspens une seconde de trop. Herr Kunz en profite pour me signaler que Frieda Steigl n'est pas allée aussi loin dans ses accusations que je le prétends. Petite cause, j'ai contribué au désastre, modestement ça va de soi, vu mon âge de l'époque. Si je le reconnais, ce sera une manière de relativiser. Au lieu de quoi, je semble perdre mes moyens. Je me défends trop brutalement et en bloc pour ne rien avoir à me reprocher.

Un inconnu s'y met aussi, bientôt tous ligués contre moi... Ils se connaissent tous, pas possible autrement, comme je l'ai pensé en arrivant. Ce Kunz ne m'a pas abordé par hasard, avait des liens anciens avec le Dr Meili, m'a conduit sans mal chez lui. Ou alors, ce ne serait pas le partenaire de Frieda par hasard ? Son patron aussi, rentré dans son jeu, carrément sa folie, une folie à deux, à trois, une contagion... Avec ses cheveux délavés et raides, sa mine allongée et évanescente, il a des faux airs d'Andy Warhol... Et il vendrait des œuvres pop art... Encore un qui s'est arrêté à une époque reculée, elle l'a trouvé. Je suis sûr que c'est ça. Je veux bien passer pour le dernier des paranos, nouvelle victime de la contagion, qu'ils m'expliquent alors ce qu'ils attendent de moi, tous.

Kunz rejette mes accusations, ne comprend rien à mes allusions à une possible ressemblance avec Andy Warhol. Avant d'accuser tous les autres de délirer, je ferais bien de me contrôler moi-même. Il me répète l'unique vérité de notre rencontre : il était au plus mal, mes angoisses lui ont fait du bien, lui ont permis de venir en aide à quelqu'un, ce qui lui manquait le plus depuis des années. Il continue, est-ce que je ne me rends pas compte qu'il aime aider ?

– Vous asseyez un homme à l'avant de votre Jaguar et vous pensez que vous l'avez aidé.

Frieda s'écarte un moment de notre groupe, je respire un grand coup. Sa présence est devenue étouffante, son éloignement m'apaise. Le mieux serait de mettre les deux autres de mon côté, s'ils sont sincères, comme ils me le garantissent à chaque fois que je doute de leur position.

Même si je suis conscient que ma femme soulignerait que je cherche à m'en sortir par la fuite, je vais tenter de me détendre avec eux : pourquoi ne pas l'avouer, je ne trouve pas que des désavantages à la situation. Jusqu'ici, je n'étais pas un fervent de mon passé, encore moins de mon adolescence. L'image que j'avais de moi à cet âge était plutôt calamiteuse, période d'insatisfaction et de solitude, de mésentente avec presque tout le monde. Pour être honnête, je me trouvais antipathique. Depuis quelques jours, j'ai vu surgir des pans de moi inconnus, un petit personnage de seize ans plutôt futé, apte aux échanges les plus variés avec des individus incompatibles entre eux. Moi, j'allais vers chacun, j'ai commencé à le trouver sympathique, ce garçon de seize ans, à lui voir un avenir intéressant. Comme une impression de pouvoir l'aimer et m'aimer pour la première fois.

Et puis, je ne le cache pas, même si je persiste à dire que je n'y suis pour rien et que je n'ai rien vu des agissements de tous ces hommes autour de moi, je me suis senti flatté de l'importance qu'ils m'ont accordée. Entendu, si j'ai rendu service, malgré moi, à la Stasi, ce n'est pas bien. Mais c'est incroyable d'être passé au milieu d'informateurs de services qui ont eu la pire réputation dans l'Histoire et de se dire qu'on y était, qu'on vivait la guerre froide en direct, alors qu'elle nous paraissait une confrontation lointaine. C'est curieux, ça m'a donné d'un seul coup une existence que je n'avais jamais eue, quelque chose d'exaltant.

Le parfum de cuir de Frieda remonte de l'arrière, elle a entendu mes derniers mots, ils la scandalisent plus que tout le reste :

– Tu es l'homme incroyable... Je te le parle de quoi ? De la mort d'un homme, Johann, de la disparition d'un autre, peut-être mort aussi, mon père. Et qu'est-ce que tu vois à la place ? Le petit Jeff Valdera que tu ne l'aimais pas et que tu l'aimes beaucoup grâce aux nouveaux souvenirs des archives. Tout content d'avoir ton nom dans les papiers. Et tu te prends pour le petit héros de la guerre froide, et tu ne penses qu'à toi et tu prends tout au léger. Et tu voudrais te coucher avec la fille du disparu, sûrement aussi. Ce serait ça le plus excitant.

Cette fois, je me suis piégé moi-même, avec ma désinvolture caricaturale de Français qui espère toujours s'en sortir à bon compte, dernière tentative impossible de dérobade. Puisque j'en suis là, je ne vois pas d'autre solution que d'aller encore plus loin.

Je m'en prends à Frieda, en espérant l'aide des deux autres : c'est vraiment exagéré, ces poses pathétiques, sous prétexte de mort ou de disparition. Je ne dis pas que ce n'est pas grave, mais il me semble qu'elle prête beaucoup trop de pouvoir à la Stasi, en particulier aux Linek à Davos. Elle m'a cité plusieurs passages des archives où leur hiérarchie leur reprochait en caractères gras et rouges leur incompétence qui menaçait de créer un incident diplomatique dont elle ne voulait pas.

Les Linek ont manifestement payé leurs erreurs par leur élimination de l'organigramme. Le réseau Steigl est démoli après leur passage, ils se font démolir aussi bien, considérés chez eux comme des informateurs de seconde zone. La preuve : ils n'ont pas été fichus d'établir correctement les liens entre Judith et moi. Ils ont enquêté sur nous et nous présentent dans leurs rapports comme la mère et le fils. C'est ce que ma tante essayait de faire croire, les seuls qu'elle a réussi à tromper, c'est des agents d'un des plus dangereux services secrets du XX^e^ siècle.

– Tu te le ramènes toujours tout à toi, c'est le plus lamentable.

Je ne ramène pas tout à moi. Je dis que les gens de la Stasi n'avaient pas non plus les moyens de faire tant de mal. S'ils étaient si forts, ils s'en seraient pris, comme ils en ont formulé la menace, à la seconde famille de Steigl. Ils ne lui ont fait aucun mal, à la seconde famille, ni à la mère, ni à la fille, comme ils n'ont, semble-t-il, causé aucun ennui au Dr Christian Meili, pourtant membre du même réseau que son frère et toujours vivant et propriétaire de sa clinique privée.

Et Mme Finkel, j'ai formulé l'hypothèse, un moment, qu'elle pouvait être impliquée dans le réseau, puisque je me suis souvenu qu'elle avait transmis un courrier de Meili au Berghotel Schatzalp. Elle n'a pas été malmenée, à ma connaissance.

Le Dr Meili murmure qu'il a constaté son décès en décembre 1976, alors que le nouveau gérant lui avait demandé de libérer la chambre qu'elle occupait indûment à ses yeux. Sa tombe est visible au Waldfriedhof. Septembre et décembre 1976, les dates sont proches... Je ne laisse pas à Frieda le temps de s'emparer du doute pour triompher. Assassinée, Mme Finkel ? Ce ne serait pas crédible. Désespérée de perdre son refuge, c'est certain, et le grand âge. Quelqu'un va-t-il oser me mettre ce nouveau décès sur le dos ? Il est lié, comme les autres, aux événements, qu'on le veuille ou non, bouleversement de la vie d'une vieille femme après quarante ans d'exil, effet induit, conséquence majeure pour elle, mais, si je prends ma part de responsabilité, je la vois minuscule.

– Le rien tout petit déclenche encore la grande catastrophe, c'est le bien connu.

À ce compte-là, nous sommes tous des petits riens qui déclenchent les plus grandes catastrophes. Une fois qu'on l'a dit... La grande catastrophe, pour Frieda, c'est la disparition de son père, elle a creusé tout ça, des années sans réponse, avant l'ouverture des archives de la Stasi. Le paradoxe, c'est de trouver dans les archives de ses ennemis des petits riens qui impliquent sinon des amis, du moins des gens du même camp.

Comme, après des dizaines d'années, tous les plus âgés sont morts, sauf le Dr Meili, et qu'il est dans le camp des victimes, il n'en reste qu'un, le plus jeune survivant de l'époque. L'aubaine, on met à son actif deux ou trois trucs pas clairs, au mieux il a été exploité avec son consentement tacite, un garçon coopératif, il fait un très bon bouc émissaire. Eh bien, non, je n'ai aucune intention de payer pour la déroute du réseau paternel.

Si Frieda Steigl a réuni une sorte de tribunal autour de moi, qu'elle m'annonce ses intentions dans la clarté. Je n'ai pas envie de me laisser faire, comme ça, dans un chalet suisse. Si longtemps après, cela n'a aucun sens. Prescription et présomption d'innocence, je revendique les deux avantages.

– C'est bien ça, ton ennui, dit Frieda. Pas la prescription, je me le fous de la prescription, mais ton innocence.

Elle n'est pas venue à moi, en France, avec une idée toute faite sur mes agissements de 1976. Que je ne croie pas qu'elle prenait à la lettre les témoignages des Linek. Elle sait comme moi qu'ils essayaient de convaincre leur officier de leur efficacité. Ce qu'elle attendait de moi ? Rien d'autre que des rectifications, des ajouts, un témoignage sur ce que j'avais vécu, mes regrets d'avoir parlé trop vite, une prise de conscience de la gravité des faits, dans la mesure où j'y avais pris part, sans mauvaise intention, à l'âge que j'avais, mais avec la lucidité qu'on a déjà à cet âge.

Sur qui est-elle tombée ? Sur moi, Jeff Valdera, adulte installé, que le rappel de sa jeunesse dérange. Elle avait envisagé toutes sortes de réactions de ma part, pas prévu que je nie tout en bloc. Ce qu'elle essayait de me dire ? Des inventions. J'avais tout bien nettoyé après mon passage à l'hôtel Waldheim, champion de l'oubli. Une preuve indiscutable de ma responsabilité pour elle. Une responsabilité plus lourde qu'elle ne le pensait : si on prend la peine d'étouffer à ce point tout ce qu'on a fait, si on y réussit si bien, c'est qu'on est allé au pire et qu'on ne l'a pas supporté. Elle m'a fait lire tout ce qu'elle avait en sa possession, espérant que je m'ouvrirais. Elle l'a cru, à certains moments. Nous nous sommes rapprochés, enfin nos points de vue auraient pu se rapprocher, et puis non, je finis toujours par prendre ce ton rigolard qui montre mon indifférence pour le malheur de quelques hommes et de quelques femmes. Et je me suis arrangé pour interrompre la lecture des documents, tenter de les disperser et même de les déchirer, comme l'ont fait eux-mêmes les services de la RDA.

Elle n'est pas venue me chercher pour lancer des accusations d'homicide involontaire, encore moins volontaire, pas non plus de complicité, ou alors de complicité involontaire. Elle aurait seulement aimé que je lui dise : j'ai conscience d'avoir fait du mal à votre père et au directeur de l'hôtel Waldheim, mais c'était des circonstances spéciales, j'ai été obligé de transmettre aux Linek ce qu'ils me demandaient, sur la famille suisse de Friedrich Steigl par exemple ou sur son déplacement du 13 août dont l'annonce a permis l'arrestation du géographe Fischer en fuite, etc. J'ai donné ces renseignements indispensables, même si je refuse de le reconnaître. J'aurais pu faire un effort... Rien, rien, pas le commencement d'un remords, et même, il n'y a pas cinq minutes, tout le contraire, comme si ça m'excitait d'avoir participé à la déstabilisation d'hommes honnêtes et courageux par la Stasi. Apprendre que je me suis mal conduit à seize ans, c'est plus rigolo pour un fanfaron comme moi. Est-ce que je me rends compte de la violence que ça représente pour elle ? Ce n'est pas qu'un petit rien accidentel, je suis le grand « queqchose », un « queqchose » ravageur, voilà la vérité.

J'ai tout démoli en elle. Non seulement elle attendait un peu de compréhension et des regrets sincères et conscients de ma part, mais elle espérait que mon témoignage, comme dernier survivant, avec le Dr Christian Meili, lui donnerait des pistes nouvelles pour retrouver son père, même s'il est mort. Un détail que j'aurais noté peu de temps avant son départ, une confidence reçue, puisqu'il m'a enseigné les règles du jeu de go et a parlé de moi dans ses cartes postales des derniers jours. Au lieu de quoi, j'ai affiché mon mépris pour son père, reconnaissant tout juste l'avoir rencontré, sans avoir retenu son nom. L'effacement complet, je ne cherche rien d'autre.

Le Dr Christian Meili se montre de plus en plus mal à l'aise. Ces regards que nous nous adressons, Frieda et moi, ces mots définitifs, notre aplomb l'un devant l'autre, alors que nous ne savons pas de quoi nous parlons.

Il fâche Frieda. Si quelqu'un sait de quoi il parle, c'est elle. La seule à avoir tout lu. Avoir tout lu, ce n'est rien, selon le Dr Meili, avoir tout vécu non plus d'ailleurs.

– Il faut vous taire, l'un et l'autre. Vous allez où il ne faut pas aller, l'un et l'autre.

– Vous, vous savez où nous devrions aller ?

– Non, non, je ne sais rien dire de plus, sauf que vous avez tort, l'un et l'autre.

– Vous venez de vous avancer de quelques pas, continuez, aidez-nous.

Le docteur secoue la tête, se recroqueville sur lui-même, résiste à nos bousculades.

Herr Kunz nous trouve trop tendus, il voit venir le moment où nous allons physiquement nous faire du mal. Ne faisons pas souffrir un vieil homme qui ne demande rien. Prenons du temps, aérons-nous le cerveau, cela nous aidera à nous faire des concessions.

L'amateur de Jaguar a fait un tour dans le chalet, a apprécié la collection de skis de toutes les époques dans un local réservé près de l'entrée. Si nous devons passer quelques heures ou quelques jours dans une station de ski aussi réputée que Davos, il serait regrettable de ne pas profiter d'une journée comme aujourd'hui, une des dernières de l'hiver. Le regard de Frieda devant la frivolité de la proposition, alors que nous en sommes à traiter des causes de la disparition d'un homme.

Je saisis l'occasion. J'ai soupçonné à deux reprises Kunz d'être au service de Frieda pour me rabattre jusqu'au chalet du Dr Meili, il semblerait que je me sois trompé et que ce riche désabusé n'ait pas d'autre projet que de voler à mon secours, chaque fois que je cherche une issue. Un hôtel hier soir, une sortie en montagne aujourd'hui. Faisons notre choix dans le stock de skis et de tenues et filons.

Christian Meili nous suggère de nous équiper pour le ski de fond. À son âge, c'est moins dangereux. Parce qu'à quatre-vingt-cinq ans il a l'intention de nous accompagner ? Il ne maîtrise plus la vitesse, mais son endurance est intacte, quatre-vingts ans d'exercice quotidien. Nous nous lancerons à trois sur les pistes de ski de fond de la station. À quatre. Frieda ne compte pas me laisser me sauver comme ça. Elle est suisse aussi bien que les autres, même si son père était un Allemand de l'Est, elle pratique la montagne depuis toujours.

Je me sens moins glorieux d'un seul coup. J'arrive de mon littoral, je n'ai pas chaussé de skis depuis au moins dix ans et je me retrouve encadré de skieurs expérimentés. Nous nous entassons avec notre matériel dans la Jaguar pas faite pour ça. Les sièges en cuir se retrouvent instantanément rayés. Si nous forçons sur les bâtons pour les faire tenir dans l'habitacle, ils seront vite aussi déchiquetés que des dossiers de la Stasi.

Je m'engage sur la piste, à l'entrée de la vallée, derrière les Suisses, me porte à leur hauteur, pour ne pas passer pour un dégonflé, terrorisé pourtant à l'idée que l'un d'entre eux pourrait me coincer dans un virage et me balancer dans un précipice. Mal équipé par-dessus le marché, les seuls skis qui m'allaient datent d'une autre époque, je ne suis pas sûr qu'ils tiennent aussi bien aux pieds que ceux d'aujourd'hui.

Herr Kunz se félicite d'avoir ramené une paix relative entre nous. Nous avons été obligés de limiter nos conversations à des questions pratiques, équipement, itinéraire possible ; nous nous enfonçons dans la vallée de la Flüela, une de mes préférées, avec celle, parallèle, tout aussi âpre, de Sertig, dans les années soixante-dix. Maintenant, l'effort sans préparation nous réduit au silence, nous devons trouver notre rythme sur la piste durcie par un froid largement inférieur à zéro, moins six ou sept, selon le Dr Meili. Comme je le craignais, je me montre le moins apte à l'exercice. Je déploie des efforts maladroits pour rester aux côtés d'un vieillard. Frieda et Kunz ralentissent pour me laisser le temps de les rejoindre avant de me lâcher de nouveau, sans avoir l'air de forcer.

Nous suivons la piste sur plusieurs kilomètres, il paraît que le domaine est immense, jusqu'à la Basse-Engadine. À ce moment de la saison et avec l'ensoleillement et le froid du jour, nous ne courons aucun risque à nous écarter de la ligne, même si, sur les rebords de la vallée, la pente s'accentue. On me demande si je tiendrai. J'ai le plus grand mal à avouer mes faiblesses, comme chacun s'en est aperçu, ce n'est pas au moment où je dois pousser comme jamais sur mes jambes et mes bras que je vais commencer.

Le Dr Meili ne donne aucun signe d'essoufflement, petit homme noueux et increvable. Moi, j'ai des points de côté, les bras engourdis, un poids sur la poitrine. Je pense que j'ai passé l'âge de Johann Meili, l'année de son dernier infarctus. Mais moi, je n'ai pas de pathologie cardiaque, pas non plus l'habitude de fournir autant d'efforts si longtemps. Ce n'est pas le précipice, leur projet, c'est m'user le cœur, pour me faire subir le sort du frère Meili. Que je comprenne ce que j'ai fait de mal un jour.

Je pourrais demander grâce, arrêter ma course et refuser de continuer à marche forcée, comme me l'imposent ces trois skieurs suisses. J'ai ma fierté, je beugle en tapant la neige glacée à en perdre le souffle. Je ne leur ferai pas ce plaisir d'abandonner, encore moins celui de crever devant eux.

Nous sommes de plus en plus loin de la piste, à l'approche du Flüelapass peut-être, à moins que nous ne nous en éloignions, sur une crête en haut de laquelle Kunz et Meili sont obligés de me tirer. Des masses vertes de résineux occupent les creux de chaque côté, je me sens tituber, me demande déjà si je vais mieux garder l'équilibre en basculant à droite ou à gauche, m'emplafonner plus lentement dans les arbres de gauche ou de droite.

Nous nous élevons encore, après le passage d'une

nouvelle petite crête, en biais, ce n'est plus du ski de fond, il suffirait de se laisser glisser et de tenir. C'est plus raide que je ne le croyais, pas l'équipement, pas la pratique. Même plus de sapins, de rares amoncellements rocheux dont la pointe émerge à certains endroits de la neige. Se laisser aller de ce côté, c'est se fracasser. Je dois forcer le pas.

Si mon cœur tient, mes jambes me lâchent. Ils ont tout prévu, les autres. Je ne vois plus de traces d'un parcours civilisé, sécurisé par les services helvétiques, terre vierge, un alignement de pics sans couleur et sans limite.

Cette fois, c'est trop, le vertige, la première fois le vertige, une peur panique, tout réuni : vertige annonciateur de l'accélération cardiaque, mollesse des jambes, plus rien dans les bras que la douleur, je vais tomber, je tombe, je crie.

Les trois continuent leur parcours à mi-pente, concentrés sur leur propre équilibre ou indifférents à mes appels, heureux de mes appels. Je sais qu'ils vont m'abandonner là, désorienté, incapable de retrouver une piste tracée, à bout. Frieda se retourne sans interrompre son effort. Je devine le mal qu'elle me souhaite ; la réparation du mal fait à son père et à Johann Meili.

Elle incurve sa course, me montre de son bâton aux deux autres. Ils font une pause pour m'observer de loin. Je bouge, je suis vivant, ne comptez pas trop sur ma mort rapide. Je cherche mon souffle, je jure de le récupérer. Comme je tarde, ils rebroussent chemin, m'entourent, hésitent entre l'inquiétude et la moquerie, reconnaissent leur propre fatigue.

Herr Kunz me conseille de me redresser vite. Un moment de repos, après des heures d'efforts, c'est bon, mais il faut se méfier de l'engourdissement, affalé dans la neige gelée, avec le froid qui monte encore avec la fin du jour proche. Je ne dois pas me refroidir, pas laisser venir le soir loin de tout.

Je lui demande si nous savons où nous allons, parce que moi, cette vallée haute sans fin, sans trace humaine, commence à m'étouffer. Je n'ai plus envie de bouger. Il me secoue. Je dois tirer le bénéfice des efforts que nous venons de faire. D'abord, depuis que nous nous crevons hors des pistes, nous n'avons plus le temps ni la force de nous disputer, c'est le miracle de la montagne suisse. Si nous ne sommes pas réconciliés, nous n'en sommes pas si loin. C'était un chemin plus difficile à parcourir que le domaine skiable de la Flüela. Nous sommes presque au bout, grâce à lui.

Je ne cherche pas à rabaisser ses talents de conciliateur, je ne suis pas si sûr, à voir la tête butée de Frieda, qu'elle se sente réconciliée avec moi. Enfin, ils ne m'ont pas abandonné frigorifié sur mon tas de neige, c'est encourageant.

Je ne joue pas la victime, mais j'ai pensé de plus en plus sérieusement, en les voyant filer sans se retourner, qu'ils étaient de mèche, tous les trois, pour me faire la peau dans ce désert alpin. Pourquoi ne pas le dire ? Je me sentais pris depuis hier, à Davos, dans la folie d'une femme. Depuis hier, je devrais ajouter depuis des semaines. Le harcèlement qu'elle m'a fait subir l'a transformée à mes yeux en une sorte de justicière maladive. Cela arrive à des gens très bien : à l'exacte proportion de l'injustice qui les accable, ils sont pris d'un délire justicier. Toute personne qui se trouve mêlée de près ou de loin à son histoire doit être sanctionnée. Je suis le seul disponible, à moi de trinquer.

Le Dr Meili me touche le front, me prend le pouls. Est-ce que je vais bien ? Une impression comme ça que je délire moi aussi, le cul dans la neige. Nous ne sommes pourtant pas à plus de 2 500 mètres d'altitude, pas suffisant pour être victime du mal des montagnes, même si des cas existent, des individus fragiles.

Non, je récupère de mieux en mieux, nous allons bientôt pouvoir nous relancer. Ce n'est sans doute pas l'endroit ni le moment pour réfléchir à haute voix comme je le fais, mais il faut parfois que certaines choses soient dites, quelles que soient les circonstances.

– Ne le compte pas sur moi pour te remettre debout. Toujours le même avec toi. Quand ça ne va pas comme tu veux, tu fais les belles paroles. Tu veux nous endormir tous, t'endormir dans le grand froid, pour faire croire que tu es le parfait. Jamais rien fait de travers. J'espère que tu vas geler sur place.

Ils peuvent me laisser tout seul sur les hauteurs de cette vallée, je n'ai pas peur. Je reviendrai sur nos traces, même si je me fais surprendre par la nuit, je tiendrai, je finirai par tomber sur la vraie piste, un hameau, un refuge.

Humains, quand même humains, Kunz et Meili me relèvent, tapent ma combinaison pour l'alléger des plaques de neige et de glace. Retrouvons le creux de la vallée, restons proches pour nous soutenir et entraîner les plus faibles, le plus faible, dans le rythme soutenu nécessaire si nous ne voulons pas errer le reste de la nuit.

Nous avançons presque de front. Je ne sais pas si

c'est l'esquisse de ce mal des montagnes ou l'extrême fatigue ou la peur enfantine d'être abandonné, même si j'ai essayé de donner le change, je n'arrive plus à m'empêcher de parler, une sorte de logorrhée plus forte que moi.

Je parle d'indulgence. Je dois avoir une petite voix, je la pousse pour dominer les crissements de nos quatre paires de skis sur le sol glacé. C'est ça, que Frieda en premier m'accorde un peu d'indulgence. Qu'elle croie une fois pour toutes à mon ignorance de ce qui se passait par en dessous, derrière moi, en août 1976.

Ça n'a rien d'extravagant, l'ignorance. Elle-même, combien d'années a-t-elle vécu dans l'ignorance des événements et du sort de son père, de la vie de son père, alors qu'elle vivait à côté de sa mère qui en connaissait une partie essentielle et la cachait soigneusement ? C'était tout près d'elle et elle n'en savait rien, comme c'était tout près de moi et je n'ai rien vu comme j'aurais dû le voir. Je lui accorde la possibilité de l'ignorance, elle peut m'accorder son indulgence.

Une légère pente, nous glissons sans forcer, le changement d'allure m'a fait taire une seconde, Frieda en profite pour m'empêcher de poursuivre. Sa voix tranchante : ma fausse ignorance n'a aucun rapport avec sa véritable ignorance. J'ai fait semblant de ne rien voir, ça m'arrangeait. Elle, il a fallu qu'elle attende l'ouverture des archives de la Stasi pour commencer à comprendre. Et encore, ce qu'elle a compris et appris n'a pas fait tomber l'ignorance majeure : elle ignore toujours ce qui est arrivé à son père, quand, comment. Elle s'est raccrochée à moi, un mince espoir, le dernier qui pouvait apporter une petite aide, en fait le premier à lui avoir nui. C'est tout ce qui reste d'à peu près sûr, mon pouvoir de nuisance, plus que mon ignorance. Alors pour ça, pas d'indulgence.

Je me suis gouré, la folie justicière redémarre au quart de tour. Je vais dire comme le Dr Meili, un nouvel effet inattendu du mal des montagnes en altitude moyenne sur quelques êtres plus fragiles que les autres. Nous sommes fragiles tous les deux, Frieda et moi. Elle, déjà cinglée au niveau de la mer, alors, à 2 500 mètres, une furieuse.

Le Dr Christian Meili se trouve lâché dans une légère montée. Première fois qu'il cède du terrain. Il avait à cœur, depuis notre départ, de montrer que son grand âge ne l'empêchait pas de se montrer plus endurant que ses cadets de trente ou quarante ans. On dirait qu'il atteint ses limites. Tout médecin et cardiologue qu'il est, il s'est montré imprudent. Nous craignons que son cœur ne lâche, hérédité familiale à laquelle il pourrait ne pas échapper. Nous ralentissons nos glissades pour l'épargner. L'accélération de son souffle nous oblige à nous arrêter pour le soutenir.

Nous croisons nos skis pour l'entourer, nous tenir chaud, avant de nous remettre en mouvement, si Christian Meili se sent assez fort. Il nous souffle qu'il n'a rien à craindre de son cœur, une pompe révisée récemment. Ce qui lui a coupé les jambes, c'est nous, nos histoires d'ignorance. Nous avons raison, le malheur pour nous, entre nous, c'est l'ignorance, mais il se demande s'il n'y a pas pire encore que l'ignorance. La connaissance peut-être ?

Il avait décidé de s'en tenir à notre ignorance, il

sent, ici, qu'un autre choix s'impose à lui. Nous l'obligeons, nos obsessions forcenées et puériles à ses yeux, nos erreurs grossières, à l'un comme à l'autre, l'obligent à ajouter ce qui nous manque.

Oui, il y a eu des suites aux histoires de l'hôtel Waldheim. Des suites qu'il a préféré, comme moi, il me comprend sur ce point, enfouir très profond, en particulier à cause de la mort de son frère Johann, le 10 septembre de cette année-là. Il en portait le poids, contrairement à moi, il a fait le vide. Il avait suffisamment d'affaires internes à régler pour ne pas se laisser distraire, la mise en terre prochaine, une succession entre frères, bien emmêlée, avec des parts croisées dans la clinique, l'hôtel, alors les suites extérieures ou parallèles, cela faisait du dérangement, à mettre entre parenthèses. Il n'est pas sûr d'avoir fermé la parenthèse. C'est resté en suspens et Frieda rapplique, nous remue tous, à tort ou à raison, avec son insistance d'enfant insatisfaite.

Il a essayé de résister, comme moi, parce que cette agressivité mutuelle, c'est pesant et ça ne débouche que sur des ennuis. À son âge, on a horreur des ennuis. Ce n'est pas l'endroit ni le moment, mais il n'est pas sûr plus que moi qu'un meilleur endroit ou qu'un meilleur moment existe.

Il y a eu d'abord cet appel téléphonique de Friedrich Steigl, en septembre, trois ou quatre jours après la mort de Johann, alors qu'il n'était pas enterré. Il demandait la confirmation de son décès. Christian n'avait pas pris le temps de l'en informer, d'où tenait-il la nouvelle ? D'un inconnu, une voix au téléphone, avec un accent saxon prononcé. Curieux de savoir s'il avait entendu parler de son ami Meili, dans les Grisons ; de ce qui lui était arrivé de fâcheux ; qui peut arriver à n'importe qui, sauf si on prend soin de soi et de sa famille. La voix l'invitait à y réfléchir, le rappellerait sous peu, lui conseillait de prendre ses dispositions.

Steigl a cru à une nouvelle manipulation menée non par Linek, ce n'était pas sa voix, mais par un autre au ton encore plus brutal. Ça montait d'un cran. La confirmation de la mort de Johann, de la bouche de son frère, l'affectait beaucoup. L'émotion ou une autre raison l'a empêché de demander les causes du décès. Il a laissé passer un grand silence, semblé produire un effort pour une dernière phrase avant de raccrocher précipitamment : « Christian, il ne faudra pas m'en vouloir. »

Lui en vouloir ? Pourquoi lui en vouloir ? Christian Meili avait des rendez-vous, pompes funèbres, pasteur, les suites normales d'une disparition, alors la petite voix pitoyable d'un ami, plus un ami de son frère que le sien, ne comptait pas pour le moment.

Comme il n'avait qu'un rôle secondaire dans le réseau de Steigl, comme il se débattait pour maintenir la réputation et les bénéfices de l'hôtel Waldheim, la question d'accueillir les historiens de RDA ne s'est plus posée.

Un semblant d'inquiétude, plus tard, il ne saurait pas dire combien de temps après, quand la presse a évoqué le cas d'un Zurichois singulier trouvé mort, chez lui, tué d'une balle de son revolver dans la tête. L'enquête concluait à un suicide, lié, semblait-il, à diverses malversations financières, parmi lesquelles il était question d'un trafic entre la RFA et la RDA, une entreprise curieuse et itinérante de démonstrations d'animaux savants en tous genres. Le Dr Meili ne connaissait pas l'identité exacte du passeur utilisé par Friedrich Steigl. Zurich, le point d'arrivée des historiens les plus fragiles transportés, avant leur transfert à Davos, à l'hôtel et dans la clinique, pour surveillance de leur état et éventuelle convalescence, il n'avait pas à en savoir plus. Il se rappelait pourtant ces histoires de voitures avec des cages pour les animaux. Il a pensé : un suicide forcé, une exécution ; notre passeur. Il pense que Johann ne connaissait pas plus que lui l'identité de cet homme. Le cloisonnement nécessaire à leur entreprise : les frères fournissaient l'argent, l'hébergement provisoire, les soins gratuits. L'organisateur, le seul maître de tout, c'était Friedrich Steigl. La phrase lui est revenue : « Christian, il ne faudra pas m'en vouloir. »

Non, extrapolation, invention, invraisemblance, rien ne disait que ce suicidé à la réputation trouble soit leur homme. Son frère ni Steigl ne se seraient associés à une espèce de trafiquant pour sauver des semblables. La coïncidence de Zurich et des animaux en cage ne prouvait rien, une grande ville, Zurich. Même si elle prouvait plus qu'il ne le voulait, il a préféré en rester là, plus personne pour en parler de toute manière.

Il n'y a pas repensé avant quinze ans. Il ne sait pas s'il a le droit de continuer... Si l'ignorance est préférable à la connaissance, comme il le pense encore... Trop tard pour revenir en arrière... Quinze ans après, une visite impromptue, comme la nôtre, un homme déçu de ne pas retrouver la trace de l'hôtel Waldheim s'est présenté à l'accueil de la clinique. Le Dr Meili a eu le plus grand mal à le reconnaître, Herr Doktor Uli, vieilli prématurément, voûté. Il vivotait, n'ayant pas retrouvé en RFA de poste à sa mesure, déçu, disant comprendre Friedrich Steigl. Comment ça le comprendre ?

Selon Uli, Steigl était mort à Berlin-Est, en 1990, quelques mois avant la réunification de l'Allemagne.

À Berlin-Est, avant la réunification, c'est tout dire. Le Dr Meili n'a pas imaginé, quand Frieda s'est introduite de force auprès de lui, qu'elle pouvait ignorer le retour de son père en RDA. Parce que, selon Uli, Steigl n'était pas rentré en RDA après la chute du Mur, en 1989, mais longtemps avant, il ne connaissait pas la date, probablement dès l'automne 1976.

Quand le vieux médecin a vu dans quel état Frieda se mettait avec cette histoire, il a craint de la détromper. Il s'est retenu. Vieille école médicale, on en disait moins aux patients dans sa jeunesse. Pas tenable. Avec moi, la passion de Frieda prenait des proportions dangereuses. Il est obligé de rétablir les faits, les suites des faits, sans les expliquer.

C'est vieux, il a longtemps pensé qu'il n'y avait rien à expliquer. Ils ont tous eu leur rôle, à un moment, leur rôle a changé. Beaucoup de gens ne savent plus ce qu'était le Bloc de l'Est, ignorent que les principautés allemandes ont été multiples avant d'être unifiées en un seul Reich, puis séparées en deux États, puis réunifiées. Ils s'y perdent, alors, qu'un homme soit passé d'un État à l'autre et soit revenu du second au précédent, c'est un accident de l'Histoire. Ça ne compte plus pour grand monde.

Pas le plus courant, il l'admet. Un homme qui avait deux familles, c'est probablement comme ça qu'on l'a tenu. Il pouvait en perdre une, c'était insupportable, perdre les deux, c'était inimaginable, mais possible, en sauver une, insuffisant, sauver les deux, c'est ce qu'il a fait. Pour les sauver, il a donné ce qu'il avait, un réseau, les hommes d'un réseau.

Comme médecin, il doute que la mort de son frère Johann ait été causée par la Stasi, ne veut pas croire que la décision de Steigl y soit pour quelque chose. Que cette mort naturelle ait été utilisée politiquement pour forcer la main au chef du réseau, c'est probable. Celle du passeur de Zurich est un effet de plus en plus certain du transfert à Berlin de Friedrich Steigl. S'il a fait du mal, c'est comme victime du régime. Qu'il soit redevenu un fidèle sincère du régime communiste, c'est le plus difficile à croire, mais ce n'est pas impossible.

– C'est peut-être le vrai sens de la phrase en rouge dans les archives de la Stasi, dis-je à ce moment-là, tu me l'as citée, Frieda, cette dernière phrase, « Tout est rentré dans l'ordre. » Ton père est revenu dans sa famille, dans son pays, dans l'idéal de son pays, c'est ça rentrer dans l'ordre. Dis-toi, comme le Dr Meili, qu'il t'a peut-être sauvée en te laissant.

– Vous le faites comme s'il avait reçu l'amnistie et retrouvé la place et la famille, c'est toujours le mensonge que vous préférez. Ce n'était pas ça, la RDA, la Stasi. Pas le pardon, la prison. Les quinze ans en prison dans Berlin, s'il y est vraiment retourné, c'est de force, je te le prouverai, je le trouverai.

Nous n'avons pas le cœur de la contredire, d'ailleurs la vraisemblance est de son côté. Mais on ne fait pas son bonheur avec la vraisemblance. On se fait tout le mal possible, elle ne fait que commencer à s'en faire. Prisonnier vraisemblable, son père, une victime ; dénonciateur tout aussi vraisemblable de ses alliés de partout, en Suisse comme en RDA, leur bourreau : le Zurichois trop intéressé par l'argent, d'autres plus discrets, des historiens désintéressés, soucieux les uns des autres, décimés à Leipzig, Dresde ou Berlin. Peut-être Johann Meili, malgré ce que pense son frère, non qu'il ait été exécuté, du moins très affecté, le seul à anticiper la trahison de Steigl. Les archives le disent, le Dr Christian Meili le reconnaît à demi-mot, les deux amis ne se parlaient plus, les derniers jours à l'hôtel Waldheim, se soupçonnaient mutuellement d'abandon. Meili a tenu, il pressentait que Steigl, lui, ne tiendrait pas longtemps. Ça l'a rendu malade, son cœur fragile. Toujours rien de plus que de la vraisemblance, qui nous fait du mal, mais que nous avons de plus en plus de difficulté à contredire. Pour finir, les services est-allemands ont persuadé Steigl qu'ils avaient éliminé son ami Meili, que le même sort l'attendait ou attendait sa famille. Il a craqué, l'homme audacieux et éblouissant n'était pas à l'abri de la terreur. Il ne faut pas lui en vouloir, mais il est certain qu'il a craqué.

C'est trop pour Frieda, elle se dresse de toute sa haute taille, écraser ce petit vieux qui dézingue son père, me dominer moi aussi, trop content de l'aubaine pour jouer l'enfant innocent de tout. Un Friedrich Steigl rentré en grâce dans l'Allemagne communiste, balançant tous ses amis pour avoir la paix, ça nous arrangerait tous, mais nous oublions les archives de la Stasi, dépositaires de la vérité, selon Frieda, aussi paradoxal que cela paraisse.

Pour elle, les archives couvrent la période postérieure au mois de septembre 1976, jusqu'au mois de novembre 1989, où les services ont entrepris de les déchiqueter et de les stocker dans des sacs avant une incinération qu'ils n'ont pas eu le temps de mener à terme. Si un homme comme Friedrich Steigl avait réintégré son poste à Berlin, retrouvé une place dans la société est-allemande après avoir rendu des services, on peut être sûr que la Stasi aurait continué à suivre avec méfiance ses activités, ses rencontres, cela aurait laissé des traces au cours des treize années suivantes. S'il était devenu un collaborateur forcément zélé pour rattraper ses erreurs passées, son nom apparaîtrait aussi à un moment ou à un autre.

Or les instances chargées de reconstituer, classer et diffuser auprès des intéressés les archives de la Stasi n'ont pas trouvé une seule occurrence de son nom après septembre 1976. C'est une preuve plus forte que toutes les hypothèses et vraisemblances d'hommes tranquilles, ça, la vraie preuve.

Je ne cherche plus à la brusquer, mais il me semble l'avoir entendue me dire la semaine passée, dans le salon de son hôtel, que toutes les archives n'avaient pas été récupérées. Toutes n'ont peut-être pas été numérisées et reconstituées par le génial logiciel mis au point pour la circonstance. Il est possible que le nom de Friedrich Steigl erre et errera longtemps dans des limbes, inaccessible à sa fille, dans l'espace-temps de 1976 à 1989. Il n'y a pas que les papiers des archives qui ont été déchiquetés, des vies aussi, et personne n'a mis au point un logiciel capable de reconstituer aussi facilement que des bouts de papier des vies en morceaux.

Il reste un détail qu'elle n'a pas exploré, auquel je m'étonne qu'elle n'ait pas encore pensé, que je tenais, par ma venue, à lui suggérer. Je vois une seule personne capable de répondre à ses ultimes questions, sa demi-sœur de Berlin, de Berlin-Est. Si elle a retrouvé son père, si elle est restée vivante, comme on peut l'imaginer raisonnablement, sauf nouvelle exaction du régime est-allemand ou malheur ordinaire d'une maladie précoce, elle en sait plus que nous tous réunis (sa mère aussi, si elle a survécu).

Cette première fille de son père, c'est une sorte de jumelle de quelques années son aînée, je lui suppose un âge proche du mien ; elle serait une sorte de double, son double communiste. C'est par elle qu'elle aurait dû commencer et qu'elle devra finir. Elle porte le même nom, sauf mariage évidemment, il suffirait de retrouver son prénom, une adresse à Berlin, sauf si elle a déménagé. Ce n'est pas gagné, mais jouable, un père à partager entre deux sœurs.

Ont-elles été idolâtrées de la même manière ? Adoratrices au même degré ? Les mêmes principes d'éducation ont-ils été appliqués à l'identique dans les deux pays, au mépris de la fragilité enfantine dans les deux cas, ou, au contraire, mis en œuvre différemment pour des raisons politiques, les contraintes différentes dans une société totalitaire et dans une société démocratique ? Ce serait intéressant... De fausses jumelles à distance, j'y crois assez. Elles auraient consulté les mêmes archives au même moment, sans arriver aux mêmes conclusions. Tu devrais l'approcher, cela ferait des retrouvailles étranges, je serais curieux d'y assister.

Je me laisse entraîner... Mon enthousiasme naturel pour une nouvelle situation... C'est tout ce que je trouve à dire, en présence de Frieda, après ce qu'elle vient de prendre sur la tête, de la bouche du Dr Meili ? Le regard qu'elle me fourre dans les yeux, la densité que nous sommes capables d'y mettre depuis l'autre jour, sans avoir besoin de rajouter un mot. Je saisis que mes hypothèses, je peux me les garder. Et prétendre que j'ai fait tout ce trajet pour lui proposer cette idée géniale, alors qu'elle vient de me passer par la tête, suggérée par les calomnies du Dr Christian Meili, c'est bien moi... Ma désinvolture tueuse...

Elle n'y croit pas du tout, à mes idées géniales, et à la fausse compassion qui les accompagne. Qu'est-ce que je sous-entends ? Que son père aurait préféré sa fille initiale à celle qui s'est crue depuis toujours plus qu'aimée et qu'il aurait rejetée ? Non, cela ne peut pas avoir été. Et si, par malheur, cela s'est produit, Frieda déteste cette sœur privilégiée, espère sa mort déjà ancienne, me déteste tout autant de lui mettre dans les pattes une pseudo-sœur qui aurait tiré tous les bénéfices de la situation, espère ma propre mort.

Le froid du soir semble passer sur elle, un masque creux sous ses lunettes de ski, un affaissement des bras sur ses bâtons, les signes du malaise physique, c'est son tour. Nos mains d'hommes s'avancent vers elle dans un mouvement spontané pour l'empêcher de s'effondrer.

Non, pas la toucher, elle se crispe, un déhanchement brusque, une poussée des bras et des jambes d'une brutalité saisissante, elle rompt notre cercle, dix mètres de zigzags pour se donner de l'élan, puis la glissade, elle s'enfonce dans les débuts de la nuit toute blanche. Nous crions ensemble le nom de Frieda pour la retenir, cela ne produit même pas un écho. Nos voix tombent à plat dans la neige, mates et vides.

Nous prenons ses traces, au risque de nous éloigner de la voie du retour que nous cherchions. Même un habitué du ski nordique et de la vallée de la Flüela comme le Dr Meili se sent déboussolé dans les masses rocheuses qui se resserrent devant nous. Nous ne pensons plus à notre épuisement, seulement tendus par la quête des lignes tantôt droites tantôt ouvertes des skis de Frieda, puis, quand nous les perdons, par la recherche d'une lumière qui nous ferait rejoindre le domaine.

Nous longeons un bosquet de sapins dans un creux et une courbure qui semble nous promettre le retour vers des pistes prévues pour le ski nocturne, quand une ombre en surgit et nous coupe la route, marquant un arrêt infime, regard jaune nous traversant, avant d'enchaîner des bonds à la fois souples et entravés par la profondeur de la neige, jeune cervidé aussi vite disparu.

Nous réintégrons, en ce qui nous semble plus d'une heure, l'espace skiable civilisé et sécurisé. Quelques hectomètres avant, Herr Kunz attire notre attention sur une sorte de bout de bois à demi enfoncé dans un monticule de neige. Nous l'identifions comme un ski dont l'attache est brisée. Nos évolutions rapides dans le périmètre, sans nous perdre de vue, nous permettent de mettre la main sur le deuxième ski, pas abîmé, seulement rendu inutilisable par la perte du premier. L'utilisateur s'est débarrassé de sa paire sans usage, nous supposons immédiatement qu'il ne peut s'agir que de Frieda.

La proximité de la piste éclairée nous rassure. Elle n'a pas choisi de se perdre et de s'épuiser dans la désolation, jusqu'à mourir de froid cette nuit, comme nous l'avons craint. Si elle rentre à pied par la voie qui s'offre à nous, nous l'aurons vite rejointe. Nous pressons notre course, comme si nous n'avions pas des heures d'efforts dans les jambes, ni un vieillard à entraîner (il nous précède pour nous donner le tempo, comme il dit).

Nous rejoignons Davos sans l'avoir dépassée ni obtenu de confirmation des skieurs croisés : une piétonne ? Que ferait une piétonne sur une piste ? Nous attend-elle devant la porte du chalet ? Sans voiture à sa disposition, c'est peu probable. Nous scrutons le noir gelé du Davosersee, pas de trou dans l'eau. Devons-nous lancer les services de secours à la recherche de Frieda ? Nous pensons que ce serait faire injure à la fille de Friedrich Steigl. Elle a le droit de passer librement d'un monde à l'autre.

Nous restons ensemble le reste de la nuit chez le Dr Meili. Frieda a laissé sur place le sac de cuir dont elle avait sorti pour moi les papiers reconstitués de la Stasi, un simple sac de voyage désormais, contenant le minimum nécessaire. Je forme l'hypothèse qu'elle n'a même pas récupéré les liasses que j'ai déchirées et disséminées l'autre soir dans son hôtel de Sainte-Adresse. Ma colère a dû l'aider à comprendre qu'elle n'avait plus rien à en tirer, plus rien à obtenir de nous, une souffrance sûrement. Si cela est exact, je l'ai aidée sans le savoir, comme je viens encore de l'aider en la sommant de retrouver celle que j'ai appelée son double communiste, qui ne l'est sans doute plus depuis longtemps. Une dernière provocation de ma part, je ne sais pas si je dois m'en vouloir.

Je harcèle Christian Meili : ne lui avait-il pas déjà laissé entendre ce qu'il savait ou supposait de Friedrich Steigl ? Il pense qu'elle l'avait deviné elle-même depuis un moment, mais que c'était trop insupportable pour se le formuler clairement, raison pour laquelle elle a choisi de détourner sa violence sur moi. Elle avait besoin d'un autre coupable que son père, quel qu'il soit.

Le seul reproche qu'il se fait est de ne pas avoir gardé pour lui cette donnée essentielle, comme il se l'était promis depuis tout ce temps. Lever l'incertitude a été destructeur pour elle et le système qu'elle essayait d'élaborer pour sauver l'image qu'elle s'est faite de son père.

Nous nous interrogeons sur notre propre silence actuel. Que ferons-nous, si un corps de femme est retrouvé dans un creux de neige d'ici trois jours ? Je suis partisan de prendre le risque de passer pour coupable de non-assistance à personne en danger tout en étant innocent. Elle se sentirait enfin nettoyée. Nettoyée de quoi, on n'en sait rien.

Je regagne mon bord de mer, ma femme me demande si je me suis reconnu dans Davos. Si c'est moi que je voulais reconnaître, c'est raté. Tout ce que j'ai gagné, c'est une vie double, mais pas du tout celle qu'elle pourrait craindre. Son rire compréhensif me fait du bien et nous nous rapprochons comme des amoureux débutants, nous étouffons corps à corps. J'ai, à cet instant, à peine dépassé mes seize ans, je sors d'un train et j'entre en elle pour m'oublier vraiment. Il faut du temps pour s'oublier vraiment. C'est fait. Je crois que c'est fait.

Je ne peux pourtant pas m'empêcher ce matin de consulter les sites des journaux suisses, la liste des faits divers, des derniers accidents de montagne. Je redoute la nouvelle inévitable, un corps de femme rejeté par un glacier à la fonte des neiges.

À la fin, je rappelle la galerie pop art de Zurich. Une voix de femme, pas celle de Frieda Steigl. Sa remplaçante, si je comprends bien, parce que Mme Steigl a obtenu un congé. En voyage ? J'en demande trop. Berlin ? Une enquête sur sa sœur ? Qui suis-je pour me permettre ce genre d'indiscrétions ? Un proche, son dernier proche peut-être, parce que le partenaire de la galerie, je pense qu'elle l'a viré, comme le pop art et tout le reste. Au fait, il ne s'appellerait pas Kunz, par hasard, votre patron ? Cette fois, j'exagère vraiment, la nouvelle collaboratrice me raccroche au nez.

Il me reste une adresse privée, Gloriastrasse 17, Zurich, je vais reprendre la méthode d'approche archaïque de Frieda, lui adresser à mon tour une carte postale, en espérant qu'elle aura fait suivre son courrier partout où elle ira. Si elle croit que je vais renoncer à la poursuivre... Je vais me contenter de quelques mots sans signature, elle saisira tout de suite.

Je commence à écrire à l'encre bleue : « Cela te rappelle quelque chose ? » Trop facile, en plus j'ai l'air de souligner ses fautes initiales : tu vois, à la fin, c'est toujours moi qui corrige tes erreurs. J'efface, deuxième version : « Tout est rentré dans l'ordre ? » Encore plus nul, je l'enfonce, j'ironise sur son père, repris par le régime est-allemand en son temps. Troisième tentative : « Tu l'as retrouvée ? » Quoi ? Ou qui ? Comment se parler ? Comment réussir à parler encore une fois à Frieda Steigl ?

La littérature française
aux Éditions Viviane Hamy

Éric Todenne
*Un travail à finir*

Dominique Sylvain
*Baka !*
*Sœurs de sang*
*Techno Bobo*
*Travestis / Le Roi Lézard*
*Strad*
*La Nuit de Geronimo*
*Vox*
*Cobra*
*Passage du Désir*
*La Fille du samouraï*
*Manta Corridor*
*L'Absence de l'ogre*
*Guerre sale*
*Ombres et soleil*
*L'Archange du chaos*
*Kabukicho*
*Les Infidèles*

Céline Lapertot
*Et je prendrai tout ce qu'il y a à prendre*
*Des femmes qui dansent sous les bombes*
*Ne préfère pas le sang à l'eau*

Alexis Ragougneau
*La Madone de Notre-Dame*
*Évangile pour un gueux*
*Niels*

Cécile Coulon
*Méfiez-vous des enfants sages*
*Le roi n'a pas sommeil*

*Le Rire du grand blessé*
*Le Cœur du pélican*
*Trois Saisons d'orage*

Hoai Huong Nguyen
*L'Ombre douce*
*Sous le ciel qui brûle*

Karim Miské
*Arab Jazz*
*N'appartenir*

Estelle Monbrun / Elyane Dezon-Jones
*Meurtre chez Tante Léonie*
*Meurtre à Petite-Plaisance*
*Meurtre chez Colette* (avec Anaïs Coste)
*Meurtre à Isla Negra*
*Le Fantôme du petit Marcel* (avec Stéphane Heuet)

Fred Vargas
*Ceux qui vont mourir te saluent*
*Debout les morts*
*L'Homme aux cercles bleus*
*Un peu plus loin sur la droite*
*Sans feu ni lieu*
*L'Homme à l'envers*
*Pars vite et reviens tard*
*Sous les vents de Neptune*
*Dans les bois éternels*
*Petit Traité de Toutes Vérités sur l'Existence*
*Critique de l'Anxiété Pure*

Fred Vargas / Baudoin
*Les Quatre Fleuves*
*Coule la Seine*

Antonin Varenne
*Fakirs*
*Le Mur, le Kabyle et le Marin*

Maud Tabachnik
*Un été pourri*
*La Mort quelque part*
*Le Festin de l'araignée*
*Gémeaux*
*L'Étoile du Temple*

Colette Lovinger-Richard
*37e Parallèle*
*Crimes et faux-semblants*
*Crimes de sang à Marat-sur-Oise*
*Crimes dans la cité impériale*
*Crimes en Karesme*
*Crimes et trahisons*
*Crimes en séries*

Philippe Bouin
*Les Croix de paille*
*La Peste blonde*
*Implacables Vendanges*
*Les Sorciers de la Dombes*

Jean-Pierre Maurel
*Malaver s'en mêle*
*Malaver à l'hôtel*

Sandrine Cabut / Paul Loubière
*Contre-Addiction*
*Contre-Attac*

Laurence Démonio
*Une sorte d'ange*

Puisque la lecture d'un grand livre est un dialogue
– comme l'a si bien dit Léon Werth –,
nous vous invitons à le poursuivre
avec un autre titre de notre catalogue :

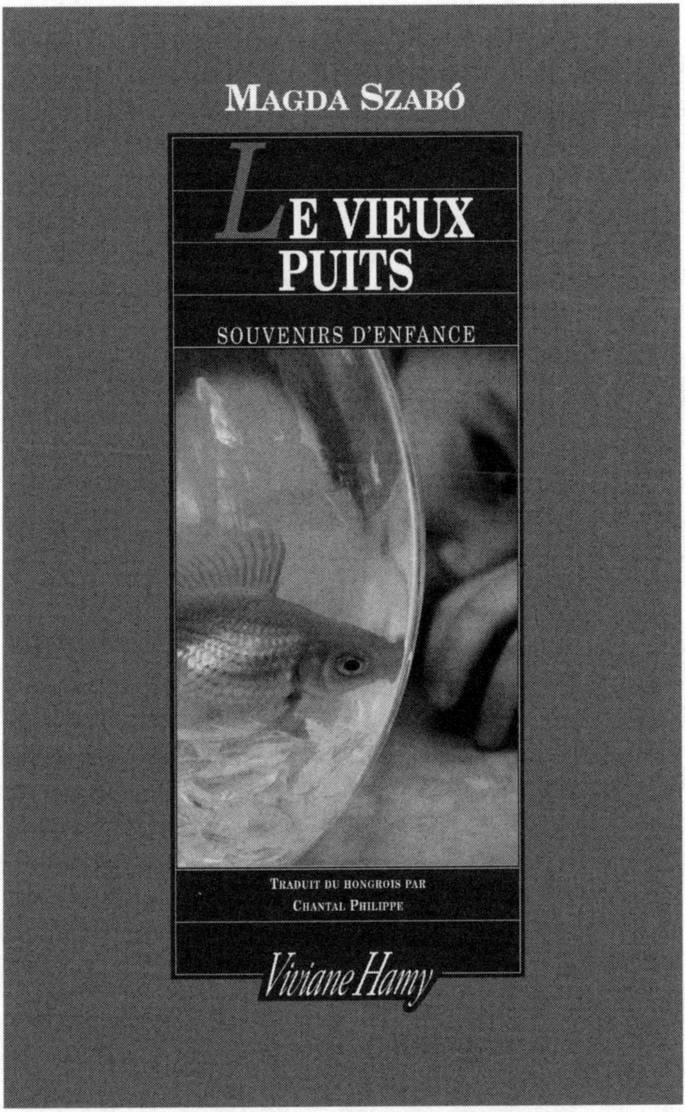

CET OUVRAGE
A ÉTÉ COMPOSÉ PAR LE VENT SE LÈVE...
ET ACHEVÉ D'IMPRIMER
PAR L'IMPRIMERIE FLOCH
À MAYENNE EN MAI 2018

N° d'éd. 307. N° d'impr. 92819
D.L. septembre 2018
(Imprimé en France)